Michel Tremblay, l'enfant multiple

Si vous désirez être tenu informé de nos publications, il vous suffit d'adresser vos nom et adresse aux :

Presses Universitaires de Bordeaux

Université Michel de Montaigne – Bordeaux 3

Domaine Universitaire

33405 TALENCE – CEDEX – FRANCE

ISBN : 2-86781-233-X

ISSN : 1281-4555

Marie-Lyne Piccione

Michel Tremblay, l'enfant multiple

Ouvrage publié avec le concours
du Centre d'Études Canadiennes
de l'Université Michel de Montaigne – Bordeaux 3

PRESSES UNIVERSITAIRES DE BORDEAUX

À la mémoire de mon père, le lieutenant André Constant, mort à vingt-cinq ans.

LISTE DES ABRÉVIATIONS UTILISÉES

L'Avalée des Avalés	*Avalée*
Albertine en cinq temps	*Albertine*
Les Anciennes Odeurs	*Anciennes*
À toi, pour toujours, ta Marie-Lou	*À toi*
Les Belles-Sœurs	*Belles*
Bonjour, là, bonjour	*Bonjour*
La Cité dans l'œuf	*Cité*
Le Cœur découvert	*Découvert*
Le Cœur éclaté	*Éclaté*
Contes pour buveurs attardés	*Contes*
C't'à ton tour, Laura Cadieux	*Laura*
Damnée Manon, sacrée Sandra	*Damnée*
Demain matin, Montréal m'attend	*Demain*
Des Nouvelles d'Édouard	*Des nouvelles*
Douze coups de théâtre	*Douze*
La Duchesse de Langeais	*Langeais*
La Duchesse et le roturier	*La duchesse*
En circuit fermé	*Circuit*
En pièces détachées	*Pièces*
Encore une fois, si vous permettez	*Encore*
La Grosse Femme d'à côté est enceinte	*La grosse femme*
Les Héros de mon enfance	*Héros*
Hosanna	*Hosanna*
L'Impromptu d'Outremont	*L'Impromptu*
La Maison suspendue	*La maison*
Marcel poursuivi par les chiens	*Marcel*
Messe solennelle pour une pleine lune d'été	*Messe*
Nelligan	*Nelligan*
La Nuit des princes charmants	*La nuit*
Le Premier Quartier de la lune	*Le premier*
Quarante-quatre minutes, quarante-quatre secondes	*44'*
Sainte Carmen de la Main	*Carmen*
Thérèse et Pierrette à l'école des Saints-Anges	*Thérèse*
Trois petits tours	*Trois*
Un Ange cornu avec des ailes de tôle	*Un ange*
Un Objet de beauté	*Un objet*
Le Vrai Monde ?	*Le vrai ?*
Les Vues animées	*Vues*

INTRODUCTION

> *« Et il comprit que la maison était belle et bien remplie des trésors que Marcel lui avait décrits, mais qu'il n'en était pas digne. »*
> *(La Duchesse et le roturier)*

Née d'une répudiation, l'œuvre de Michel Tremblay s'édifie sur l'absence, sur l'incommensurable absence d'un ciel qui ne répond pas et d'un rêve qui se dérobe. Mais confronté au vide, à toutes les douleurs du silence, l'écrivain québécois n'entonne pas, après tant d'autres, le lamento nihiliste, acharné au contraire à combler cette béance qui s'offre comme un défi.

Son texte est donc rédempteur, voué à corriger les méfaits de la vie et à ressusciter ses grâces, voué à réparer tant de pertes subies : perte de l'enfance, des êtres aimés, des illusions parfois. Mémoire d'une époque, d'une rue, d'une famille, il les grave à jamais dans ses mots, dans ses images, dans ses écrits pérennes, substitutifs d'éternité. Et pour mener à bien cette tâche improbable, il se dédouble, il se diffracte, « enfant multiple [1] » prêtant à tous sa voix, ses voix, dont il orchestre l'harmonieuse polyphonie.

Multiple, Michel Tremblay l'est à bien d'autres titres, lui qui cultive avec un égal bonheur le roman, le théâtre et l'autobiographie, lui qui sait décliner toutes les nuances d'une esthétique inventive et contrastée.

Mais la multiplicité, c'est aussi la dualité, clef de voûte d'un édifice textuel qui s'avoue tributaire de ses diverses composantes : gémellité,

---

1 L'expression « enfant multiple » est empruntée à *La Grosse Femme d'à côté est enceinte* lors d'un discours intérieur de Florence : « *Elle pourrait même, si elle le voulait, raconter l'avenir à Violette : l'enfant multiple de la grosse femme d'à côté.* » (p. 207). Un peu plus loin, la vocation littéraire de cet enfant à naître est dévoilée : « *et plus tard, beaucoup plus tard, tout recréer avec ce fils-fille de la grosse femme.* » (p. 207)

duplicité, schizes, disjonctions, dyades et autres formes d'appareillements hantent l'œuvre, la fissurent et l'agitent d'un mouvement perpétuel.

Ce n'est donc pas un hasard si les trois figures dominantes de la mythologie tremblayenne affichent leur vocation à la dualité. Le travesti, le schizophrène et l'écrivain appréhendent le réel, non comme une donnée homogène et fixe, mais comme une source de tensions et de conflits qui ne se résolvent et ne s'apaisent que pour mieux rebondir.

La multiplicité, toutefois, ne se confond pas avec l'éparpillement : mouvante, l'œuvre n'est pas chaotique ; composite, elle n'est pas disparate, animée, à l'inverse, d'un irrésistible élan centripète. Réseau attirant et retenant les ramifications les plus diversifiées, le texte tremblayen, tentaculaire et captateur, s'érige comme un tout englobant les mêmes références dans un joyeux brassage où se retrouvent et s'entremêlent les mêmes lieux, les mêmes thèmes et les mêmes personnages [2].

Face à ce Monument toujours en devenir, face à l'arbitraire d'une inspiration capricieuse, passant sans transition de la bouffonnerie au drame, du tragique au grotesque, le lecteur découvre le plaisir de l'inattendu, ravi de voir déjouées ses prévisions les mieux fondées.

Mais le critique, lui, doit être modeste, sachant que sa meilleure exégèse restera toujours en deçà : en deçà d'une œuvre troublante, oxymorique, souvent dérangeante, en deçà de « l'effet Tremblay », de la magie de ce sorcier des temps modernes qui a trouvé dans l'art la réponse au silence des dieux et repeuplé le ciel vide de ses mots-étoiles.

« Il pleuvait des étoiles par millions. Il n'avait pas besoin de regarder un coin particulier du ciel, partout elles mouraient en traînant derrière elles une plainte silencieuse de poussière dorée. » (*Le premier*, 139)

---

2 C'est la raison pour laquelle cet ouvrage, abandonnant la perspective diachronique et générique, présente l'œuvre dans sa globalité.

CHAPITRE Ier

MENTEUR-USURPATEUR

« ***Tous les artistes sont des menteurs…*** »
(*Quarante-quatre minutes, quarante-quatre secondes*)

« ***Ce n'est pas l'expérience qui compte, c'est le mensonge bien organisé.*** » (*Des Nouvelles d'Édouard*)

Le mensonge a mauvaise presse…

L'éthique le réprouve et la critique s'en repaît, acharnée à le débusquer jusque dans ses retranchements les plus élaborés, quand protestations et dénégations affichent une sincérité trop véhémente pour être honnête.

Le mensonge a mauvaise presse et le cérémonial imprécatoire inaugurant *Les Confessions* en fait foi, qui magnifie une Vérité susceptible de légitimer, racheter et même transcender les imperfections du Réel. « *Un homme dans toute la vérité de la nature* » se targue de sa franchise à l'égal d'une innocence, convaincu que « le dire » efface « le faire » : « *J'ai dit le bien et le mal sur la même franchise* […] *Je me suis montré tel que je fus* [...] *J'ai dévoilé mon intérieur* [...] *Qu'un seul te dise, s'il l'ose : je fus meilleur que cet homme-là.* »

Le mensonge a mauvaise presse et le récent essai de Christophe Donner [1] le traque sans merci, quels que soient le masque qu'il arbore et les séductions dont il pare sa vilenie : déguisé en imaginaire, un mensonge reste un mensonge et mérite à ce titre réprobation et mépris.

« *D'où vient l'imagination ?*
De l'ignorance. » (17)
« *La vérité se transmet, se précise, s'approfondit. Au contraire de l'imagination qui se répète, recule, s'accroche à ses vieilles lunes.*
Et si l'imagination est parfois nécessaire à la vérité, c'est comme béquille et non comme phare. » (34)

---

1 Christophe Donner, *Contre l'imagination*, Paris, Fayard, 1998.

Oui le mensonge a mauvaise presse…

Et pourtant, Michel Tremblay comprend le mensonge et défend le menteur. Mieux encore, il fait du mensonge et de ses corollaires – qu'ils se nomment imposture, illusion, artifice, leurre ou autres faux-semblants – la clef de voûte soutenant et sous-tendant « *l'architexture*[2] » d'une œuvre dédaléenne où le lecteur ne s'égare que pour mieux se trouver.

Éloge du mensonge

Au terme annoncé des *Chroniques du Plateau Mont-Royal*[3], l'enfant innommé que maints signes textuels désignent comme Michel Tremblay lui-même entrevoit les contours de son avenir : il sera romancier. Non que cette promesse-prolepse mette en œuvre les fulgurances d'un génie ou les certitudes d'une inspiration docile. C'est au contraire la prise de conscience de sa médiocrité, l'indicible douleur de n'être pas élu, qui ont contraint le fils chéri de la grosse femme à cette décision : puisque les divinités de l'imaginaire n'ont pas voulu de lui, il pillera, plagiera, trichera, volera. En bref, il sera un menteur et ce statut, dûment revendiqué, lui apportera, avec la reconnaissance d'autrui, sa propre estime.

> « *Tout dormait, les objets comme les humains. Et lui veillait* […]. *Il s'apprêtait à raconter pendant tout l'été une histoire sans fin qui mêlerait tout ce qu'il savait : leur vie quotidienne* […], *les films qu'il avait vus, les émissions de radio qu'il avait écoutées* [...] *et le génie de Marcel qu'il s'apprêtait à piller. Cette histoire aurait pour héros un petit garçon et un chat dans une forêt enchantée et* ***on croirait parce que désormais il savait bien mentir, que ce petit garçon était lui-même***[4]. » (*Le premier*, 281)

À la fois mise en abyme et charte romanesque, déclaration des droits de l'écrivain et plaidoyer pour le bon usage du faux, cette profession d'imposture doit se lire à la lumière de la « journée particulière » que donne à voir le roman.

---

[2] J'emprunte l'expression à Janet Paterson : *Anne Hébert. Architexture romanesque*, Ottawa, Éditions de l'Université d'Ottawa, 1985.

[3] Tome V. *Le Premier Quartier de la lune*, 1989. En fait, un sixième tome, intitulé *Un Objet de beauté* a été adjoint aux *Chroniques* en 1997.

[4] Je souligne.

Ce jour-là, en effet, le 20 juin 1952, à la veille de son dixième anniversaire, l'enfant a connu son baptême du mensonge. Convaincu d'avoir enfreint le règlement et quitté l'école, il invente une « histoire à dormir debout », sans grand espoir de persuader le frère Robert qui en a entendu bien d'autres !

Proférées d'abord dans l'urgence et le doute, ses allégations prennent corps peu à peu, se dotant d'une consistance, d'une épaisseur d'une « authenticité » telles, qu'elles finissent par emporter l'adhésion de son interlocuteur.

> « *Le frère Robert ne pouvait pas résister à tant de "sincérité". Et il n'y résista pas.* » (*Le premier*, 209)

L'enfant prend alors conscience de la puissance que confère le mensonge. En créant, de toutes pièces, sa propre réalité, le menteur imprime sa marque sur tous ceux qui l'écoutent… et le croient. Démiurge à part entière, il gomme les aspérités d'un réel décevant et métamorphose, par le seul pouvoir du Verbe, les citrouilles en carrosses et les petits garçons désobéissants en parangons de vertu.

Habitué à subir et à écouter, l'enfant connaît alors la jouissance du « dire » et surtout du « dire faux », une jouissance si délicieuse (« *le mensonge fut facile à trouver, agréable à développer et succulent à raconter* ») (*Le premier*, 206) qu'il se donnera les moyens de la retrouver, à volonté.

> « *Il apprenait le mensonge bien tourné, agrémenté de mille détails* […], *il "actait" pour la première fois de sa vie et en ressentait une jubilation qu'il avait peine à contenir.* » (*Le premier*, 208-209)

Ainsi, au lecteur soucieux de mettre au jour une archéologie tremblayenne libre de toute contrainte chronologique, ce mensonge jubilatoire peut apparaître comme le mensonge originel, la matrice dont procèdent et l'œuvre ostensiblement assimilée à une supercherie, et les mensonges « seconds » d'épigones moins inspirés.

Une galerie de menteurs

Écrivain prolifique, Michel Tremblay a mis au monde une imposante constellation de personnages [5] et l'on a longuement glosé sur cette concurrence qu'à l'instar de Balzac…

---

5 Voir en particulier le livre de Jean-Marc Barrette, *L'Univers de Michel Tremblay* (*Dictionnaire des personnages*), Montréal, Presses de l'Université de Montréal, 1996.

Il est donc inévitable que ce microcosme où se côtoient religieuses et « putains », chanteurs et mères de famille, vieillards et enfants reflète, dans sa disparité, le macrocosme social, ses types, ses tensions et ses principales lignes de force. Or, comme toute société comporte son lot de menteurs… la déduction s'impose et le syllogisme se révèle imparable.

De fait, la liste serait longue de ces imposteurs qui, peu ou prou, contraints ou empressés, dans le repentir ou la bonne conscience, ont laissé au mensonge le soin de guider ou d'infléchir leur vie. Mensonge par omission d'un François Villeneuve (*44*) cachant à ses nombreux partenaires sa contamination syphilitique (« *Carmen n'a rien eu ; ils se sont tus* ») (*44*, 209), mensonge consubstantiel à Mère Benoîte des Anges (*Thérèse*) dont l'appellation suave, le corps replet et le bureau généreusement éclairé fonctionnent comme autant de signaux erronés :

> « *Les nombreux visiteurs* […] *ne manquaient jamais d'être impressionnés par cette libéralité qui leur faisait croire que la directrice était une femme franche, qui n'avait rien à cacher* […]. *La directrice pouvait donc mentir tout à son aise.* » (*Thérèse*, 34)

Mensonge éhonté de Tooth Pick (*Carmen*) accusant Bec-de-Lièvre du meurtre qu'il vient de perpétrer :

> « *J'ai pas eu le temps d'intervenir ! J' le jure ! J'ai pas eu le temps de rien faire ! Bec-de-Lièvre s'est garrochée sur la carabine que Maurice garde toujours cachée en arrière du calorifère des toilettes, pis…* » (79)

Si la banalité de leurs motivations assure, à l'évidence, la représentativité de François, Tooth Pick ou Mère Benoîte des Anges, elle leur dénie, d'un même élan, toute légitimité herméneutique. Modèles de confection, reproductibles à l'envi, ils ne sauraient incarner la spécificité tremblayenne ni le monde illusoire qui en fait tout le prix.

À l'inverse, Édouard (*Langeais, La duchesse, Des nouvelles, La maison*) a su trouver le chemin de ce pays qui n'existe pas, guidé par la seule certitude de son évanescente réalité :

> « *C' qu' y a dans ma tête est cent fois plus beau que tout c' qu' y a en dehors !* » (*La duchesse*, 375)

Le double mensonge d'Édouard

Aux dires de Michel Tremblay lui-même, Édouard est le seul véritable héros qu'il ait jamais créé. Jugement paradoxal que semblent démentir les

« tares » dont Édouard pourrait, à juste titre, dresser l'implacable inventaire : gros, pauvre, assujetti à une mère castratrice qui l'appelle « *mon homme* », il n'a, à quarante ans, d'autre perspective qu'une carrière humiliante de vendeur de chaussures assortie d'une vie privée vouée à la honte et à la clandestinité.

C'est alors qu'il décide d'inventer sa vie, en se dotant du sexe, du nom et du physique qu'un Destin jaloux lui avait refusés.

À force de grimages et d'artifices, il devient la « *duchesse de Langeais* », non point tant travesti que métamorphosé, apte désormais à recueillir en toute impunité les fruits de son mensonge salutaire : le « *fun* », la gloire et même la beauté : « *Un gros homme c'est ridicule ; une grosse femme c'est ragoûtant.* » (*La duchesse,* 139)

Cette imposture initiale se révélera un creuset propre à forger une authentique œuvre littéraire empruntant à l'épopée l'emphase de ses exploits magnifiés et à l'oralité son éternelle capacité de renouvellement. En effet, parti pour Paris afin de parfaire son éducation « aristocratique », Édouard n'y restera que 36 heures, accablé par la beauté du lieu et le prestige d'une civilisation dont il se sent indigne. Mais ce voyage manqué se transformera, au cours des années, en odyssée mythique, toujours plus riche de rencontres et d'expériences, toujours plus inventive et… toujours plus vraie.

> « *Ce n'est pas l'expérience qui compte, c'est le mensonge bien organisé.* » (*Des nouvelles,* 302)
>
> « *Aïe, c'tait une moyenne menteuse, la duchesse* […] *A' l'a toujours dit qu'a' l'avait passé des mois pis des mois, à Paris… A' nous contait ses rencontres avec des stars pis des écrivains connus, ses fréquentations dans le grand monde, ses déguisements qui faisaient rire le Tout-Paris.* » (*Des nouvelles,* 305)

La volupté de cette parole performative qui ne se nourrit que d'elle-même, tous liens avec le réel abolis, rend plus cruelle encore la manifestation d'une vérité génératrice de silence.

François Villeneuve en a fait l'amère expérience.

Le silence de la vérité

Jeune chanteur des années soixante, relève annoncée des plus grands – de Ferland à Vigneault – François Villeneuve (*44*) jouit d'un statut privilégié qu'autorisent son physique apollinien et la qualité de ses textes.

Fort de ses avantages et d'une réputation d'enfant gâté auquel tout est toujours pardonné, il décide de lever le masque, devant le Tout-Montréal dans un « *come-out*[6] » retentissant.

En introduisant dans son récital deux chansons à caractère homosexuel, il rêve d'une rédemption pleine de panache ; d'une rédemption qui serait aussi une revanche : finies les équivoques d'amours asexuées, finie la prudence des silences coupables, finis les mensonges !

> « *Il a dû refondre complètement* Mon amour, ma vie, ma perte *pour lui donner son aspect actuel* [...] *C'est un appel au droit de les aimer tous et de les convoiter sans se sentir obligé de s'attarder à un en particulier, comme Don Juan pour les femmes.* » (*44'*, 314-315)

Mais, comme un boomerang, le silence rompu retombe sur François, l'enlisant dans le mutisme d'une inspiration à jamais tarie. En butte à la vindicte des journaux, interdit de radio et de télévision, le chanteur est victime d'un processus de néantisation dont la double temporalité du récit permet de mesurer l'implacable déroulement : trente ans après sa « révélation », il prend acte de son œuvre avortée, de sa vie manquée.

Pour flagrante qu'elle soit, l'adéquation mensonge/création, vérité/silence débouche néanmoins sur un paradoxe ; car enfin, cette insistance à souligner ses propres artifices ne relève-t-elle pas d'une volonté de transparence et donc, d'une indéniable sincérité ? Ainsi, pris dans le tourbillon d'une dialectique jamais résolue, le lecteur ne rencontre qu'une ligne de fuite qui toujours se dérobe à ses tentatives de systématisation.

À l'instar de Marcel déclarant dans un moment crucial : « *j'ai choisi le mensonge* » (*La duchesse*, 327), résigné à ce que passe pour Menterie ce qu'il sait être Vérité, Michel Tremblay pourrait bien ne s'abriter derrière le faux que par amour du vrai.

Vertige de l'illusion sciemment entretenue, éternel recommencement de l'imposture !

Mais voilà que se profile un nouveau malentendu, bousculant la hiérarchie, instaurant entre Michel Tremblay et ses lecteurs des rapports obliques, voire intrinsèquement faussés.

---

6 Littéralement « sortie du placard » : reconnaissance solennelle et médiatisée de son homosexualité. S'agissant de années soixante, l'expression est anachronique.

Quand le manipulateur est manipulé, quand la vocation d'usurpateur initie une réputation à son tour usurpée, l'écrivain devient la victime d'une abusive renommée ayant, à défaut d'assises légitimes, force de loi.

Une réputation usurpée

Depuis le triomphe des *Belles-Sœurs* en 1968 [7], Michel Tremblay n'a jamais quitté la scène médiatique qui a fait de lui à la fois un homme public et une vedette à part entière. Mais la coïncidence de cette émergence et de la pièce l'ayant provoquée devait se révéler propice à un amalgame dont a pâti le jeune dramaturge et dont pâtit encore, trente ans après, l'auteur d'une œuvre plurielle et colossale.

Sempiternellement associé à sa première pièce [8], à sa teneur bouffonne et à l'énormité de ses effets, Michel Tremblay, estampillé « écrivain populaire » semble à certains s'être figé dans une posture et un rôle qu'il a aujourd'hui dépassés.

Un écrivain populaire ? Certes...

Nier que Michel Tremblay est **aussi** un écrivain populaire relèverait de la gageure, du paradoxe et même de la contre-vérité. Populaire dans la triple acception authentifiée par le Robert – qui émane du peuple, qui s'adresse au peuple, qui plaît au peuple –, l'œuvre de Michel Tremblay l'est à coup sûr.

Peintre de petites gens, il se veut le chroniqueur attentif du Plateau Mont Royal et, tout particulièrement, de cette rue Fabre où il a passé son enfance : « *J'ai vraiment l'impression* [...] *que je suis né pour perpétuer une rue.* » [9]

---

7 Voir à ce sujet Michel Bélair, *Michel Tremblay*, les Presses de l'Université du Québec, 1972 : « *Le soir du 28 août 1968, donc le Rideau-Vert explosa, au figuré évidemment, le Tout-Montréal voyait son premier Tremblay ; il s'en remit à peine.* » (p. 16)

8 J'entends la première pièce jouée au théâtre ; *le Train* qui lui vaut le premier prix au concours organisé par Radio-Canada en 1964 avait fait l'objet d'une représentation télévisée.

9 Phrase citée par Pierre Popovic, « La rue fable » in *Le Monde de Michel Tremblay*, Jeu/Lansman, 1993, p. 275-288. La citation se trouve p. 275.

L'empathie qui le lie à ses personnages (dont la plupart l'ont touché de très près) conduit l'écrivain – qu'il agisse comme romancier, dramaturge ou autobiographe – à se mettre à leur diapason, disant leurs joies et leurs souffrances, leurs espoirs et leurs déceptions avec la simplicité d'un scribe chargé du journal de bord d'une communauté villageoise.

Cette simplicité, toutefois, s'assortit d'une grande efficacité dramatique. Volontiers manichéenne, l'œuvre scinde les personnages en réprouvés, objets de tous les anathèmes et en héros, porteurs de désirs et de rêves. Leur confrontation obligée débouche sur des scènes épiques où le lecteur convoqué compte les points, vibrant à chaque avancée de son favori, pleurant de sa défaite, haletant et essoufflé face à la cascade de péripéties lui imposant leur alacrité et leur tempo endiablé !

Qui de Mère Benoîte des Anges ou de Sœur Sainte-Catherine triomphera dans le duel sans merci qui les oppose ? (*Thérèse*)

Après son humiliation à la taverne, Gabriel retrouvera-t-il sa propre estime et son ascendant d'orateur de quartier ? (*La grosse femme*). Albertine va-t-elle, oui ou non, reconnaître son frère habillé en femme lors du concert de Tino Rossi ? (*La duchesse*). Nana bénéficiera-t-elle d'un petit sursis dans son calvaire de malade ? (*Un objet*). Glanées presque au hasard parmi tant d'autres possibles, ces questions fonctionnent comme autant d'indices de la spontanéité du plaisir inhérent à l'œuvre tremblayenne. Car, en définitive, c'est bien la notion de plaisir qui assure à elle seule la caractérisation populaire. Et ce plaisir passe incontestablement par un jeu d'émotions contradictoires, déclinées avec une habileté d'autant plus redoutable que le lecteur n'en a pas conscience. Captivé par une diégèse toujours inventive, bousculé par des images fortes et des sentiments prégnants, il est, au sens propre du terme, « ravi », emporté vers d'autres temps, vers d'autres lieux, au gré de la volonté du démiurge qui le possède. À ce titre, en effet, l'œuvre de Tremblay mérite pleinement le qualificatif de populaire.

Une œuvre populaire ? Voire…

Mais populaire ne signifie pas populiste. Ni facile, ni simplette, ni bâclée. Une opinion largement répandue parmi les intellectuels voudrait que le plaisir soit incompatible avec la qualité, l'émotion avec l'intelligence, la clarté avec la complexité.

Or, l'œuvre de Tremblay dément ces clichés, qui allie avec bonheur ces différentes caractéristiques présumées contradictoires.

Un échafaudage rigoureux

Ainsi, un système d'échos, de mises en abymes et de scènes spéculaires, instaure entre les différentes facettes un réseau signifiant, bien propre à introduire le lecteur au cœur d'un labyrinthe – mais d'un labyrinthe où il ne se perd jamais –, lui procurant en même temps et le frisson de l'inconnu et la sécurité de repères irréfutables.

Un rapide balayage diachronique révélerait, à cet égard, la rigueur architecturale d'une œuvre dont la genèse et l'ultime maillon se rejoignent dans une commune apocalypse.

Ainsi, dès sa première apparition, le personnage de Marcel (*Pièces* [10]), affiche un délire mégalomaniaque terrifiant son entourage.

> « *Moé, j'peux toute faire ! J'ai toutes les pouvoirs ! Parce que j'ai mes lunettes ! Chus tu seul... à avoir les lunettes.* » (92)

Cette dernière réplique de la pièce trouve un écho amplifié dans la dernière scène d'*Un Objet de beauté* (1997) : convaincu de sa vocation de justicier et du bien-fondé de ses prétentions vengeresses, Marcel met le feu aux cheveux de sa mère, dans l'espoir que ce rite sacrificiel et propitiatoire purifiera le monde entier.

Cet échafaudement implacable participe d'une volonté de globalisation telle qu'elle s'acquiert parfois au prix d'artifices, de rattrapages et de véritables pirouettes éditoriales.

En 1978, lors de la publication du premier tome des *Chroniques*, la grosse femme enceinte dit à son mari Gabriel : « *Si c'est un garçon, y va s'appeler Pierre* » (*La grosse femme*, 127). Or, dans une édition postérieure (Babel-Léméac, 1995), ce prénom disparaît au profit de celui de Jean-Marc. Simple fantaisie ? Concession à une mode ?

En fait, Jean-Marc n'est pas un inconnu : héros d'une pièce homosexuelle *Les Anciennes Odeurs* (1981), cet enseignant se voit consacrer un diptyque romanesque : *Le Cœur découvert* (1986) et *Le Cœur éclaté* (1993).

---

10 Michel Tremblay, *En pièces détachées*, Léméac, 1970. Mais la pièce a connu plusieurs versions (non éditées) dont la première remonte à 1969. Cette version d'*En pièces détachées* dérive elle-même de *Cinq pièces* créée en 1966.

Mais ces deux personnages, l'enfant encore à l'état fœtal de la grosse femme et le professeur de français, ont fusionné en 1990, reliés par une surprenante cognation que met au jour *La Maison suspendue.*

L'édition de 1995 prend acte de ce changement, donnant à croire que ce coup de théâtre avait été préparé de longue haleine et que le roman fondateur des *Chroniques* contenait déjà en germe, et jusque dans ses moindres détails, l'œuvre à venir.

Une culture omniprésente

Peindre un milieu populaire, c'est comprendre ses aspirations, rapporter ses croyances et respecter ses codes. Mais c'est aussi admettre ses références, qu'elles soient religieuses, idéologiques ou culturelles.

Tremblay ne déroge pas à cette exigence, multipliant les allusions littéraires, les notations artistiques, au point d'imprimer parfois à ses ouvrages des allures encyclopédiques. Certes, les belles-sœurs en restent au degré zéro de la culture, qui étalent sans vergogne leur mauvais goût et leurs piètres modèles.

« J' me revois, là, étendue sur une chaise longue, un bon livre de Magali sur les genoux... » (*Belles*, 59)

« Y nous fait jouer d' la musique, à part de ça, mes chers enfants, que c'est pas écoutable ! Du classique à cœur de jour ! [...] *Pis si y' a une chose que j' peux pas endurer, c'est ben la musique classique. »* (*Belles*, 36)

Toutefois, la plupart des personnages hantant l'univers tremblayen témoignent d'un appétit de culture... véritablement gargantuesque.

Victoire, Édouard, la grosse femme, François, Jean-Marc, tous voient la culture innerver leur vie, la rehausser, l'interpréter, jusqu'à lui donner une signification dont elle semble souvent dépourvue.

À Paris, François Villeneuve (*44*) marche sur les traces de Verlaine, fréquente les mêmes lieux, certain d'avoir côtoyé son fantôme, au prix d'une véritable hallucination.

Avant lui, Édouard (*Des nouvelles*), dont les références sont moins poétiques, avait traqué dans le Paris populaire le corps massif de Maigret ou la silhouette claudicante de Gervaise.

« Maigret ! J'étais sûr de le voir déboucher du quai des Orfèvres, me faire un signe de la main et entrer dans un café. » (*Des nouvelles*, 276)

« J'ai couru à travers tout le quartier à la recherche de Gervaise ! Je savais qu'elle n'avait jamais existé [...] *mais comme pour Maigret plus tôt, j'étais sûr de la trouver. »* (*Des nouvelles*, 298)

Quant à la grosse femme, entrée dans l'espace textuel, par un soliloque onirique racontant sa vie rêvée, elle affiche un imaginaire stéréotypé construit sur un exotisme de carte postale et sur des clichés sirupeux. Mais même au cœur de cet Éden décalqué, elle n'oublie pas ses admirations livresques, aussi indispensables à la perfection du tableau que le sable chaud ou le ciel bleu.

« Tu lirais Notre-Dame de Paris ou ben donc Eugénie Grandette, à voix haute » (*La grosse femme*, 40), dit-elle à Gabriel.

Enfin, le narrateur désireux de donner la mesure du charivari présidant aux repas de la famille de Victoire n'a pas recours aux procédés rhétoriques qui lui sont habituels – l'hyperbole, l'énumération, la redondance – mais délègue à une simple allusion picturale le pouvoir d'évoquer l'ampleur du chaos !

« Quant au repas du soir, c'était quelque chose entre le free for all total et le Jardin des délices *de Jérôme Bosch* [11]*. »* (*La grosse femme*, 42)

Ainsi, l'abondance et l'éclectisme des références artistiques opposent un démenti ou, du moins, un correctif au jugement abrupt cataloguant Michel Tremblay comme un auteur populaire archétypal.

Mais une autre équivoque gauchit l'appréhension et la réception de son œuvre. Intronisé écrivain réaliste, il se réclame, certes, de cette esthétique mais ne saurait en aucun cas s'emprisonner dans un monolithisme réducteur et pesant.

Un cadre réaliste

Qu'il décrive le Montréal duplessiste (*Chroniques du Plateau Mont-Royal*), ou celui de la Révolution tranquille (*La Nuit des princes charmants ; Un Objet de beauté*), le Key West des années 1990 (*Le Cœur éclaté*) ou le Paris des années 1940 (*Des Nouvelles d'Édouard*), Michel

---

11 Jérôme Bosch (1450-1516) : *Le Jardin des Délices* est attribué à sa maturité. Son œuvre est dominée par les thèmes de la folie, du péché et de la mort.

Tremblay restitue au plus juste décors et espaces. Aussi minutieux dans ses repères topographiques que respectueux de la toponymie, le narrateur ne transige jamais avec la vérité des lieux qu'il nomme, qu'il balise, qu'il dépeint avec la précision d'un guide et l'aisance d'un vieil habitué.

Ainsi, à qui voudrait accompagner Édouard (*Des nouvelles*) dans son périple nocturne, dans cette catabase aux confins de l'enfer parisien, l'itinéraire apparaît lumineux et le plan d'une rigueur géométrique.

> *« Les rues suivantes, aussi, la rue Lemoine, la rue de Tracy, étaient bondées d'ombres silencieuses* [...] *J'ai été soulagé de traverser la rue Réaumur, agitée et même tumultueuse après l'épais silence de la rue Blondel. »*
> (*Des nouvelles*, 267)

De même, le trajet des enfants de la rue Fabre en partance pour l'école (*Le premier*) obéit à un infrangible rituel tributaire de la configuration du quartier et des rues qu'ils empruntent.

> *« Les garçons de la rue Papineau, de la rue Marquette, de la rue Fabre, de la rue Garnier se déversaient ainsi tous les matins dans la rue Gilford* [...] *Quant aux filles* [...] *elles avaient depuis longtemps appris à emprunter le boulevard Saint-Joseph. »* (*Le premier*, 24-25)

La même méticulosité préside à la représentation temporelle dont la valeur testimoniale est bien apte à souligner l'avènement du Québec contemporain.

Du 2 mai 1942 aux années 1990, c'est un demi-siècle d'Histoire qui défile, illustrant, à force de soubresauts et de reculs, de piétinements et de progrès, la difficile émergence d'un pays incertain [12].

Cette fresque où l'écho des grands événements n'arrive qu'assourdi se construit sur les multiples détails d'un quotidien qui peu à peu évolue, à l'image du monde ; les années 1950 ne sont pas associées à la Guerre froide [13] ni aux tragédies qui les ont marquées mais à la démocratisation de la télévision, objet de désir pour la grosse femme.

> *« Tout le savoir du monde était là, elle le savait. Le cinéma chez soi ? Plus que le cinéma, une radio visuelle qui suivrait l'actualité partout dans le monde au moment même où elle se produirait ; un livre ouvert sur l'univers. »*
> (*Le premier*, 105)

---

12 L'expression est de Jacques Ferron : « Contes du pays incertain ».

13 Contrairement à Gabrielle Roy dont les héros – en particulier Alexandre Chenevert – sont beaucoup plus solidaires de l'humanité.

Au service de l'étrange

Cette exigence de conformité participe cependant d'une stratégie de persuasion et de séduction qui n'est pas sans rappeler le *captatio benevolentiæ* de l'art oratoire [14].

En effet, mis en confiance par l'évidente sincérité des descriptions, le lecteur laisse de côté son esprit critique et les doutes qu'il engendre pour suivre aveuglément le mentor qui l'a jusqu'alors si bien guidé.

Ainsi, paradoxalement, le cadre réaliste se présente comme un soubassement indispensable à l'édification de l'étrange.

Qu'elle se place sous le signe de l'insolite ou de l'irréel, cette notion aux contours indéfinis se laisse mal cerner, plus proche d'un « certain regard » que d'une véritable saisie des choses. Ni fantastique, ni merveilleux, l'étrange participe d'une écriture tremblée, acquise au prix d'un flottement, d'une vision embrumée et d'un décalage si ténu qu'il s'évapore au moindre essai de catégorisation.

Un bon exemple de cette manière « déréalisante » intervient au moment où quelques personnages rentrent chez eux, après s'être rencontrés par hasard au parc Lafontaine.

> « *Un bien étrange cortège sortit du parc Lafontaine : en tête venait une vieille femme toute cassée qui tirait par la main deux petits garçons* [...]
> *Ils marchaient lentement, comme s'ils n'allaient nulle part, longeant la rue Fabre qui s'était complètement vidée pour les laisser passer. Ils auraient pu tout aussi bien revenir d'un mariage où ils se seraient trop amusés ou sortir d'un cataclysme qui les aurait laissés à peu près indemnes : la fatigue effaçait presque leurs traits, leur donnant un air de nulle part et de n'importe quand* [...] *Il était six heures et les cent clochers de Montréal le carillonnaient bien haut.* » (*La grosse femme*, 251-252)

Inducteur d'un malaise latent, ce texte s'échafaude sur une impression de « jamais vu » : frappé d'amnésie, le narrateur, renonçant à son omniscience, décrit les personnages (« *Une vieille femme* », « *deux petits garçons* ») sans les désigner (il s'agit en fait de Victoire et de ses deux petits-fils, Marcel et Richard), comme si son regard neuf les découvrait pour la première fois. Les indéfinis (« *une* », « *nulle part* », « *n'importe quand* ») et

---

[14] Le fait pour l'orateur de s'assurer, dès l'exorde, une attention bienveillante, par exemple, en rendant hommage au mérite des auditeurs.

les hypothèses contradictoires (« *mariage* », « *cataclysme* ») parachèvent un processus de désidentification propre à remettre en question la réalité de toute la scène.

Et l'évanescence de cette représentation est d'autant plus troublante qu'elle émerge, tel un fantasmatique tableau, d'un cade spatio-temporel aux données bien arrêtées (« *parc Lafontaine* », « *rue Fabre* », « *six heures* », « *cent clochers* »).

Le joual, « rattrapage » réaliste d'un art irréaliste

Si le genre romanesque favorise le réalisme auquel le rattachent tant de modèles prestigieux, le théâtre, dans son essence même, en revendique la négation. Art de la convention, il n'existe qu'en vertu d'un pacte tacite autorisant les comédiens à « faire semblant » et les spectateurs à feindre véridiques leurs artifices.

Quoi de plus invraisemblable, de plus incroyable que l'existence même du monologue ou de l'aparté ?

Voici qu'un homme, proie d'une émotion violente ou d'un questionnement existentiel, s'avance sur la scène pour soliloquer. Dans la vie courante, certes, il passerait pour fou ; au théâtre, toutefois, on le dit un héros.

Voici qu'un autre chuchote à voix haute une réflexion désobligeante, inaudible pour son interlocuteur mais comprise de la salle entière ! Quel naïf goberait un si grossier subterfuge ? Mais le théâtre, c'est aussi le pouvoir de suggérer, d'esquisser et donc de faire la part belle à une imagination tenue d'interpréter et d'aller voir, au-delà du décor, l'autre côté des choses.

C'est bien la nécessité de cette alchimie transfiguratrice qui séduisit Michel Tremblay adolescent, lors de son premier contact avec le jeu scénique : dans son recueil autobiographique, *Douze coups de théâtre*, il se souvient de cette révélation :

> « *Tout m'était suggéré plutôt qu'imposé et les images qu'on m'offrait étaient nouvelles en plus d'êtres superbes ! On ne se contentait pas d'essayer de représenter Paris, on le réinventait à partir de presque rien* […]
> *Moi, habitué au cinéma où tout m'était mâché d'avance* […], *j'étais ici obligé de tout repenser moi-même, de tout rebâtir.* » (*Douze*, 51)

Mais le théâtre tremblayen va encore souligner cette artificialité inhérente au genre dramatique lui procurant, à force de surenchère, un semblant de légitimation.

Innovations dramaturgiques et procédés de distanciation mettent en scène leurs propres stratagèmes.

C'est ainsi que les chœurs (*Belles*, *Carmen*), les parodies (*Héros*), le dédoublement des personnages (*Le vrai ?*), une temporalité plurielle (*À toi*, *La maison*) ou encore la scission de l'espace (*Damnée*) visent moins à séduire qu'à souligner une intrinsèque duplicité.

Toutefois, à trop solliciter cette mise à distance, le théâtre risque de perdre son âme pour céder à l'illusoire magie d'un pur jeu formel. Conscient de ce danger, Michel Tremblay concède au réel cet ancrage minimal sans lequel toute communion est impossible et tout plaisir incomplet. C'est dans cette optique qu'il écrivit en « joual [15] » *Les Belles-Sœurs.*

Dans l'effervescence qui s'ensuivit, le jeune linotypiste projeté soudain en pleine lumière suscita des réactions aussi violentes que contradictoires. Honni par les uns, adulé par les autres, il fut sommé de s'expliquer : par quelle aberration ou quel trait de génie donner à entendre ce parler cru, hybride, inconsistant, cette sous-langue renvoyant au public l'image de sa médiocrité ?

À tous, partisans comme contempteurs, Michel Tremblay répondait au nom du réalisme, arguant de la vraisemblance pour justifier son audace : devait-il doter ses femmes du peuple, purs produits de l'est montréalais, d'une langue incompatible avec leur niveau culturel ?

> *« Le joual ? c'est mon principal moyen d'expression. Je m'étais dit : si jamais j'écris un jour, je ne tricherai pas. Je ferai parler mes personnages avec les expressions qu'ils utilisent dans leur vie de tous les jours. »* [16]

---

[15] Joual : graphie reproduisant la prononciation fautive du mot cheval. Ce mot signifiant (par une audacieuse métonymie) le parler vernaculaire de l'est montréalais, émergea dans les années soixante et fut popularisé dans cette acception par un pamphlet, *Les Insolences de Frère Untel* (Montral, Éditions de l'Homme, 1960). Frère Untel était le pseudonyme de Jean-Paul Desbiens. Après certaines tentatives romanesques (*Le Cassé* de Jacques Renaud, Éd. Parti-Pris, 1964), Michel Tremblay est le premier à avoir écrit une pièce de théâtre entièrement en joual. C'est la raison pour laquelle l'histoire littéraire date des *Belles-Sœurs* l'avènement du théâtre québécois.

[16] Cité par Lise Gauvin, « Le théâtre de la langue », in *Le Monde de Michel Tremblay, op. cit.*, p. 335-357. Citation p. 337.

Les critiques allaient dans son sens, qui s'émerveillaient d'une si parfaite adéquation du fond et de la forme, d'une langue véritablement performative susceptible de créer, par le seul usage de ses mots frustes, un univers déliquescent. Ainsi, Alain Pontaut, dans l'introduction de la seconde édition [17], constate :

> « *Ces personnages traumatisés ne pouvaient pas, ne devaient pas parler une autre langue que celle-ci, familière et souvent pittoresque* [...] *néanmoins, raréfiée, tuméfiée, tristement impropre à l'échange.* » (V)

Et Jacques Cellard de corroborer dans *Le Monde* (25/11/1973) : « *La pièce est en joual comme Andromaque est en alexandrins parce qu'il faut une langue à une œuvre et une langue forte à une œuvre forte.* » [18]

De fait, le joual participe des effets de réel dont Michel Tremblay s'entend à saupoudrer ses textes. Sa structure embryonnaire et parataxique mime, par sa souplesse et son relâchement, la langue de la rue, tandis que l'intrusion de vocables anglais reproduits tels quels ou francisés rappelle l'aliénation culturelle et linguistique du Québécois menant contre une anglophonie triomphante un combat acharné.

Le joual recomposé

Toutefois, et si juste qu'il sonne, le joual de Tremblay reconstruit, recomposé, retranscrit, reste une langue littéraire et donc artificielle. La prolifération dans les années 1970 de pièces joualisantes calquant le réel au plus près en fournit la preuve *a contrario.* Entre ces dialogues où fleurissent les « passe-moi le sel » se réclamant d'une esthétique hyperréaliste et l'inventivité « lireuse [19] » d'une langue riche en jeux de mots et allusions [20], le fossé paraît infranchissable.

Par ailleurs, Lise Gauvin, dans un article très pertinent, « Le théâtre de la langue », a bien montré le processus de littérarisation du joual des

---

[17] *Les Belles-Sœurs,* Montréal, Leméac, 1972.

[18] Cité par Lise Gauvin, « Le théâtre de la langue », p. 337.

[19] Lyrique. Tremblay a souvent montré le potentiel « lireux » du joual.

[20] Deux exemples dans *Les Belles-Sœurs* : « *J'vas avoir... d'la tapisserie neuve... Non, pas fleurie, ça donne mal à tête à Henri, quand y dort...* » (p. 20) ; « *Les Îles Canaries ? Ça doit être plein de serins, par là.* » (p. 27)

Belles-Sœurs parlant « *d'une écriture de l'oralité qui s'effectue par un transcodage complexe.* »[21]

Ainsi, elle se demande : « *Pourquoi enfin dans l'expression "j' hais ça comme une bonne"* [*Belles*, 23], *ne pas avoir choisi* ***haï*** *plus conforme à l'usage québécois ?* »[22]

Et de fait, le « j' », marqueur d'oralité se trouve contrebalancé et pour ainsi dire contredit par la forme verbale que le parler populaire eût systématiquement transformée.

En favorisant « *la rupture de l'illusion réaliste*[23] », le théâtre de Tremblay s'inscrit donc en faux contre le préjugé attribuant à l'auteur des *Belles-Sœurs* le rôle d'initiateur, puis de garant du réalisme québécois.

Sa figure s'en trouve brouillée, son image éclatée comme si le kaléidoscope textuel de « *l'enfant multiple* » faisait obstacle à toute forme d'univocité.

De cette nébuleuse émerge, cependant, la certitude d'une filiation englobant dans le même appétit charnel l'écrivain québécois et le grand Rabelais.

Le goût de la chère

Très conscients de leurs corps, attentifs à ses besoins, même les plus rudimentaires, les personnages semblent parfois se confondre avec leur appareil digestif dont les envies, les soubresauts ou les rébellions scandent leur vie quotidienne. L'œuvre foisonne donc de notations nutritionnelles ou scatologiques qui s'étalent comme autant d'insultes au bon goût. De Sœur Sainte-Philomène « bâfrant » dans le réfectoire de la congrégation (*Thérèse*), à Édouard s'empiffrant de biscottes aux rillettes (*Des nouvelles*), de François se jetant sur une nourriture roborative (*44*), à Victoire ingurgitant depuis trente ans une innommable mixture (*La grosse femme*), les goinfres manifestent une sacrée santé et une présence aussi massive que la nourriture qu'ils ingèrent.

21 « Le théâtre de la langue », p. 344.

22 « Le théâtre de la langue », p. 345.

23 *Ibid.*, p. 347.

Avec quelles délices, Victoire dévore, au grand dégoût de son entourage, un sandwich de son invention !

> *« Victoire mordit dans son sandwich ketchup-beurre-cassonade en poussant de petits grognements de satisfaction et Édouard détourna les yeux. Elle mâchait bruyamment, sans se rendre compte qu'une goutte de ketchup décorait le bout de son nez* [...]
> *Elle passa une manche de sa robe sur le bout de son nez : "T' as jamais voulu essayer ça, toé, c'te sandwich-là, hein ? T'as jamais voulu. C'est bon, pourtant ! C'est ben bon ! Le ketchup, pis la cassonade ensemble, là, c'est ben ben bon." »* (*La grosse femme*, 94)

Alors que sa boulimie pourrait animaliser le personnage (« *mordit* », « *bruyamment* », « *grognements de satisfaction* »), sa prise de parole la sauve d'un tel avatar, sa gourmandise orale se répercutant en écho dans une gourmandise verbale tout aussi jubilatoire.

La montée en puissance du plaisir buccal s'accompagne, en effet, d'une gradation dans la jouissance phatique dont le paroxysme éclate dans ce constat en forme de litanie : « *c'est bon... c'est ben bon..., c'est ben ben bon* ». « Je mange, donc je suis » pourrait dire la vieille femme dont l'autorité menacée par l'âge s'affirme ainsi envers et (surtout) contre tous !

Une concession au scatologique

Dans l'univers de Michel Tremblay, le corps apparaît souvent comme un simple lieu de « transit » soumis au double processus remplissage/évacuation, obligation humiliante et répétitive dont rend compte la récurrence textuelle.

C'est sans doute Édouard (*Des nouvelles*) qui aborde le plus franchement le sujet, contant avec une naïveté désopilante ses déboires dans les « lieux » parisiens.

> *« Là, je reste figé sur place. Le bol de toilettes* [24] *avait été arraché ! Y' avait juste un trou dans le plancher* [...]. *Vous me croirez pas, mais les ai toutes passées avant de comprendre qu'elles sont faites comme ça !* [...] *Peut-être que c'est comme ça juste dans les gares... jamais je croirai que la France au grand complet chie debout ! »* (*Des nouvelles*, 209)

---

[24] La scène se passe en 1947 et, à cette époque, les endroits publics ont généralement des toilettes « à la turque », estimées plus conformes à l'hygiène.

Dans son refus de l'ellipse bienséante, il justifie cet abandon à la vulgarité par la nécessité de prendre en compte l'être humain dans toutes ses composantes.

« Si vous saviez comme je suis tanné[25] *de parler de ça ! Déjà ! Deux fois dans la même soirée ! Mais c'est une des fonctions les plus importantes dans la vie d'un homme. » (Des nouvelles,* 222)

Mais d'une manière générale, le corpus tout entier est tributaire de ces notations prosaïques sacrifiant à la veine excrémentielle et l'on aurait beau jeu d'associer cette analité omniprésente aux tendances régressives des personnages.

À quatre ans révolus [26], l'enfant de la grosse femme entretient des rapports étranges à la défécation, s'abîmant dans une rétention douloureuse autant que voluptueuse, génératrice « d'accidents » mortifiants.

« Il ne détestait pas cette petite douleur au ventre [...] *excité par cette chose qui voulait sortir de lui, qu'il aurait éventuellement à évacuer mais qu'il aimait retenir aussi longtemps que possible, jusqu'aux limites de l'endurance et du danger. »* (*La duchesse,* 192)

Et Marcel, jeune adulte de vingt-trois ans, au plus fort de son délire, exprime sa jubilation par une manifestation d'incontinence [27].

« C'est fini.
Il a réussi.
Est-ce aussi bon qu'il le voulait ?
Il ne pourrait pas le dire, mais il se sent immensément soulagé. Puis il lance un petit couinement de surprise, des larmes lui montent aux yeux, il se lève de son banc, porte la main à son vaste fessier.
Il a fait dans ses culottes. » (*Un objet,* 60-61)

---

25 Las, fatigué.

26 Le narrateur parle « *d'un enfant de cinq ans trop rêveur* » (*La duchesse,* p. 192), mais la scène se passant en février 1947 et l'enfant étant né en juin 1942, il a bien 4 ans.

27 Extrait de l'article « régression » du *Vocabulaire de la Psychanalyse* de J. Laplanche et J.-B. Pontalis, PUF, 1967 : « Certains états psychopathologiques frappants inciteraient à entendre la régression sur un mode réaliste : le schizophrène, dit-on parfois, redeviendrait nourrisson ».

Cette prépondérance du corporel, du trivial, du scabreux, trouve son illustration la plus exacerbée dans l'obsession d'un sexe triomphant, d'un sexe inspirant à Sandra [28] cette vision globalisante et simplificatrice :

« Y' a pas de qui, y' a pas de quand, de où, de pourquoi, la réponse c'est toujours le cul. » (*Damnée*, 27)

Le culte du phallus

C'est peu de dire de certains personnages qu'ils ont tout misé sur le sexe. Pour ces monomanes – en général des travestis –, bien plus qu'une distraction, un besoin ou même une raison de vivre, le sexe est une mystique dont un culte dionysiaque célèbre la toute puissance dans des orgies minutieusement orchestrées. Réduits à leur phallus, comme d'autres à leur estomac, ils mettent en scène leur puissance virile, la glorifient, la divinisent par le truchement d'une parole incantatoire et transgressive.

Ainsi, la duchesse de Langeais [29], dans la pièce éponyme, protégée par le double rempart de l'ivresse et de la déterritorialité [30], accumule les forfanteries, les allusions grivoises et tous les indices d'une auto-complaisance poussée à son paroxysme.

« J'ai fourré sur quatre continents, moi, vous savez ! Amérique, Europe, Asie, Afrique ! L'Océanie, j' l'ai jamais trouvée… Oui, quatre continents ! J'en ai vu de toutes les couleurs, pis de tous les "size", if you know what I mean… Mais c'est parce que j'aimais ça. » (*Langeais*, 94)

Mais la grande prêtresse de l'érotisme reste incontestablement Sandra (*Damnée*).

Qualifiée de « sacrée » dans la double acception du mot, elle met sa virtuosité langagière et son imaginaire en perpétuelle effervescence au service d'un sexe accaparant, dieu tyrannique ne lui laissant ni répit ni repos. Cet assujettissement à l'emprise phallique culmine dans cet éloge du pénis dont Rabelais n'aurait pas désavoué la verdeur… et la drôlerie.

---

28 Héros de la pièce, *Damnée Manon, sacrée Sandra* (1977). Lors d'un entretien qu'il m'avait accordé en 1980, Michel Tremblay me confiait : « *Sandra, c'est moi* ».

29 *La Duchesse de Langeais* a été créée en 1969, puis reprise en 1971 dans une mise en scène d'André Brassard. Deux acteurs connus auraient refusé de jouer cette pièce-monologue.

30 La didascalie indique qu'elle est « *en vacances quelque part dans les pays chauds* ».

« *Mais je regardais surtout ma super-duper quéquette queen size et si tant belle, bandée comme une tour, toujours prête comme une scoute en quête de B.A. Ma quéquette ferait traverser la rue aux petites vieilles si j' la retenais pas ! Charitable, active et efficace !* » (*Damnée*, 37)

Tels sont les débridements qui valurent à Michel Tremblay sa réputation d'auteur salace, de provocateur patenté jetant ses mots comme des pierres dans le jardin des bien-pensants et des « bien-disants » !

Et si, pourtant, ces audaces ne s'étalaient qu'à titre de camouflages ? Si elles masquaient une appréhension pessimiste du corps et une soumission aux schèmes judéo-chrétiens d'autant plus prégnante qu'elle n'est ni consciente ni assumée ?

Le corps-prison

Il est significatif que dès sa première incursion dans le genre romanesque [31], Michel Tremblay ait dépeint, en la personne de Laura Cadieux (*Laura* [32]), une femme qui porte son corps comme un carcan et une marque d'infamie, ayant pris en dégoût autant son corps-pour-soi encombrant à traîner, que son corps-pour-autrui suscitant les quolibets.

Son obésité est à la fois sa seule caractérisation physique et le moteur [33] d'une narration linéaire consacrée aux péripéties d'une visite chez le « génie-coloye [34] » censé la faire maigrir. Mais au moins, Laura Cadieux bénéficie-t-elle d'un nom et d'un prénom lui assurant un semblant d'identité.

La grosse femme, elle, réduite à sa particularité physique, semble tout entière vouée à cette grosseur intempestive qui l'enferme dans une double prison : celle d'une chair surabondante qui prolifère jusqu'à l'étouffer et celle de la chambre qu'elle ne peut plus, désormais, quitter.

---

[31] Je laisse de côté les œuvres fantastiques écrites en français standard et dont Michel Tremblay (voir *Un Ange cornu avec des ailes de tôle*) reconnaît qu'il s'agit plutôt d'exercices de style : *Contes pour buveurs attardés* (1966) et *La Cité dans l'œuf* (1969).

[32] L'œuvre a été adaptée au théâtre et tout récemment (1998) au cinéma avec Ginette Péro dans le rôle-titre (réalisation de Denise Filiatrault).

[33] Et ce d'autant plus qu'il s'agit d'un récit assez court n'ayant ni l'épaisseur ni le dialogisme d'un roman.

[34] Bel exemple de transcription de l'oralité : gynécologue.

> *« Depuis qu'il voyait sa mère grossir presque à vue d'œil, ressemblant* [...] *à un tas de graisse molle sans personnalité ni caractère. »* (*La grosse femme*, 53)

Ainsi réifiée, la grosse femme subit l'abjection d'un embonpoint [35] dévorateur lui prenant sa liberté, sa féminité et jusqu'à son humanité. Mais, si paroxystique qu'il soit, cet asservissement n'est pas exceptionnel.

Le paradigme de la monstruosité et du corps grotesque s'inscrit, en effet, dans les structures imaginaires du créateur ayant mis au monde tant de corpulents personnages. Si « *le gros homme* » est la périphrase habituellement dévolue à Édouard, Marcel, enfant chétif, s'est métamorphosé à l'âge adulte en « *un énorme petit enfant de deux cents livres* [36], *un minuscule cerveau prisonnier d'un gros corps.* » (*Un objet*, 29)

Parfois même, le système de représentation se dérègle et les corps perdent leurs formes pour n'être plus que matière. Une matière inerte dans son amollissement, repoussante, hostile, dont la seule finalité est de faire obstacle au mouvement. Cette apathie corporelle devient alors la métaphore de l'aboulie et de l'impuissance sexuelle dont Hector Lemieux (*La grosse femme*) semble l'archétype.

> *« Claire Lemieux gavait son cétacé, le regardait engraisser en y trouvant un étrange plaisir. Les appétits sexuels d'Hector (tellement ennuyeux et primaires) s'atténuaient à mesure que les couches de graisse se superposaient sur sa charpente déjà molle. »* (*La grosse femme*, 88-89)

Mais cette fonction sémiotique s'inverse parfois : le corps n'est plus, alors, signe d'une dégénérescence mais instrument d'un exemplaire châtiment.

Le corps puni

Il serait bien entendu simpliste et déplacé de soupçonner Michel Tremblay de visées moralisatrices dont il a toujours souligné la méfiance qu'elles lui inspiraient.

Reste que la récurrence du schéma plaisir/douleur, gourmandise/difficultés digestives porte en filigrane la condamnation des sens et la certitude qu'une justice immanente fait payer, à terme, toute forme de jouissance.

---

[35] Ici accentué par la grossesse.

[36] Cette rondeur de Marcel est bien rendue par le tableau de Jean-Paul Lemieux figurant en couverture de l'édition Léméac/Actes Sud, d'*Un Objet de beauté.*

Les démêlés d'Édouard aux prises avec de l'ail qui ne veut pas « passer » valent au lecteur quatre pages d'une verve tragi-comique où le naturalisme de « *l'haleine pestilentielle* » (*Des nouvelles,* 95) côtoie la mise en scène hyperbolisée de la souffrance :

> *« J'ai demandé la mort pendant de longues heures, étendu sur le dos. » (Des nouvelles,* 94*)*

À son image, Victoire voit sa gloutonnerie durement sanctionnée, payant en insomnies, crampes et autres malaises ses fêtes gustatives :

> *« Victoire, livide, fantomatique, se levait péniblement de son lit et se promenait dans sa petite chambre en murmurant : "V'nez me charcher, mon Dieu, v'nez me charcher." »* (*La grosse femme,* 92-93)

Mais c'est sans doute Ti-Lou (*La grosse femme*), ancienne « guidoune [37] » de haut vol, qui porte l'adéquation hédonisme/punition à son plus haut degré d'exactitude.

Son amour des sucreries lui fit traverser toutes les étapes d'une « passion [38] » subie et assumée : diabète, gangrène, amputation, comme si le plaisir excessif ne pouvait déboucher que sur une punition elle aussi excessive. La mise en parallèle de deux textes descriptifs rend bien compte de cette exacerbation du voluptueux comme de l'abject, qu'un principe de cause à effet semble réunir.

> *« Ti-Lou choisit un des gros chocolats aux cerises, ses préférés, le posa sur sa langue et le fit éclater contre son palais* [...]. *Elle mâchait lentement* [...] *gardant la pulpe de chocolat et de jus de cerises prisonnière entre sa langue et son palais. »* (*La grosse femme,* 129)
> *« Les yeux fixés sur la petite bosse que faisait son moignon sous la robe longue : l'horreur parfaite, ronde, lisse comme un œuf qui était* ***l'aboutissement de sa vie*** [39]. » (*La grosse femme,* 77)

Mais comment oublier que cette femme mutilée anima pendant 30 ans la vie nocturne d'Ottawa, toujours prête alors à combler les désirs de ses clients huppés ? L'équivoque de l'expression « *l'aboutissement de sa vie* » laisse à penser que Ti-Lou paie aussi pour ses débordements sexuels dont l'intempérance buccale ne représenterait que l'épiphénomène.

---

37 Prostituée.

38 Dans la double acception du terme.

39 Je souligne.

Par ailleurs, l'implacabilité de l'enchaînement menant de la quête effrénée de partenaires multiples au châtiment suprême fait du destin tragique de Luc (*Anciennes, Découvert, Éclaté*) un exemple paroxystique. Cet ancien partenaire de Jean-Marc dont l'hypersexualité s'assortit de pulsions délétères semble incapable de dissocier le risque du plaisir : dans *Le Cœur éclaté*, il se meurt du Sida et son corps supplicié n'est plus que douleur et hideur.

> « *L'image de l'insecte blessé était exacte. Il était recroquevillé sous la tente à oxygène, ses membres semblaient démesurés, cassés* [...] *Sa peau était couverte d'ecchymoses et de plaies à vif. On aurait dit qu'il avait été sauvagement battu.* » (*Éclaté*, 309)

Même si après tant de rapports mortifères, la contamination était inéluctable et si, donc, la mort de Luc participe de la vérité romanesque, il n'en reste pas moins évident que la trame narrative et le réalisme descriptif, en sanctionnant un comportement déviant, se chargent d'intentionnalité. En effet, bien que Michel Tremblay ait toujours dénoncé les méfaits d'un jansénisme [40] intolérant et castrateur, certaines résurgences, certains aveux à demi chuchotés, inciteraient à croire qu'il reste marqué de son empreinte et tributaire de ses modes de pensée.

Le corps honteux

Le catholicisme de la « grande noirceur » a rencontré dans le dualisme son aboutissement logique : convaincue de la scission de l'être humain en deux parties inégales et irréconciliables, cette « philosophie » préconise la mortification du corps comme le prolégomène indispensable à l'épanouissement de l'âme.

Ce corps dont différentes métaphores disent l'ignominie, qu'il soit gêneur, fardeau ou gangue, doit être anéanti ou, à défaut, brimé, brisé [41]. Part ignoble d'un Tout noble, il reste un objet de honte et de suspicion. Or, malgré les rodomontades de quelques travestis et la plénitude de leurs

---

40 Le terme est l'appellation « obligée » dont on désigne la morale austère qui prévalut au Québec jusqu'en 1960. La religion y était réduite à une morale sexuelle présentant « l'impureté » comme le péché suprême.

41 L'illustration la plus tragique de cette méfiance du corps se trouve dans le Journal * d'Hector de Saint-Denys, Garneau (1912-1943) qui écrit : « L'on avait l'impression

fantasmes érotiques, l'œuvre tremblayenne reproduit ce schéma de méfiance, métaphorisant par des signes tangibles l'indignité congénitale du corps. La persistance d'odeurs corporelles confinant à la puanteur est à cet égard révélatrice : dents cariées, haleines aigres, relents d'alcool, effluves sudoraux, exhalaisons de tous ordres collent aux personnages comme autant de rappels de la pourriture annoncée de leurs corps [42].

> « *C'est l'odeur qui la réveilla tout à fait, comme d'habitude* [...] *l'odeur puissante, envahissante, de l'haleine d'un homme au petit matin.* »
> (*Un objet*, 19-20)

Marcel n'est pas encore entré dans l'espace romanesque que déjà son odeur agresse sa mère et apostrophe le lecteur !

Mais le corps tremblayen, c'est aussi un réceptacle, une outre sans étanchéité laissant filtrer des liquides suspects, humeurs écœurantes qui révèlent sa bassesse. L'urine ou le sperme ne sont plus alors des réalités physiologiques, mais des instruments d'humiliation.

> « *Albertine glissa la bassine entre les jambes de la grosse femme.* »
> (*La grosse femme*, 40)
> « *Un filet d'urine coulait le long des jambes de Simone et faisait sur le plancher ciré une mare qui allait s'agrandissant.* » (*Thérèse*, 38)
> « *Il* [43] *se rendit compte à sa grande honte* [...] *qu'un liquide chaud et collant mouillait sa culotte. Sa première éjaculation.* » (*La grosse femme*, 137)

Enfin, même si la beauté est l'apanage de quelques personnages (Carmen, Thérèse, Mathieu, Luc), l'obsession de la laideur, de l'infirmité ou de la tare physique participe de ce dénigrement systématique du corps.

Dès son premier ouvrage, *Contes pour buveurs attardés*, Michel Tremblay utilisait les ressources du fantastique pour mettre à nu un imaginaire libéré de tout impératif de vraisemblance ou de bienséance. Or, comme un leitmotiv, la mention d'une laideur extrême martèle le texte,

---

que tout l'intérieur de lui-même était rongé, mangé, et ne formait plus qu'une caverne habitée de quelques organes », p. 476.

* La référence renvoie à l'édition suivante : Garneau, Hector de Saint-Denys, *Œuvres en prose*, édition critique établie par Giselle Huot, Montréal, Fidès, 1995. (1re édition du Journal, Beauchemin, 1954).

42 Pourriture que le culte catholique met en évidence lors du mercredi des Cendres : « Tu es poussière et tu retourneras en poussière ».

43 Il s'agit de Richard (11 ans), le fils aîné de la grosse femme.

témoignant de sa primauté dans l'univers fantasmatique du jeune romancier. L'incipit de la cinquième nouvelle, « Le vin de Gerblicht », souligne cette propension.

> « *Gerblicht était mon ami. Ou, du moins, il se disait mon ami. C'était un homme assez plaisant et ses réparties souvent très spirituelles m'amusaient beaucoup. Il était aussi intelligent qu'il était laid et c'était l'être le plus laid qu'il m'avait été donné de rencontrer.* » (*Contes*, 27)

Par la suite, aucun âge n'échappe à cette volonté de péjoration : Marcel et Léopold (*À toi*) sont épileptiques ; Ti-Lou est unijambiste ; Victoire, boiteuse et Bec-de-Lièvre (*Thérèse, Carmen, Un objet*) semble tout entière réduite à cette disgrâce qu'un surnom cruel lui rappelle constamment.

L'histoire de ce bec-de-lièvre est d'ailleurs bien apte à souligner la fascination de l'écrivain pour les corps souffrants, misérables ou porteurs de quelque anomalie. Guérie à onze ans grâce à une intervention [44], elle se retrouve vingt ans plus tard quasiment défigurée par la même infirmité.

> « *Elle* [...] *plante sur sa joue gauche un baiser dont la douceur étonne encore une fois Marcel. À cause* [...] *du bec-de-lièvre qui fend en deux la lèvre du haut de Simone Côté et lui donne toujours l'air de ricaner. Chaque fois qu'elle l'embrasse il a peur de sentir sa dent racler sa peau. En effet, quand elle sourit* [...], *une de ses canines se trouve à découvert.* » (*Un objet*, 161)

Cette suspicion où le corps est tenu peut aller jusqu'au rejet, jusqu'à la négation de l'enveloppe charnelle dont il faut se délivrer pour que s'envole l'âme.

La chute de l'ange

Sœur Marie-de-Fatima, personnage épisodique de *La Grosse Femme d'à côté est enceinte* n'est plus qu'un souvenir, un horrible souvenir d'enfance dont la jeune guidoune Béatrice entretient la douleur. Lasse de ses échappées imaginaires et de ses envols fantasmés (« *J'accepte que mon corps reste ici mais au moins ouvrez une porte à mon âme* ») (*La grosse femme*, 97), lasse de cette prison corporelle où elle s'étiolait, la religieuse outrepassa un jour sa condition humaine. Devenue ange ou oiseau, elle déploya ses ailes pour « *tenter maladroitement de s'envoler dans un cri d'horreur* » (99). Elle

---

44 C'est le prétexte narratif de *Thérèse et Pierrette à l'école des Saints-Anges.*

retomba avec « *ce bruit mat d'os qui se brisent sous des couches et des couches de tissu épais* » (99), comme l'allégorie même de cet aphorisme de Pascal « *Qui veut faire l'ange fait la bête* ».

Symbole hyperbolique et poussée jusqu'à l'horreur de l'angélisme chrétien, la mort de Sœur Marie-de-Fatima apparaît comme la mise en scène dramatisée du rapport de Tremblay au corps. Inféodé malgré lui à un mode de pensée que tout son être conscient réprouve, il entretient avec le corps un rapport de fascination/répulsion dont il tire des effets contrastés : jubilatoire ou monstrueux, souffrant ou triomphant, pécheur ou puni, le corps est, en tout cas, omniprésent dans l'œuvre.

Alors, Tremblay, émule de Rabelais ? Certes, mais d'un Rabelais pessimiste qui connaîtrait le prix du plaisir et de la douleur…

CHAPITRE II
LA TOILE ET LE TRICOT

> « *T' as mal tissé ta toile, Maurice.* »
> (*Sainte Carmen de la Main*)
>
> « *Pis j' tricoterais... sans arrêter... jusqu'à la fin de mes jours... J' tricoterais.* »
> (*À toi, pour toujours, ta Marie-Lou*)

Comme deux pôles antithétiques d'une même entité, le tricot et la toile figurent les deux versants de l'inspiration tremblayenne.

Le tricot est un jeu, un jeu aérien dont l'inutilité fait la force et la grâce. Sans autre finalité que son accomplissement, il chemine à petits pas, une maille à l'envers, une maille à l'endroit, insoucieux de son terme et de sa raison d'être. À l'égal d'un métronome qui scanderait son propre temps, le tricotage s'affranchit des repères chronologiques pour fabriquer, point après point, le lieu « d'à côté », lieu fantasmatique exempté de la pesanteur, le lieu par excellence de l'onirisme comblé.

Inséparable de la tentaculaire araignée, la toile, en revanche, se construit, se structure, s'ourdit en fonction d'une cible à abattre. Ses cercles concentriques qu'entraîne une incessante dynamique centripète entourent, enserrent, entravent la proie qui s'abandonne à une si monstrueuse efficacité. Conçue pour détruire, la toile n'a d'autre existence que celle que lui confèrent ses ennemis et ses propres intentions belliqueuses, et en ce sens, elle allégorise une satire qui s'érige sur les tares sociales et se fortifie de leur pérennisation.

Irréductibles et pourtant inséparables, ces deux poétiques coexistent, tantôt alternées, tantôt amalgamées jusqu'à se confondre dans une antagoniste gémellité, alors que la véhémence et la linéarité de la diatribe autorisent les fantasmagoriques arabesques du rêve éveillé.

La grande noirceur en toile de fond

> *« Chus-t-une grosse araignée. Une grosse araignée noire avec des pattes pleines de poil pis des ciseaux à' place d' la bouche ! Pis une belle grosse mouche vient de se pogner en plein milieu de ma toile* [...]. *J' vas me jeter dessus, pis j' vas l'envaler rien que d'un coup... »* (*La grosse femme,* 184-185)

Ce monologue intérieur de la jeune Thérèse, déployant autour de Gérard Bleau le stratégique encerclement de sa pavane, illustre la genèse de sa volonté captatrice : c'est la prise de conscience de l'Autre dans son intrinsèque extranéité (« *une belle grosse mouche* ») qui provoque la riposte immédiate du réflexe destructeur (« *me jeter dessus* », « *l'envaler* », « *d'un coup* »). À son image, Michel Tremblay adolescent se heurta à la réalité dérangeante d'une société ne favorisant ni la culture ni l'épanouissement personnel, d'une société castratrice accrochée à quelques obsessionnelles valeurs dont elle ne voyait pas l'obsolescence. Sous le long « règne » de Duplessis [1], le Québec se dota d'une image crépusculaire en se résignant à la léthargie de la « grande noirceur [2] ». Théocratie dirigée d'une main de fer par un clergé ultramontain [3] et janséniste, « la belle province [4] » était alors le lieu de tous les interdits, érigeant la soumission en vertu cardinale et la cécité en principe de vie.

Âgé de dix-sept ans à la mort du vieux chef, Michel Tremblay s'est insurgé contre ce monolithisme, prônant, avec le réveil de l'esprit critique, la montée d'une clairvoyance attentatoire à la *doxa.* Animés de la même colère, certains de ses personnages ont bravé le dogmatisme et osé enfin ce « non » salvateur qui dénonce l'ingérence d'autrui dans la sphère privée. Ainsi fit Albertine, trop longtemps prisonnière d'un moule coercitif.

> *« Un bon jour, j'ai découvert quequ'chose de bien important !* [...] *J'ai découvert que dans la vie pour se faire entendre, faut* désobéir [5] *! Si on veut faire*

---

1 Maurice Duplessis (1890-1959), chef du parti ultra-conservateur de l'Union Nationale, fut premier ministre de la province de Québec de 1936 à 1959 (avec une intermission de 1939 à 1944).

2 Expression couramment utilisée – et en particulier par Michel Tremblay – pour désigner l'époque duplessiste.

3 Ultramontain : qui est très attaché à l'autorité du pape, par opposition à Gallican.

4 Périphrase officielle pour désigner le Québec.

5 En italiques dans le texte.

quequ'chose, faut désobéir ! [...] *J'avais tellement toujours dépendu de tout le monde !* [...] *C'était rendu que quand on me disait pas quoi faire je le demandais* [...] *Mais à cinquante ans, j'me sus dis : "Demande-pus ! Pis désobéis !"* » (*Albertine*, 74-75)

Apologie du refus, cette déclaration du droit au bonheur pourrait être le texte de ralliement, rassemblant autour du credo individualiste bien des déçus du duplessisme : Angéline Sauvé, désertant les presbytères et leurs tristes bingos pour les plaisirs sulfureux du « club » (*Belles*), Victoire invitant à sa table deux prostituées (*La grosse femme*), Mastaï Jodoin rythmant ses parcours de conducteur de tramway de jurons sacrilèges (« *Demontigny, ciboire* [6] ! ») (*La grosse femme*, 162) ou d'inconvenantes paronomases (« *Rachel, bordel* [7] ! ») (162), tous ont cultivé la désobéissance et trouvé dans l'hétérodoxie un contrepoint à l'impérialisme bien pensant.

Pour emblématique qu'elle soit, leur révolte reste cependant embryonnaire, geste furtif, souvent sans lendemain [8]...

Michel Tremblay n'aura pas leurs réticences qui, de sa plume coruscante, ne cessera de fustiger les principaux soutiens du régime : l'Église, l'École et la Famille.

Une œuvre anticléricale

Montréal, la ville aux cent clochers, est parcourue de silhouettes en habits ecclésiastiques, prêtres, frères ou religieuses, dont l'omniprésence entraîne parfois des réactions hostiles à l'encontre des « curés » ou des « pisseuses ».

Les membres du clergé qui bénéficient d'une attention plus soutenue ne sont guère mieux lotis : cupides, avares, hypocrites, assoiffés de pouvoir, ils ressemblent à leur légende et témoignent de la permanence des stéréotypes anticléricaux.

Ainsi, le curé Bernier (*Thérèse*) se comporte en potentat rusé, mi-comptable, mi-dictateur. Aussi insoucieux des âmes qui lui sont confiées

6 Appelés « sacres », ces jurons utilisent des termes religieux (tabernacle, ciboire, hostie, calice, etc.) à des fins subversives.

7 Demontigny et Rachel sont des stations.

8 Ainsi Angéline Sauvé, dont « l'inconduite » a été découverte, renonce au club d'un mot fataliste « *Fini les vacances.* » (*Belles*, p. 82)

qu'attaché à ses prérogatives de gestionnaire chargé d'une importante paroisse, il s'impose comme un général en chef dont les fidèles « sans-grade » – marguilliers, dames de Sainte-Anne, filles d'Isabelle – assurent la publicité et la parade triomphale.

« Les dames de Sainte-Anne, les filles d'Isabelle et les marguilliers de la paroisse Saint-Stanislas-de-Kostka s'étaient rassemblés dans le parterre de l'église avec leurs étendards et leurs banderoles. » (*Thérèse*, 338)

Toutefois, c'est surtout contre l'institution Église que Michel Tremblay se déchaîne, rappelant qu'ayant fondé son empire sur l'aveuglement et la peur, elle reste inséparable de l'obscurantisme, son fils naturel et son plus sûr allié. Et pour montrer que cette collusion n'est pas conjoncturelle, qu'elle perdure d'un siècle à l'autre, d'un pays à l'autre, il cite en épigraphe dès le premier tome des *Chroniques* ces mots de Galilée : « *Eppur si muove* [9] ».

De fait, les ravages d'une ignorance sciemment entretenue sont nombreux et souvent irréparables. Marie-Louise Brassard (*À toi, La grosse femme*) en fournit l'exemple le plus navrant.

Enfermée dans la folle terreur de sa grossesse, obsédée par le souvenir d'une nuit de noces cauchemardesque, elle s'abîme « *dans la peur de son enfant* » (*La grosse femme*, 209). Persuadée qu'il « *lui viendrait par le nombril* » (210), elle attend tous les jours que se produise la déchirure, cette inhumaine violence dont elle soupçonne le futur bébé.

« Va-t-en, va-t-en, p'tit fatiquant, ta mère te veut pas. » (210)

Confronté à tant de douleur, à tant de sottise aussi, le narrateur extra-diégétique et impartial cède la place à un auteur exaspéré, clamant son indignation comme un réquisitoire et sa réprobation comme une sentence condamnatoire.

« C'est que Marie-Louise Brassard, pur produit de l'ignorance, de l'intolérance d'une société rurale qui imposait le silence là où des explications auraient été vitales [...] *qui, surtout, considérait la sexualité comme un mal nécessaire (non pas un péché, mais* le [10] *péché, le seul, l'ultime). »* (*La grosse femme*, 209)

---

[9] « Et pourtant elle se meut ! » Mots prononcés par Galilée (1564-1642) après sa condamnation par le tribunal de l'Inquisition qui le fit abjurer (il avait défendu les idées coperniciennes).

[10] En italiques dans le texte.

Certes, le cas Brassard, relevant de conditions exceptionnelles, reste un cas extrême et sans doute isolé. À l'inverse, tous les citoyens francophones, présumés membres de l'Église catholique romaine, sont soumis aux diktats de l'Index. Cette censure ecclésiastique fondée sur le principe de la direction des consciences est une véritable machine de guerre, une grosse Bertha pointée contre la culture et l'intelligence. En tenant des listes d'infamie vouant aux flammes infernales les contrevenants, lecteurs de « mauvais [11] » livres, le clergé entend éradiquer la liberté de pensée et susciter ainsi un nivellement par le bas bien propre à garantir la passivité du « mouton [12] » canadien-français.

Pour grave qu'il soit, ce phénomène est soumis dans les *Chroniques* à un traitement caricatural alors qu'Albertine affolée en découvrant *Bug-Jargal* profère les vaticinations eschatologiques d'une pythonisse en folie :

> *« Victor Hugo, y' est toute à l'index ! Toute au complet ! On a pas le droit de lire ça, vous le savez ben !* [...] *Quand vous serez après bouillir comme un stew* [13]*, dans le gros chaudron, en bas, pis que moé j' m' éventerai avec des plumes d'autruches au ciel, en écoutant le concert, vous regretterez ben des affaires. »* (*La grosse femme*, 68-69)

En revanche, l'autobiographie restitue, dans toute son acuité, la rancœur d'un adolescent qui se sait impuissant face à l'omnipotence cléricale. Dans *Un Ange cornu avec des ailes de tôle*, l'auteur se souvient de ce combat tronqué, parabole inversée où, en toute logique, ce fut Goliath qui défit David.

> *« Victor Hugo* [...]
> *Le frère Léon était livide. Il avait crié le nom de l'auteur de* Bug-Jargal *comme on se vide les poumons* [...]. *L'explication fut longue, ardue, déchaînée, et, au bout du compte humiliante* [...]
> *Est-il besoin d'ajouter que mes notes de français s'en ressentirent* [...] *Ma mère fronçait les sourcils en recevant mon bulletin* [...] *je sentais que je la décevais et, rongé de culpabilité, je réfugiais ma honte au fond de mon cœur. »*
> (*Un ange*, 191-192)

---

11 En fait, presque toute la littérature française.

12 Les fidèles sont souvent comparés à des brebis (voir la parabole du Bon Pasteur). Le terme de mouton, péjoratif, est utilisé parfois par les Canadiens français pour s'auto-désigner en insistant sur leur docilité.

13 Ragoût.

Nul secteur de la vie publique n'échappe à la tentaculaire emprise de la religion d'État [14], et surtout pas un enseignement livré sans réserves aux manifestations plurielles d'un impitoyable ascendant.

Une école sous influence

Dans son mépris d'une laïcité présentée comme immorale et subversive, le Québec duplessiste confia aux seuls membres du clergé la mission éducative et la tâche de former de « bons chrétiens » attachés à maintenir les valeurs anémiées d'un pays déliquescent.

Rien n'est donc négligé pour que perdure le *statu quo* : sexiste, inégalitaire, discriminatoire, l'École est le miroir de la société, mais un miroir grossissant bien propre à aggraver ses plus criantes tares.

À l'instar de la taverne dont l'entrée était interdite aux femmes, même accompagnées [15], l'École s'érige en forteresse, et chaque sexe, cramponné à ses propres marques, en défend l'accès au sexe opposé : aucune femme n'apparaît à l'école Saint-Stanislas (*Le premier*), aucun homme, si ce n'est le curé ou le médecin, ne fréquente l'école des Saints-Anges (*Thérèse*).

Cette ségrégation n'est pas sans conséquences pédagogiques, dans la mesure où l'enseignement masculin et l'enseignement féminin ne se subordonnent ni aux mêmes critères ni à la même finalité. Ainsi, la fillette est l'objet moins d'une instruction que d'une éducation vouée à la transformer en « *une jeune fille convenable et présentable* » (*Thérèse*, 73), future esclave de la vaisselle et du chapelet [16].

Mais, filles ou garçons, tous les élèves sont soumis à un processus d'indifférenciation qu'accentue le port de l'uniforme. Identiques, interchangeables, décalques presque parfaits du modèle magistral, tels sont les enfants dont rêvent les clercs trop occupés à reproduire leurs clones pour pouvoir écouter, comprendre ou expliquer. Cette stratégie normalisatrice se veut totalitaire et globalisante, n'épargnant aucune des facettes de la personnalité : les corps comme les esprits, les manières

---

14 Ainsi l'Église tient les registres de l'état-civil. Un certificat de baptême a valeur de certificat de naissance et il n'est d'autre mariage que religieux.

15 Et ce, jusqu'aux années 1970.

16 Stéréotype définissant la femme canadienne-française.

comme le langage sont tributaires du même rouleau compresseur. Et le style dont on a déjà dit qu'il faisait l'homme [17] est la cible de directives maniaques, réductrices, bien propres à étouffer dans l'œuf tout espoir d'originalité.

> « *J'avais commencé depuis longtemps à regimber, pendant les cours de français, à me révolter devant le simplisme du style qu'on nous imposait pour nos compositions : sujet, verbe, complément, et dans cet ordre, s'il vous plaît. Le moins d'inversions possibles, elles brouillaient le sens de la phrase, et pas d'incises* [...] *Lorsqu'ils jugeaient que j'avais dépassé les bornes, ils me remettaient mes copies bardées de rouge et de commentaires* [...] *"Aviez-vous la fièvre quand vous avez pondu ce torchon ?"* » (*Un ange*, 211)

Dignes hérauts de l'idéologie en place, frères et religieuses affichent leurs spécificités odieuses ou ridicules, au gré de portraits au vitriol, portraits-charges déversant sur quelques boucs émissaires les griefs longuement accumulés.

Certes, quelques heureuses exceptions démontrent que l'humanité, l'intelligence ou le dévouement n'ont pas totalement déserté les congrégations. Frère Martial « *instigateur inspiré* » (*Le premier*, 62) de la classe auxiliaire [18], Sœur Sainte-Philomène, excellente pédagogue ou Sœur Sainte-Catherine, énergique et douée (*Thérèse*) jouent un rôle contrapuntique apte à relativiser la médiocrité générale et à nuancer la sévérité du propos.

Toutefois, ces personnages solaires restent de peu de poids en regard des représentations infernales dont le Frère sous-directeur (*Le premier*) et Mère Benoîte des Anges (*Thérèse*) sont les emblématiques figures de proue. Et les vindicatifs sobriquets dont les ont affublés les élèves – Bouddha-pas-de-pouce et Mère Dragon-du-Yable – signent leur accointance avec les puissances chtoniennes, forces païennes dont ils se prétendent la négation. Incube travesti, succube masquée, ils ont marqué la terre de l'horreur et de l'abjection inhérentes aux régions souterraines, terrorisant, frappant, humiliant les enfants qui leur sont confiés. Si Bouddha-pas-de-pouce est « *la terreur de l'école Saint-Stanislas, le maniaque à la strappe* [19], *le spécialiste des coups de règle triangulaire sur* les

---

[17] « Le style est l'homme même » (Buffon).

[18] Classe où l'on met les enfants en échec scolaire. Marcel en fait partie.

[19] De l'anglais « strap » : lanière, courroie.

jointures » (*Le premier*, 192), la directrice, elle, s'est taillée une sombre renommée, à coup de mots fielleux et de bassesses, de sous-entendus perfides et de colères jamais contrées. Ce sera donc à Charlotte Côté [20], forte de son bon droit et de son amour maternel, que reviendra l'honneur de venger toutes les fillettes présentes, passées ou à venir, en dénonçant leurs souffrances dans un réquisitoire qui se veut aussi plaidoyer en faveur d'une autre école.

> « *Vous avez pas honte !* [...] *Quand vous vous couchez le soir, pis que vous repassez votre journée dans votre tête comme vous nous l'avez toujours montré, vous autres, les sœurs, vous rougissez pas, des fois, vous devenez pas bleue ! Toutes les punitions que vous avez distribuées pis toutes les humiliations que vous avez faite subir vous étouffent pas ! Ça a donc pas changé ici-dedans ! Vous vous défrustrez toujours sur des pauvres enfants* [...] *qui se fient sur vous pour leur montrer à vivre. Vous avez toujours le crucifix d'une main pis la règle de bois de l'autre !* » (*Thérèse*, 112-113)

Ainsi, prise dans le piège adroitement élaboré de la toile tremblayenne, l'École duplessiste n'a aucune chance, vouée à périr moins des coups adverses que de ses propres déficiences. Mais, dans sa pugnacité, le polémiste va plus loin encore, qui s'attaque au fondement de la société occidentale : la Famille.

Une famille « en pièces détachées [21] »

> « *J'ai lu dans le* Sélection, *l'aut'jour qu'une famille c'est comme une cellule vivante,* [...] *Cellule mon cul... Ah ! oui, pour être une cellule, c'est une cellule, mais pas de c'te sorte-là ! Nous autres, quand on se marie, c'est pour être tu-seul ensemble. Toé, t'es tu-seule, ton mari à côté de toé est tu-seul, pis tes enfants sont tu-seuls de leur bord* [...] *Une gang de tu-seuls ensemble, c'est ça qu'on est !* » (*À toi*, 90)

Cette tirade de Marie-Louise, dont un oxymore fameux a fait la fortune, témoigne de la défiance du dramaturge envers une institution génératrice de deux maux rédhibitoires et paradoxaux : l'incommunicabilité (« *tu-seul, ensemble* ») et l'enfermement (« *c'est une cellule* »).

---

20 La mère de Bec-de-Lièvre.

21 Titre de la première pièce, mettant en scène une famille déchirée.

On se « chicane », on se bat, on s'ignore ; parfois même l'on se hait [22] dans l'univers tremblayen, et l'on règle ses comptes, sœur contre sœur (*Bonjour*, *L'Impromptu*), enfants contre parents (*Pièces*), épouse contre époux (*À toi*). Assignés à résidence dans des appartements toujours trop petits, toujours trop bruyants, les personnages déversent leur rancœur sur leur entourage, maudissant à grands cris la famille rapace qui se nourrit de leur chair, déité spoliatrice faite pour exiger, prendre, confisquer…

> « *Pis à part de ça, c'est même pas pour toé que tu travailles, non c'est pour ta famille !* […] *Ta famille à toé ! Une autre belle invention du bon Dieu ! Quatre grandes yeules toutes grandes ouvertes, pis toutes prêtes à mordre quand t'arrives, le jeudi soir* […] *Cinq minutes pis y te reste pus une crisse* [23] *de cenne* [24] *noire dans tes poches.* » (*À toi*, 64)

Mais au-delà de ces récriminations puisées aux sources d'un imaginaire archétypal, des tares typiquement québécoises se répercutent d'un genre à l'autre, d'un milieu à l'autre, comme les signes mêmes d'une récurrente fatalité. La défaillance des pères, absents, indignes ou diminués, trouve son exact corollaire dans la sur-représentation de mères omnipotentes : phallique ou fragile, inspirant la terreur, l'amour ou la pitié, chacune joue sa partition au mieux de ses atouts, mais toutes régentent d'une poigne de fer familles et maisons.

Albertine, Victoire (*Les Chroniques*), Rose Ouimet (*Belles*) exercent leur domination dans le bruit et la fureur de tornades domestiques nourries de portes claquées, de gestes brusques ou de propos virulents.

Le réveil d'Albertine « donne le ton » à la journée et la mesure de son autoritarisme.

> « *Elle se dressa aussitôt dans son lit, la tête hérissée de guenilles* [25] […] *"Que c'est ça, tout c'te train-là à matin ! Le p'tit est pas encore habillé ? Y a tu mangé ? Y a-tu encore pissé au litte ?"* » (*La grosse femme*, 36)

Mais, pour être insidieuse, l'emprise des femmes très maternelles n'en est pas moins redoutable, dès lors que leurs enfants enveloppés de leurs

---

22 Voir la dernière réplique de Marie-Louise à Léopold (*À toi*) : « *Tu pourras jamais savoir comment j't'haïs !* »

23 Graphie joualisante de Christ, utilisée comme « sacre ».

24 Cent (la centième partie du dollar).

25 Guenilles : sortes de bigoudis en tissu.

caresses et de leur influence ne peuvent se libérer de cet amour exclusif. Ainsi, quels que soient ses avatars et ses nominations, qu'elle soit « *grosse femme* », Nana ou Moman, la mère de Michel Tremblay ne cesse de hanter ses œuvres, traversant les années [26] et transcendant les genres par la seule vertu de son ineffaçable souvenir.

> « *Ah ! passer le reste de ma vie en leur compagnie, blotti entre maman et grand-maman rendues éternelles par ma seule volonté* [...] *!* » (*Un ange*, 107)

confie-t-il dans un de ses recueils autobiographiques.

Dans ces dyades étroitement soudées, dans ces maisons-gynécées, l'homme n'a pas sa place.

Sa place est ailleurs, à la guerre (Paul [27]), à l'usine (Léopold), ou encore à la taverne (Gabriel, Léopold), le seul lieu qui soit propice aux héros tremblayens. Là, entre hommes, échauffés par la bière et l'excitation ambiante, les pères « *causent politique* » : discutant, épiloguant, « *jasant* [28] », ils se pavanent et débattent à perdre haleine, dans l'oubli momentané de leur condition d'exilés et de leur absence-au-monde.

> « *Pourquoi vous pensez qu'on a toutes voté non au plébiscite* [29], *la semaine passée ? Parce qu'on est toutes* [30] *des peureux ? Non, c'est pas vrai, ça ! C'est juste parce qu'on a pas envie d'aller se faire tuer dans une guerre qui a rien à voir avec nous autres !* » (*La grosse femme*, 201)

C'est par cet exorde fracassant, tributaire d'une rhétorique fruste mais efficace, que l'orateur Gabriel force l'espace textuel. Cette irruption virile rend plus infantile encore sa représentation « familiale », alors que la douceur de sa femme, la sollicitude de sa mère et son propre endormissement semblent le vouer à une inexorable régression.

---

[26] Depuis 1978. C'est *La Grosse Femme d'à côté est enceinte* qui marque l'entrée de Madame Tremblay (ou plutôt d'une de ses représentations) dans le corpus.

[27] Mari d'Albertine. Il mourra à la guerre.

[28] Bavardant.

[29] Il s'agit du référendum de Mackenzie King (mai 1942) posant à tous les Canadiens la question de la conscription obligatoire. Le Canada, dans son ensemble, a répondu « oui », à l'exception du Québec.

[30] Autre exemple de la prépondérance féminine ! Dans le parler populaire, les Québécois féminisent volontiers adjectifs et pronoms.

« *Bercé par le son de la voix de sa femme, Gabriel s'était endormi depuis quelques minutes. Il se mit à ronfler doucement.* » (*La grosse femme*, 40)
« [*Victoire*] *se tourna enfin vers son fils et lui dit doucement : "Dors, Gabriel, dors, t'es fatiqué."* » (*La grosse femme*, 127)

L'absence paternelle s'inscrit dans un contexte historique et politique qui fut souvent évoqué. Citoyen de deuxième ordre d'un État qu'il ne reconnaît pas pour pays, l'homme québécois, privé de ses prérogatives civiques, se démet de toutes les autres composantes de sa personnalité. Il n'est ni père, ni mari, il n'est rien qu'une parole vide, qu'un discours confinant à la logorrhée. Son impuissance s'incarne métaphoriquement dans la surdité de Gabriel (*Bonjour*), condamné à l'isolement ou à une communication pervertie dont une scène restitue la tragique absurdité. L'interférence de deux discours, où se croisent cri d'amour et propos oiseux, produit un effet de discordance que décuple l'infirmité du destinataire. L'aveu si difficile s'en trouve gauchi et la tentative de communication frappée de nullité.

« *Serge – Regarde-moé*
Charlotte – Ma tante[31], *a l'a essayé de faire un vrai gâteau parce que tu revenais...*
Serge – J' sais que tu penses que c'est des choses qui se disent pas entre hommes...
Charlotte – Ben, t' arais dû voir ça... On a été obligé de le jeter...
Serge – Popa, j' t'aime !
Charlotte – Dur comme d' la roche !
Serge – Y' est peut-être vingt ans trop tard, chus pus un enfant, mais j'ai besoin de te le dire ! Popa, j' t'aime ! » (*Bonjour*, 95)

Livrée à la suspicion du romancier, à la causticité du dramaturge, la famille traditionnelle se meurt, entrant dans l'ère de son apocalypse [32]. Mais cette fin annoncée sort plus inéluctable encore de sa confrontation avec un nouveau schéma familial, structure inventée en forme de parousie.

---

31 Elle parle d'elle à la 3e personne comme si Serge était un enfant.

32 Lors d'une conférence-débat qui s'est tenue à Bordeaux le 31 janvier 1997, Michel Tremblay a dit avoir dépeint l'apocalypse, principalement dans son œuvre dramaturgique.

La famille recomposée

Ni sociologue ni donneur de leçons, Michel Tremblay ne prétend pas imposer un modèle mais instaurer la notion d'alternative substituant à la famille subie la famille désirée, au convenable l'insolite, au « ça ce fait » le « ça me plaît ». Cette prise en compte purement individualiste passe souvent par la déviance et la transgression des tabous. C'est ainsi que, latent ou consommé, l'inceste projette sur la trame narrative l'angoisse de ses glauques lueurs.

Si dans *Un Objet de beauté*, Albertine et Marcel couchent dans le même lit, faute de place, la dernière réplique du roman semble attribuer à la séduction spatiale un pouvoir rédempteur.

> *« Viens te coucher à côté de moman, mon Marcel. Viens de coucher à côté de moman. »* (*Un objet*, 336)

Le couple originel Josaphat/Victoire est un couple incestueux [33] dont l'amour et la complicité rendent plus dérisoire la tendresse conjugale de Télesphore et plus cruelle leur soumission aux convenances.

> *« Victoire s'était mariée à vingt-cinq ans, le plus tard possible, et sa séparation d'avec Josaphat* [...] *avait été atroce, autant pour elle qui partait pour Montréal* [...] *au bras d'un homme qu'elle n'aimait pas et qu'elle respectait à peine, que pour son frère. »* (*La grosse femme*, 272)

Au théâtre, toutefois, à la faveur d'une esthétique incisive s'accommodant de situations inouïes et de formules audacieuses, l'inceste se trouve à la fois banalisé et déculpabilisé. En annonçant à ses autres sœurs mal mariées son intention de vivre avec Nicole (*Bonjour*), Serge s'arroge le droit de choisir et d'imposer son choix. Ni clandestine ni honteuse, leur liaison est au cœur d'un éloge appuyé, vibrant de passion et de certitudes.

> *« J' me sacre* [34] *de ce que le reste du monde peut penser, nous autres on est heureux, pis c' qu'on ressent l'un pour l'autre, si c'est une maladie, c'est une maudite belle maladie ! Que personne vienne me dire que j'ai pas le droit, j'ai le droit ! J'ai le droit d'être heureux comme tout le monde, pis j'ai eu la chance de trouver mon bonheur ! Pis mon bonheur, ben oui, c'est ma sœur ! »* (*Bonjour*, 90-91)

---

33 Leur amour présenté comme platonique dans *La Grosse Femme...* s'infléchit par la suite en union charnelle. J'y reviendrai en parlant des palinodies (chap. 4).

34 Je me « fous ».

Mieux admise que l'inceste, l'homosexualité reste cependant un révélateur autorisant le déchiffrement d'une société et la mesure de sa tolérance. Aussi, l'histoire du couple et de la famille homosexuels est-elle solidaire de l'histoire des mentalités, étroitement liée aux avancées du pluralisme et de l'esprit d'ouverture.

Ignorée pendant les années 1940 ou assimilée à une abominable perversion, l'homosexualité n'a évidemment pas droit de cité sous le régime duplessiste. Ainsi, la liaison d'Édouard et de Samarcette (*La duchesse*) emprunte l'inoffensive apparence d'une cohabitation purement utilitaire entre « logeur » et pensionnaire. Les années 1960-1970, grandes pourvoyeuses de révolutions culturelles favorisent l'émergence d'un couple qui ne se cache plus : Hosanna et Cuirette (*Hosanna*), Luc et Jean-Marc (*Anciennes*) forment ou ont formé des couples « installés », officiels, presque banals.

Toutefois, il faut attendre la décennie 1980-1990 pour que s'instaure véritablement la notion de nouvelle famille. Désormais « gays » ou lesbiennes, hommes et femmes inventent des liens qui n'enchaîneraient pas et des modes de vie moins rigides. Dans l'euphorie d'un monde à mettre au monde, ils pourraient s'écrier, à l'instar d'Édouard : « *On ouvre la voie* [...] *on ouvre la voie !* » (*La duchesse*, 99)

Ainsi, dans *Le Cœur découvert*, le couple Jean-Marc/Mathieu accueille régulièrement le petit Sébastien, fils de Mathieu. De ce fait, Jean-Marc connaît une paternité, certes discontinue et indirecte, mais bien réelle et susceptible d'exorciser l'antique malédiction liant l'homosexualité à la stérilité. Quant à l'enfant, ravi, il se vante d'avoir plusieurs papas, inversant ainsi, sur le mode ludique, la tragique absence du père québécois.

Tout est donc pour le mieux ? Non, sans doute, mais, dans son irréalisme, cette vision utopique porte en creux le rejet du modèle existant et, à ce titre, participe d'une indéniable stratégie de subversion.

Mais cette volonté prédatrice dépasse largement le cadre du duplessisme et vise différentes cibles par le jeu d'un double registre déclinant toutes les nuances de l'ironie et de l'indignation.

La culture des autres

Dans *Les Belles-Sœurs* la palme du ridicule revient, sans conteste, à Lisette de Courval qui, depuis son voyage en « *Urope* » « *perle bien* ». Si le dramaturge se déchaîne contre elle avec l'allant d'une joyeuse méchanceté, c'est bien parce qu'à l'égal du geai de la fable, elle s'est parée du plumage d'autrui et dotée d'une image qui n'était pas la sienne. Sa langue bâtarde sonne faux (« *Ce n'est pas des farces* [35] ») (59) qui se veut élégante et n'est que dérisoire, *no man's land* culturel où viennent également s'échouer sa langue d'origine et celle qu'elle voudrait adopter. C'est que la langue est le signe le plus tangible de l'acculturation, le point de convergence où se concentrent les opprobres et les atteintes dont le colonisé accompagne la honte d'être soi.

Les sœurs Beaugrand (*L'Impromptu*) l'ont bien compris, qui débattent avec passion de prescriptions langagières, de normes, d'usage et de seuil de tolérance à l'anomalie : entre le « *canadianisme de bon aloi* » (56) et le joual le plus répugnant, il y a place pour toute une gamme de variations où le proscrit, le déconseillé, l'admis et le recommandé se croisent, se confrontent et parfois se confondent dans l'indescriptible chaos du renouvellement culturel.

« *Lucille – Tu parles trop bien pour avoir de l'imagination.*
Fernande – Qu'est-ce que ça veut dire ça encore ?
Lucille – Ça veut dire que les gens comme toi, vous pensez tellement toujours aux mots que vous employez que ça vous empêche de penser à ce que vous dites !
Fernande – Je ne suis quand même pas une irresponsable pour la simple raison que je m'exprime clairement. » (*L'Impromptu*, 60-61)

Inoffensives ces escarmouches ? Sans doute, mais on les devine récurrentes et signifiantes, inscrites au cœur même du problème linguistique et culturel dont débat la pièce [36]. À se cramponner à son orthodoxie passéiste, brandissant ses références comme les tables de la loi et le Robert à titre d'argumentaire, Fernande s'est étiolée dans la défense d'une littérature exsangue dont le panégyrique résonne comme un thrène.

---

35 « C'est pas des farces » est une expression jouale pour dire : « ce n'est pas rien ». L'hypercorrection de la négation ne… pas, rend l'expression grotesque parce qu'elle participe de deux codes inconciliables.

36 Comme l'indique le titre *L'Impromptu* : allusion à *l'Impromptu de Versailles* de Molière et à *l'Impromptu de Paris* de Giraudoux dans lesquelles les deux auteurs dramatiques défendent leur art et même polémiquent (Molière).

« *Dans mon grenier pourrit une œuvre littéraire qui* [...] *pourrait devenir un phare pour la nouvelle génération d'écrivains qui tâtonnent dans le noir parce qu'ils se rendent compte que depuis quinze ans* [37] *la littérature a été bafouée, trompée, humiliée, assassinée ! Ce repli de la littérature au profit de la vulgarité égocentrique et autodestructrice doit prendre fin !* [...] *La littérature a été inventée par l'élite et appartient à l'élite ! Le peuple n'a jamais produit que des rots là ou l'élite faisait monter vers le ciel un chant droit et articulé.* » (*L'Impromptu*, 110-111)

Engoncée dans ses dogmes, Fernande Beaugrand-Drapeau n'est qu'une Lisette de Courval, bien née et bien nantie, cible privilégiée d'un polémiste acharné à souligner son purisme castrateur et sa rédhibitoire cécité.

Doublement édulcorées [38] mais tout aussi efficaces, les railleries de la comédie musicale, *Les héros de mon enfance,* démontent la mécanique d'une aliénation qui n'en finit plus d'opposer, dans une dialectique perverse, l'identité et l'altérité, l'emprunté et l'authentique. Dans son adresse au lecteur, Michel Tremblay ne cache pas ses intentions satiriques.

« *Les personnages des* Héros de mon enfance *sont des imitations de Français évoluant dans un décor français factice et parlant "un français de France" emprunté, faux, mais évidemment très châtié. La grammaire y est reine et le grand style fou du roi. Mes personnages* [...] *choquent le bon sens mais pas l'oreille.* » (*Héros*, 8)

Dès lors, comment ne pas préférer à ces grimaces, simagrées at autres singeries la véridicité d'une Thérèse (*Pièces*) arc-boutée dans la revendication d'une spécificité langagière qui n'infirmerait ni son appartenance française ni la légitimité de son héritage ?

« *Pis à part de ça, lui, là, c' tait un p'tit Français, t' sais le p'tit Français cheap, là, qu' y' a pas une cenne en avant de lui, mais toute la France en arrière ! Y parlait pas, y baragouinait* [...] *J'y ait dit dans mon meilleur français : "Pourreriez-vous répéter, s'il vous plaît, j'ai pas compris ?* [...] *J' vous ai demandé un thé, mademoiselle, un thé !* T-H-É, *thé !" Ah ! ben là, par exemple, me v' là en beau crisse ! Aie, tit-boute, que j'y ai dit, tu viendras pas me montrer comment épeler thé icitte, okay ?* [...] *J'ai été à l'école aussi longtemps, pis peut-*

37 C'est-à-dire depuis la rédaction des *Belles-Sœurs* (1995).

38 Par le conte de fées et la comédie musicale.

être plus longtemps que toé en France, ça fait que tu viendras pas me montrer comment épeler thé en pleine face ! » (*Pièces*, 25)

Être soi-même : tel est le maître mot du message que délivre l'œuvre. Or, la conquête et l'assomption de sa propre identité passent par la création d'une culture qui ne soit pas le simple décalque du modèle français. C'est à ce prix, et à ce prix seulement, que le personnage tremblayen triomphe de ses démons colonialistes et s'invente une vie bien à lui.

Des médias noyautés

Indéniables instruments de progrès et d'ouverture, le téléphone, la radio et la télévision, présents dans tous les foyers québécois, ne sauraient déserter une œuvre qui s'affirme comme témoignage. Et, de fait, le premier monologue des *Belles-Sœurs* est un monologue téléphoné (« *Allô ! Ah, c'est toé, Rose* ») et les exemples abondent de la primauté accordée à la radio dans l'économie domestique. Agrippées à leur feuilleton quotidien, les ménagères des *Chroniques* infléchissent leurs horaires en fonction de la diffusion de « *Francine Louvain* » (*Thérèse*, 194), et se pâment à l'écoute des épisodes mélodramatiques qui les comblent en les navrant…

« *J' pleure tous les jours en écoutant* "Francine Louvain". *Pis j'ai pas l'intention d'arrêter pendant trois mois* […] *Te vois-tu, toé, arrêter de pleurer pendant trois mois ?* » (*Thérèse*, 195)

De même, la télévision est saluée par la grosse femme comme une invention capitale susceptible de changer sa vie et de lui offrir enfin cette évasion chimérique dont la probabilité décline chaque jour !

« *Tout le savoir du monde était là, elle le savait. Le cinéma chez soi ? Plus que le cinéma* […] *un livre ouvert sur l'univers ; une fenêtre qu'il ferait bon franchir et qui donnerait sur absolument tout* […] *Cette fenêtre sur le monde, elle la voulait à tout prix, et l'obtiendrait quoi qu'il puisse lui en coûter.* »
(*Le premier*, 105)

Parfois, cependant, la machine s'emballe et pervertit le système de communication dont le rôle inversé lui dénie alors toute efficacité et même toute raison d'être. Ainsi, une courte pièce, *Surprise ! Surprise !* [39]

---

[39] Créée au théâtre du Nouveau Monde en avril 1975.

ne se fonde que sur les quiproquos engendrés par une homonymie que la conversation téléphonique n'a pas permis de mettre au jour.

De même, la radio dont on eût pu attendre qu'elle informât ou divertît les « belles-sœurs », les ancre plus encore dans leur bigoterie, en psalmodiant des chapelets soumis à une comptabilité sourcilleuse !

> *« Germaine Lauzon – Ben, pis ma neuvaine ?*
> *Rose Ouimet – Où c'est que t' es rendue ?*
> *Germaine Lauzon – À sept.*
> *Rose Ouimet – Sept, c'est pas grave. Tu recommenceras demain, pis samedi prochain, ta neuvaine s'ra finie ! »* (*Belles*, 32)

Certes, la charge est grosse, mais le rire qu'elle suscite se déploie sans arrière-pensée, pour le seul plaisir de la bouffonnerie.

En revanche, la télévision, et particulièrement la télévision d'État, est l'objet d'une attaque en règle dont la virulence s'affiche avec une cruauté qui ne prête même plus à sourire. Dans un pamphlet [40] qui se donne pour tel, *En circuit fermé* [41], les dirigeants et leurs satellites – réalisateur, critique, chroniqueuse – sont dignes d'incarner les péchés capitaux : gourmandise, luxure, hypocrisie, cupidité les décrivent et les résument, tandis que la vulgarité, la concussion et surtout le mépris du public semblent leur apanage et leur credo.

> *« Laisse-moi te donner juste un petit conseil !* [...] *les Ti-Coune, là, ben y'en veulent pas de la culture. Les commanditaires non plus, d'ailleurs. Personne en veux* [sic], *de la culture, Beaugrand-Drapeau* [42] [...] *La culture, c'est loin des Ti-Coune, ça vend rien* [...] *et à doses trop fortes, ça peut même éventuellement* tuer [43] *la télévision ! Enfin, la télévision telle que je la conçois moi... Une télévision pour le peuple, payée par le peuple. »* (*Circuit*, 18)

Que la cible soit l'Église ou la télévision, la grande noirceur ou l'époque actuelle, Michel Tremblay use des ressources de sa verve caustique et de sa

---

40 Le paratexte est clair à cet égard, indiquant pamphlet sur la 4e de couverture.

41 La pièce a été présentée pour la première fois le 9 mai 1994 au théâtre du Nouveau Monde lors d'une lecture publique.

42 Il s'agit de Nelligan Beaugrand-Drapeau, le fils de Fernande (*L'Impromptu d'Outremont*).

43 En italiques dans le texte.

véhémence pour dénoncer sans fin les ratés du système. Structurels ou conjoncturels, parfois simples épiphénomènes, ces dysfonctionnements témoignent d'une société malade de son histoire, malade de son clergé et de ses dirigeants, malade, enfin, de sa francité et de sa douteuse identité. Impeccable et implacable, la toile englobe toutes les composantes de cette dysphorie, dans un constat catégorique qui ne laisse aux personnages d'autre alternative que la plongée dans l'onirisme d'un sempiternel tricotage.

Le tricot onirique

« Rose, Violette et Mauve tricotaient. » (*La grosse femme*, 11)

Incipit de *La Grosse Femme d'à côté est enceinte*, la formule est reprise à la toute fin du roman dans un effet spéculaire et circulaire bien propre à traduire le caractère atemporel de la trinité.

En effet, alors que tous les personnages ont progressé au cours d'une journée initiatique, les trois femmes, éternellement semblables à elles-mêmes, se sont figées dans l'éternité d'un tricotage à l'infini.

Qui sont-elles ?

En trompe-l'œil, leur nom de couleur en subtil dégradé dissimule un nom de fleur et cette équivoque reflète l'équivocité de leur nature et de leur origine. Si leur nombre et leur fonction les rapprochent des Moires [44], leur attachement exclusif à la famille de Victoire les en différencie… et aussi leur soumission absolue à leur mère Florence.

Sont-elles libres ou déterminées, bienveillantes ou indifférentes ? Exercent-elles une influence ou fonctionnent-elles comme un simple appareil enregistreur ? Le texte, à cet égard, n'est pas explicite et l'on retiendra, surtout, qu'accessible aux seuls élus [45], leur monde parallèle est le creuset où se forgent les rêves, le lieu où un imaginaire prodigue étincelle

---

[44] « Les trois sœurs Atropos, Clotho et Lachésis qui, pour chaque mortel, réglaient la durée de sa vie depuis la naissance jusqu'à la mort à l'aide d'un fil que l'une filait, que la seconde enroulait et que la troisième coupait. » (Article « Moires » du *Dictionnaire de la Mythologie grecque et romaine* de Pierre Grimal, PUF, 1re édition, 1951).

[45] C'est-à-dire les fous et les chats.

de tous ses feux, pour le seul bénéfice de visionnaires qui pourraient, eux aussi, affirmer : « *Et j'ai joué de bons tours à la folie* [46] ».

Élus et réprouvés

Josaphat [47] et Marcel habitent de plein droit l'univers d'à côté, passés à travers le miroir tout naturellement et sans aucune réticence. Josaphat, que son génie de violoneux et son ancrage rural désignent comme le dépositaire des légendes, transmet son savoir au petit Marcel au cours d'un véritable rite d'adoubement.

> « *Pis quand j' s'rai trop vieux, j'viendrai te voir* [...] *pis j' te dirai : "Marcel, chus fatiqué !" J'espère que tu vas comprendre pis que tu vas respecter la lune toute ta vie* [...] *Parce que la lune est la seule chose dans le monde dont tu peux être sûr.*
> *De la fenêtre de sa salle-à-manger, au rez-de-chaussée, Florence avait écouté Josaphat-le-Violon raconter son histoire. Quand il eut fini, il lui fit un galant salut auquel elle répondit par un sourire complice.* » (*La grosse femme*, 293-294)

Chargé chaque soir de faire lever la lune, par la vertu de sa musique, le grand-oncle de Marcel se projette dans l'avenir pour lui confier une mission qui tient tout à la fois du legs et du devoir imprescriptible. Mais cette passation de pouvoir revêt la solennité d'une intronisation, du fait de la présence, de la complicité et de l'assentiment de Florence. Son sourire autorise l'admission de Marcel au nombre des élus, lui facilitant désormais l'accès à la maison magique qui « *s'ouvrait sur ces parfums d'un autre âge* [...] *sur ces sons* [...] *sur cette lumière qui n'avait rien à voir avec le temps qu'il faisait dehors, sur ces femmes, toujours les mêmes, éternellement jeunes et éternellement vieilles.* » (*Le premier*, 218)

L'euphorie de ce que l'on pourrait assimiler à une transsubstantiation ne rend que plus chaotiques les soubresauts et les cabrements qui accompagnent l'itinéraire de Victoire.

Initiée sur le tard à des phénomènes qui la terrifient, elle les rejette avec toute la force de son rationalisme nourri d'un bon sens paysan et

---

[46] Arthur Rimbaud, *Une saison en enfer.*

[47] À noter la valeur biblique de ce nom, puisque Josaphat est le lieu de la Résurrection des morts, selon la prophétie biblique de Joël, IV, 2.

d'un vieux pragmatisme. Elle s'en prend tout particulièrement au chat Duplessis, mort dans une bagarre [48], dont la figure fantomatique la nargue et l'obsède, comme surgie de l'enfer.

> « *Victoire* [...] *avait pâli d'un coup lorsque Marcel était revenu dans la pièce. Dans les bras du garçonnet, elle* voyait [49] *un énorme chat tigré qui semblait la narguer de son grand œil jaune.* » (*Thérèse*, 230)

Il faudra donc toute la tendresse et la persuasion de Josaphat pour la convaincre d'accepter sa différence, une différence qui n'est ni tare ni infamie, mais glorieuse distinction et prédestination enviable.

C'est bien, en effet, de l'envie, une envie douloureuse que ressent l'enfant de la grosse femme. Jaloux de son cousin dont il ne met jamais en doute les propos de voyant, il cherchera, tout au long de son enfance, une réhabilitation ou une compensation... Ainsi, à quatre ans, il n'hésite pas à visiter seul la maison d'à côté, siège des magnificences dont s'enchante Marcel. Son parcours axé sur la symbolique du miroir (« *la maison était divisée exactement comme la sienne mais à l'envers* ») (*La duchesse*, 377), « *Il avait vaguement l'impression d'être dans un miroir vide* » (*La duchesse*, 377-378) révèle qu'il est bien passé de l'autre côté, ayant su emprunter les chemins menant au pays des merveilles, mais indigne et éconduit, il n'a, en face de lui, qu'un royaume déserté, une maison vide et triste dont les trésors se dérobent.

> « *L'enfant de la grosse femme resta deux longues minutes dans l'encadrement de la porte. Des taches d'humidité salissaient le plafond* [...] *la tapisserie était décollée, le plancher pourrissait.* [...] *Mauve avait posé le doigt sur une note, une seule. L'enfant de la grosse femme sursauta. Un petit coup de marteau l'avait atteint quelque part...* » (*La duchesse*, 379)

Si la maison de Rose, Violette, Mauve et de leur mère, Florence [50], ne livre ses secrets qu'à un tout petit nombre d'initiés, il n'en reste pas moins que ces déités véhiculent des valeurs ou proposent un modèle dont il faut reconnaître l'universalité.

---

[48] Avec le chien Godbout (*La Grosse Femme d'à côté est enceinte*).

[49] En italiques dans le texte.

[50] Le texte reprend souvent cette expression et dans cet ordre, comme une incantation (par exemple, p. 23 de *La Duchesse et le roturier*).

Le rêve, comme seconde vie [51]

L'univers fantasmatique se construit en dehors ou à côté du réel, mais certainement pas contre lui.

Ainsi, l'emprise indiscutée de Florence, la seule à interpréter la volonté d'une mystérieuse instance (Le Destin ? Dieu ? L'Histoire ?) semble un miroir déformant où se reflète, grossie mais reconnaissable, la puissance matriarcale d'un Québec dévolu aux femmes.

Toutefois, en arborant des vêtements ostensiblement démodés (« *Elles avaient revêtu leurs bougrines* [52] *d'un autre âge et s'étaient coiffées de chapeaux tout à fait étonnants* ») (*La duchesse*, 23), mère et filles revendiquent un anachronisme et une ruralité qui les placent, *ipso facto*, « ailleurs ».

C'est à cet ailleurs aux contours indéfinis que se vouent nombre de personnages, insatisfaits de leur vie et trop faibles pour la changer. « Enfants trouvés [53] » bercés de leurs propres songes, ils aiment à se ménager des espaces-temps privilégiés, étapes salutaires dont ils sont seuls à savourer l'attrait.

Ainsi, la mise en scène novatrice d'*À toi, pour toujours, ta Marie-Lou* donne à voir les sortilèges d'un isolement vécu comme une trêve. Des indications scéniques très circonstanciées précisent :

> « *La double action de la pièce se passe dans la cuisine mais j'ai voulu "installer" Marie-Louise et Léopold dans les endroits où ils sont le plus heureux au monde ! Marie-Louise est donc installée devant sa télévision et elle tricote ; Léopold, lui, est attablé devant une demi-douzaine de bières, à la taverne.* » (*À toi*, 35)

De fait, l'atmosphère cotonneuse que suscite l'ivresse agit comme un écran protecteur. Léopold « déconnecté », étranger à sa vie, se love dans cette hébétude brumeuse dont seul émerge un fantasme obsessionnel de puissance et de richesse.

> « *Y a une espèce de brume épaisse qui entoure ma table, pis j' vois pus les autres… Chus tu-seul, dans' taverne ! Pis chus ben ! J'entends pus rien…*

---

51 Allusion à l'incipit d'*Aurélia* de Gérard De Nerval, « *Le rêve est une seconde vie.* »

52 Grosse veste d'extérieur.

53 Suivant la terminologie de Marthe Robert dans *Roman des origines et origine du roman*, Grasset, 1972. L'auteur y établit la distinction entre le « bâtard » en prises sur le réel et « l'enfant trouvé » enfermé dans son monde imaginaire.

J' vois pus rien... [...] ***La paix*** [54] *!* [...] *J' crie "Waiter* [55] *!", pis quand j' rouvre les yeux... la table est pleine !* [...] *C'est ma table, pis ma bière, pis si j' veux, j' y touche pas, pis si j' veux... C'est ça être riche ! »* (*À toi*, 72)

Avatar du néant [56], cette paix dont Léopold évoque les bienfaits d'une formule incantatoire, se retrouve aussi, comme un écho tremblé, au plus creux des songeries de Marie-Louise. Et le tricotage compulsif qui rythme l'énoncé de sa béatitude semble l'allégorie même de son vide intérieur.

« Pis j' leu' conterais toutes sortes d'affaires... En tricotant... [...] *Pis... y' auraient pitié de moé. J'pourrais continuer de tricoter* ***en paix*** [57], *pis j' saurais qu'au moins le monde ont pitié de moé. »* (*À toi*, 73)

De la même façon, la dichotomie de l'espace figure dans *Damnée Manon, Sacrée Sandra* l'irréconciliabilité de la bigote et du travesti.

Mais curieusement, le décor dont chaque moitié semble le négatif de l'autre, nuance ce sectarisme, suggérant même l'idée d'une complémentarité, voire d'une interchangeabilité entre les deux personnages.

« Dans sa cuisine complètement blanche, Manon, une dévote toute vêtue de noir, se berce. Dans sa loge complètement noire, Sandra, un travesti tout vêtu de blanc, se fait les ongles. » (*Damnée*, 27)

Et, de fait, leur violente antinomie va peu à peu s'estomper et l'étanchéité de leurs rêves céder à la porosité. Ainsi, leurs monologues croisés trahissent leur vraie nature et mettent au jour, par-delà le convenu de leurs masques sociaux, l'érotisme de Manon et le mysticisme de Sandra.

« Manon – Dans mon rêve, la statue tenait toujours le chapelet... mais a le tenait... (silence). C'était cochon de la manière qu'a le tenait ! C'étaient pas les mains de la Vierge Marie ouvertes comme des coupes... C'était des mains refermées autour des grains... A les brassait en me regardant. »
(*Damnée*, 50-51)

Dans ce dernier exemple, le rêve nocturne, et donc incontrôlé, prend le relais du fantasme diurne pour infliger à l'être conscient de Manon un flagrant démenti. Émané d'un « ça » honteux qu'un surmoi triomphant a

---

54 Je souligne.

55 Garçon !

56 On peut penser au *PAX* inscrit à l'entrée des cimetières.

57 Je souligne.

toujours jugulé, il a une évidente fonction heuristique et favorise l'émergence de la « vraie » Manon.

De telles épiphanies ne sont pas rares... En effet, outre son rôle contrapuntique et son caractère rédempteur, le rêve a des vertus sémiotiques, susceptibles de percer à jour un personnage au plus profond de ses refoulements.

Le rêve comme révélateur

Quelles que soient les modalités et les circonstances qui l'accompagnent, le rêve ne peut cacher ses accointances avec le réel. Qu'il l'intègre ou le dénie, l'assume ou le transcende, le réprouve ou le remodèle, il lui est inféodé jusque dans les libertés qu'il entend prendre avec lui.

Ainsi, Simone Côté (*Thérèse*), endormie après son humiliation matinale, peuple son rêve de fantasmes cruels et exalte, dans une mégalomanie compensatoire, une volonté de puissance jusqu'alors bien malmenée ! Sa jouissance est à la mesure de l'abjection de sa directrice, à la mesure aussi de son propre désespoir dont un évanouissement a souligné le paroxysme.

> « *Elle revint s'asseoir à côté de mère Benoîte des Anges et lui passa les doigts sur le front, le nez, la bouche en murmurant doucement : "Une belle p'tite lèvre dentelée* [...] *une belle p'tite directrice dentelée !" Elle prit la lèvre supérieure de la religieuse entre son pouce et son index et tira. Elle ouvrit les ciseaux, les approcha de sa lèvre.* » (*Thérèse*, 72)

Même si ce film au ralenti concède beaucoup au réel en faisant de la bouche [58] le lieu du châtiment, le point névralgique où se magnifie l'horreur, il reste sous le contrôle de la dormeuse, agrippée à ses certitudes et jubilant de cette inversion hiérarchique.

En revanche, l'évocation d'une « *traînée brunâtre* » (*Thérèse*, 73) semble lui échapper, comme un aveu de faiblesse, comme le souvenir cuisant du « *filet d'urine* » (*Thérèse*, 38) dont elle avait souillé le bureau de la directrice.

Dans *Un Objet de beauté* [59], le mécanisme qui déclenche la rêverie chez Marcel est totalement différent puisque les séquences oniriques

---

[58] Je rappelle que l'opération du bec-de-lièvre de Simone est à l'origine de la scène chez la directrice.

[59] Il n'a plus alors le soutien de ses bienfaitrices qui l'ont abandonné à l'adolescence.

interviennent à sa demande et qu'il en règle, à volonté, la progression et le dénouement.

Cet « *enfant dans un corps d'homme*[60] » (*Un objet*), dont la vie n'est que contraintes et soumission, trouve dans l'éclat d'une gloire fantasmée le courage de survivre à sa mort sociale et spirituelle. Aussi ne lésine-t-il pas sur le pouvoir qu'il s'octroie : il est le Héros[61] des légendes, à la fois justicier et sauveur, celui qui règle, crée ou châtie au hasard des scénarios dont il construit, avec dextérité, les échafaudages. Il s'agit donc pour Marcel de prendre sa revanche dans un monde où rien n'est trop beau, trop chimérique ou trop audacieux pour contrebalancer son impuissance factuelle.

Ainsi, en apprenant que sa tante Nana est sur le point de mourir d'un cancer « de femme », il se rebelle et décide de la sauver, par le biais d'une histoire mettant en évidence son rôle salvateur. Toutes les données du réel y son niées et perverties : la scène se passe en 1912, par un été torride, au cours duquel Nana, petite-fille, doit affronter un incendie ravageur qui menace sa vie. Le salut viendra du Héros l'entraînant, fort pertinemment, avec sa mère et sa sœur, vers un étang propice.

Rien à voir donc, avec le grelottant printemps de cette année 1963 où Nana souffre mille morts dans son appartement montréalais.

Et pourtant, comment ne pas voir que, même au cœur de l'imaginaire le plus débridé, le réel garde ses droits ? Dans cette avancée du feu assimilée à la propagation d'un mal irréversible, comment ne pas retrouver la métaphore de la maladie qui « brûle » Nana et détruit systématiquement toutes les composantes de sa vie ?

D'ailleurs la crise qui enclenche le processus créateur chez Marcel est introduite laconiquement et pour ainsi dire sous-traitée : « *L'incident se produit alors que Nana et Albertine font la vaisselle.* » (*Un objet*, 98)

Cet « incident » – en fait un grave malaise – semble bien plus que l'anagramme d'incendie ; à la fois doublon et miroir inversé, il en est l'annonce voilée, le prolégomène. Marcel reste donc tributaire, à son insu, d'un réel dont il prétend s'éloigner, transposant jusqu'au faîte de sa puissance l'insoutenable douleur de sa vie.

---

60 Formule récurrente dans *Un Objet de beauté.*

61 En majuscule dans le texte.

Mais alors que dans sa naïveté, sa démarche limpide emporte l'adhésion du lecteur, le narrateur opère un brouillage des genres et des codes bien propre à miner le corps textuel en le grevant de ce doute dont procède le fantastique [62].

Car Nana survivra six mois. Et, sans l'affirmer, le texte suggère une possible interférence entre le rêve salvateur et ce sursis. Le film projeté par Marcel a pénétré le sommeil de la malade qui en a enregistré, à l'identique, les images et le déroulement.

> « *Elle se rappelle le rêve qu'elle a fait quand Marcel était dans sa chambre. Du feu. Du feu partout. Pas seulement dans son ventre. Mais partout à l'extérieur, la fumée qui étouffe. La splendeur de l'apocalypse sur la plaine en feu* […] *Puis… C'tait qui, lui ? Le gros homme ? Le héros surgi de nulle part ? Celui qui les avait fait* […] *plonger dans la mare derrière la maison* […] *C'était quelqu'un qu'elle connaît, une silhouette familière, elle en est convaincue. Mais qui ?* » (*Un objet*, 152)

Cet amalgame n'est pas isolé. À différentes reprises, en effet, des deux mondes juxtaposés se fondent et se confondent, alors que la réalité porte, en surimpression, l'esquisse d'un univers fantasmatique qui la soumet à son empreinte.

Des empreintes troublantes

La « maison d'à côté » dont la façade de briques est visible de loin induit, par sa seule apparence, un mystère donc chacun peut mesurer la portée. Et l'on s'étonne de l'incuriosité des habitants de la rue Fabre, acceptant sans broncher qu'un bâtiment depuis toujours inoccupé garde, par-delà les années et les intempéries, sa fraîcheur et sa propreté.

Seule Victoire en fait la remarque, préfigurant par là sa prochaine admission dans le monde parallèle.

> « *"Quand on est arrivé, icitte, y' a quarante ans, c'tait vide, pis c'est encore vide* […] *Pis c'est toujours propre". Elle enleva un gant, passa sa main sur quelques piquets. "C'est frais peint, comme chaque année."* » (*La grosse femme*, 142)

Et comment ne pas relever l'ambiguïté troublante de ces empreintes de pas aperçues par Édouard, la nuit de la mort de sa mère ?

---

[62] Selon Tzvetan Todorov, dans *Introduction à la littérature fantastique*, c'est en effet le doute qui induit le fantastique.

« Y avait des traces de pas dans l'escalier. Quelqu'un, plusieurs personnes pour autant qu'il pouvait en juger, avait monté l'escalier, puis l'avait redescendu. » (*La duchesse*, 135)

Si les seules Moires [63] venues « chercher » Victoire ont monté l'escalier, ces traces emportent le lecteur dans un tourbillon où le merveilleux, le fantastique, l'invraisemblable et le paradoxal se mêlent et se déprennent dans une chaotique confusion.

Car enfin, le défaut de corporalité des quatre femmes invisibles, donc immatérielles, nie jusqu'à la possibilité de ces pas… pourtant réels.

Au chapitre des anomalies inexplicables et du basculement dans un fantastique « retenu », distillé avec une parcimonie qui rehausse son pouvoir déstabilisant, il faudrait aussi évoquer une scène étrange qui emprunte aux rites magiques leur foncière irrationalité. En posant sa main sur le front de son cousin endormi, l'enfant de la grosse dame s'empare de son rêve. Cette captation se traduit aussitôt par une irruption d'images disparates, venues « en vrac » sans qu'il puisse en gérer l'ordonnancement ; comme si cette instantanéité, court-circuitant le processus habituel de la communication verbale, passait par la médiation d'un corps transformé en courroie de transmission.

« Marcel dormait […]
Il posa la main sur le front de son cousin. Aussitôt une nuée d'oiseaux explosa dans la forêt enchantée ; ça venait du front, de la tête de Marcel, ça passait le long de son bras à lui comme une décharge électrique […]
Et un magnifique chat tigré sauta dans la forêt enchantée, haletant, excité, les babines retroussées. » (*Le premier*, 117-118)

Mais c'est incontestablement lors de la « scène du piano » que le point de convergence des deux mondes se trouve dramatisé avec le plus de force. Située au cœur des *Chroniques,* au point le plus exact de leur centralité [64], cette épiphanie de Marcel est une tentative, courageuse mais dangereuse pour réconcilier les deux parts de sa vie. En révélant dans un magasin de musique ses dons de virtuose et sa pratique d'un instrument dont il est

---

63 Qui reprennent ainsi leur rôle mythologique.

64 Les six volumes des *Chroniques* comportent 2019 pages et l'épisode se trouve raconté de la page 230 à la page 236 de *La Duchesse et le roturier*, soit de la page 927 à la page 933 des *Chroniques.*

censé tout ignorer, l'enfant entend franchir les limites d'un univers rationaliste et étouffant et en transgresser les codes, au nom d'une surréalité dont il se veut le dépositaire et le héraut.

Mais, en fait, loin de réunir dans une même étreinte les deux axes de son être-au-monde, il les sépare et s'en sépare à tout jamais, puni par ses bienfaitrices pour avoir trahi le secret, rejeté par sa mère pour cause de non-conformité.

> « *Quant à Albertine... Un monde en avait remplacé un autre. Deux minutes plus tôt, elle était une mère un peu découragée de ses deux enfants, pauvre mais fière et propre* [...] *et voilà que tout d'un coup son plus jeune enfant, le plus difficile* [...] *la submergeait de sons d'une insoutenable beauté et dont elle refusait catégoriquement d'accepter l'existence. Elle fermait les yeux sur ce monde trop beau et se serait bouché les oreilles si elle avait vraiment cru pouvoir tuer ces larmes d'exaltation qui l'assaillaient.* » (*La duchesse*, 234-235)

Cet épisode crucial [65] est le nœud où se retrouvent inextricablement et inexplicablement liées la diégèse réaliste et les fantasmagories de Marcel. Leur confusion imprègne les *Chroniques* d'une lueur fantastique, sans doute ponctuelle, mais essentielle et chargée de sens.

Ainsi va le tricot tremblayen... dévidage sans fin de brumeuses visions ou de fantasmes plus réels que le réel lui-même. Petite musique de nuit dont les cliquetis continuels rythment l'émergence d'un autre monde.

Mais si parallèles qu'ils soient, l'univers réaliste et son contrepoint inventé dérogent au principe géométrique pour se rencontrer parfois, au prix d'étranges intersections. Et c'est sans doute cette porosité, dont aucune explication rationnelle ne pourra rompre le charme, qui donne à l'œuvre romanesque de Michel Tremblay son pouvoir de fascination.

---

[65] Le récit de cet épisode est considéré par Michel Tremblay comme le passage préféré de son œuvre (voir entretien du 20/11/1998).

CHAPITRE III
QUAND L'AUTRE EST LE MÊME

> « ***Enfin, il était hors de lui, en dehors de lui-même, face à son reflet qu'il pouvait prendre pour lui.*** » *(La Duchesse et le roturier)*
>
> « ***Et soudain, l'autre est là*** [...] ***le Héros est de retour, mais, cette fois, il a envahi le monde réel.*** » *(Un Objet de beauté)*

Comme un labyrinthe garni de miroirs, l'œuvre de Michel Tremblay, dédaléenne et spéculaire, joue de tous les artifices d'une duplicité qui lui est véritablement consubstantielle. Dyades et duos, reflets, dédoublements, gémellité et partition composent un univers foncièrement schizoïde où le Même et l'Autre se joignent et se disjoignent, se heurtent ou se mêlent, à la cadence d'un frénétique pas de deux.

Partis à la quête de l'autre que chacun porte en soi, les personnages capturent parfois, au détour d'une glace, une image/mirage fallacieuse, évanescente et pourtant suggestive, révélant plus qu'elle ne camoufle, au gré des aveux arrachés à sa limpide opacité.

Mais si le miroir est inséparable d'une représentation qui reste sa principale raison d'être, il obéit également à une logique de démultiplication qui reproduit, comme autant de calques virtuels, des leurres dédoublés à l'infini...

Miroir du miroir, le texte fait de la réduplication une modalité essentielle de son appréhension du monde : du travesti au schizophrène, les héros y sont à la fois doubles et scindés, pris dans le tourbillon d'une dynamique conflictuelle qui reflète, en l'exacerbant, la dialectique indéfiniment recommencée d'un pays voué à une structurelle binarité [1].

---

1 Voir à ce sujet l'essai de Jean Bouthillette, *Le Canadien français et son double* (Montréal, Éd. de l'Hexagone, 1972). Voir également sur le mode allégorique et

Un miroir pour s'admirer

De tous les objets quotidiens qui « habitent » la maison tremblayenne, le miroir est, sans doute, un des plus souvent sollicités.

Confident-complice du narcissisme des personnages, toujours prêt à leur renvoyer, en plus flatteur, le reflet d'une séduction dont ils connaissent le prix, le miroir envahit l'espace et semble ne l'agrandir que pour mieux l'occuper.

Ainsi, les didascalies circonstanciées décrivant la « *garçonnière meublée* » qui sert de cadre à *Hosanna* signalent les proportions d'un miroir dont le gigantisme tranche sur la médiocrité ambiante : « *et une coiffeuse, surmontée d'un très grand miroir, et couverte d'un nombre incalculable de pots de crème* » (*Hosanna*, 11). Et avant même que la vie du travesti ne s'incarne dans la parole, le miroir dit le culte de l'apparence, l'irrésistible attraction d'une image qu'Hosanna modèle et remodèle, au hasard de ses humeurs ou de ses fantasmes.

Cette complaisance est aussi celle de François Villeneuve (*44'*) dont de nombreuses « scènes au miroir » étayent les certitudes, en lui exprimant sa beauté : « *Il s'examine systématiquement dans le miroir. Il s'est appliqué un léger fond de teint sur le visage et un peu de khôl sous les yeux pour les agrandir* » (*44'*, 55). Cette image distanciée, parée du double sortilège du maquillage et de la réfraction, appartient à la jeunesse du chanteur, dont elle est l'éclatant emblème. Mais, trente ans plus tard, dans le bureau confiné où s'étiole sa vie (« *capharnaüm où s'entassaient des années d'ennui,* [...] *étalage de confusion et de paresse* » (14), aucun miroir susceptible de mettre à vif sa déchéance ne vient interposer son insoutenable vérité.

C'est que le miroir peut être aussi cet instantané saisissant, à la dérobée, une représentation dérangeante dont il accuse encore l'implacabilité.

Un miroir pour se haïr

Dans son prochain roman *Le Mentir vrai* [2] dont le titre induit la mise en œuvre d'une esthétique flamboyante, Michel Tremblay confronte Jean-Marc

---

humoristique *Les Têtes à Papineau* (Seuil, 1981) de Jacques Godbout où les siamois Charles et François ont un seul corps pour deux têtes.

2 Voir entretien téléphonique avec Michel Tremblay en annexe.

à l'inopiné d'une révélation : découverte par le biais d'une quelconque vitrine, sa ressemblance avec un frère détesté suscite un questionnement identitaire et une prise en compte de son hérédité.

En d'autres circonstances, déjà, ce héros avait pu mesurer la valeur déictique d'un miroir donnant à voir une certitude dont il ne s'était jamais avisé. Ainsi, après le départ de Mathieu (*Éclaté*), il aperçoit dans une glace un étranger qui ressemble à sa propre caricature.

> « *L'image qui m'apparut dans le miroir* [...] *aurait suffi à me convaincre* [...] *que j'avais grandement besoin de vacances : un barbu poqué*[3] *et boursouflé me regardait avec des yeux injectés de sang, un magnifique bouton lui fleurissait à la base du nez* [...] *La bouche – que dis-je, la bouche, un trou de suce – mauvaise et molle.* » (*Éclaté*, 66)

Mais le miroir ne se borne pas à restituer ; il interprète aussi et dans cet exercice il se charge d'un rôle démiurgique, mettant au jour, au prix d'une sombre épiphanie, l'autre, l'indigne, celui dont le portrait exécré se surimprime et coexiste..., pour finalement l'emporter, seul vainqueur de la confrontation.

Ainsi, enivré de la double ivresse d'une ébriété avancée et de l'excitation d'une soirée exceptionnelle, Édouard (*La duchesse*) rencontre son fantôme. Mais cette apparition, loin d'être ombre épouvantée ou figure spectrale, n'est que la représentation de son propre ridicule. Un ridicule définitif, inscrit dans les fibres du corps grassouillet qui l'incarne, un ridicule tel qu'il doit décourager tous les efforts visant à le sublimer ou à le contrer.

> « *Dans la vitrine de Grover's* [...] *un grand miroir* [...] *avait été fixé sur l'une des colonnes de soutien. Enfin, il était* [...] *face à son reflet qu'il pouvait prendre pour lui et qu'il voulait abreuver d'injures, ce qu'il fit, généreusement, avec un gros plaisir sadique, ne s'épargnant aucune humiliation, guettant les réactions de cet autre lui-même qui le regardait dans les yeux comme pour le braver. "Maudite grosse plogue*[4] *!* [...] *Grosse sans allure ! Vulgaire comme douze pis ignorante comme vingt ! Maudite grosse vendeuse de chaussures, reste donc aux pieds du monde, c'est là qu'est ta place !* [...] *Pis, surtout, essaye donc pas de t'en sortir ! T'es venue au monde dans' marde, dans' plèbe, dans' roture...* " » (*La duchesse*, 134-135)

---

[3] Poqué : défait, abîmé.

[4] Plogue : prostituée.

Cette violence verbale que sa pauvreté et sa répétitivité argumentatrice condamnent à l'impuissance, participe du ridicule qu'elle est censée fustiger et signe, de ce fait, le triomphe définitif du double honni.

Mais Marcel dont les anathèmes sont autrement redoutables pervertit la fonction première du miroir et l'assimile à un surmoi dont le pouvoir coercitif est sans réplique.

Un miroir pour se corriger

Habitué à s'infliger des punitions pour des fautes vénielles ou imaginaires Marcel, dans *Un Objet de beauté,* endosse la double personnalité du bourreau et de la victime, destinateur et destinataire du châtiment. Or, cette partition, qui est aussi répartition, est soumise à la présence d'un miroir, indispensable intermédiaire bien propre à matérialiser la confrontation du locuteur et de l'allocutaire. L'efficacité du miroir dépend de son absolue limpidité, une limpidité telle qu'aucun obstacle ne viendra brouiller l'intimité de regards échangés « les yeux dans les yeux ». Aussi Marcel ne peut-il se contenter de n'importe quelle surface réfléchissante et la vitrine d'une pharmacie, d'abord sollicitée, se révèle-t-elle très vite inadéquate.

> « *Tout ce qui est vraiment lui, les traits de son visage comme ses membres* [...] *tout disparaît dans la transparence du verre, comme s'il n'avait plus que deux dimensions et aucune épaisseur* [...] *Il regarde donc dans la direction de ses yeux pour, comme d'habitude, se convaincre du bien-fondé de sa décision* [...] *Il aperçoit des présentoirs de remèdes, des rangs de bouteilles d'aspirine, de sirops pour la gorge* [...] *Il lui faut un miroir. Un vrai. Pour bien... s'hypnotiser.* » (*Un objet*, 136-137)

Et seule la glace translucide des toilettes d'un restaurant pourra jouer dignement un rôle médiateur que sa solennité et sa lenteur apparentent à un exorcisme.

> « *Il se penche vers le miroir, se regarde droit dans les yeux* [...] *C'est pour se parler. À voix haute. Il sait qu'il devra parler fort, peut-être même s'engueuler pour se convaincre* [...] *C'est lancinant, enveloppant et, surtout, hypnotisant. Il se berce de mots répétés à l'infini* [...]. *"Bon. Tu vas m'écouter, là. Comme faut. Tu vas m'écouter comme faut. Ben comme faut. Y faut pas que tu penses à d'autres choses, y faut pas que tu regardes ailleurs. Y faut que tu m'écoutes comme faut. Ben comme faut. Tu m'entends, là ? Tu m'entends ben ? Ben comme faut ?"* » (*Un objet*, 145)

Ainsi, qu'il soit faire-valoir, révélateur ou bouc émissaire, instrument de vérité ou facteur d'illusions, le miroir joue de ses fonctions plurielles et diversifie ses atouts au gré de l'utilisateur. C'est que cet objet, aussi courant que mystérieux, se pose dans l'univers de Michel Tremblay comme un objet totémique, la représentation la plus flagrante d'une dualité dont l'omniprésence s'illustre à travers les diverses manifestations de la gémellité.

Des couples analogiques

Le final triomphal de *La Grosse Femme d'à côté est enceinte* met en scène sept femmes enceintes qui, sous la houlette bienveillante de la grosse femme, se réunissent pour « *mettre un pays au monde.* » [5]

Dix ans plus tard, *Le Premier Quartier de la lune* rappelle l'événement mais curieusement les enfants ne sont plus que six [6]. Sans doute faut-il voir dans cette mort narrative le tribut payé à une binarité qui s'affirme à la fois comme un mode de fonctionnement privilégié et comme la spécificité du roman.

En effet, en couples, en paires ou en dyades, les personnages s'avancent deux par deux et déclinent leur analogie à la lumière de configurations variées. Ainsi, « les deux Carmen [7] » (*Le premier*, 143) trouvent dans leur identité onomastique le fondement de la troublante similitude de leur comportement synchronisé.

> « *Elles sortaient presque toujours de leur maison au même moment, comme mues par la conscience que l'autre aussi se dirigeait vers la porte, l'ouvrait, traversait le balcon, descendait les trois marches qui menaient au parterre.* » (*Le premier*, 145)

Chacune devient alors le miroir de l'autre dans une réunification/réification d'autant plus manifeste que toute communication verbale est bannie de leur duo.

---

5 L'expression est de Michel Tremblay (entrevue d'avril 1980).

6 Il n'est plus question de l'enfant de Laura Cadieux, la fille de Josaphat.

7 Carmen Brassard, importante dans le théâtre tremblayen (*À toi, pour toujours, ta Marie-Lou, Sainte Carmen de la Main)* et Carmen Ouimet que l'on ne revoit pas. Sa mère Rose Ouimet, y fait simplement allusion dans *Les Belles-Sœurs.*

> « [*Elles*] *se tenaient au pied de l'escalier, silencieuses parce qu'elles n'avaient jamais rien à se dire.* » (*Le premier*, 143)
>
> « [*Elles*] *s'étaient installées sans se parler mais avec des gestes qui se ressemblaient.* » (*Le premier*, 145)

De même, après la mort de son père [8], Claude Lemieux [9] forme avec sa mère Claire une dyade dont l'inéluctabilité s'inscrit dans leur prénom presque identique. Et dans leur consonance, les noms de Claire et de Claude se répondent, bien propres à marquer une indifférenciation que l'usage du pronom indéfini « on » résume et explicite.

> « *"Tu-suite après les examens, la semaine prochaine, on s'en va". Claude recula, s'appuya contre le mur. "On s'en va ? Où ça ?". "On s'en va à Saint-Ustache, sus grand-meman."* » [10] (*Le premier*, 122)

Parfois l'analogie est latente, intermittente, bien cachée sous les traits objectivement répertoriés d'une nette dissemblance. Par exemple, tout oppose ou tout semble opposer Marcel et son jeune cousin.

Le premier, mal aimé, souffre-douleur officiel de la rue Fabre, astreint à la classe auxiliaire jusqu'à la fin de sa scolarité, semble le négatif du fils de la grosse femme dont il a inversé et perverti tous les caractères. Et pourtant, Marie-Sylvia s'étonne et s'insurge de découvrir leur foncière gémellité.

> « *Ils tournèrent la tête au même moment, levèrent la main dans un ensemble parfait pour la saluer* [...] *Marie-Sylvia les suivit des yeux avec une mine découragée* [...] *"Ça se peut pas de toute faire en même temps de même ! Sont cousins, mais sont pas jumeaux ! On a jamais vu ça des jumeaux qui ont cinq ans de différence !"* » (*Le premier*, 23)

Ce pourrait n'être que la divagation d'une vieille bougonne. Mais le statut de Marie-Sylvia, que sa qualité de commerçante [11] place au point névralgique de la rue Fabre, accrédite son témoignage. Avec son regard

---

[8] Il s'agit d'Hector Lemieux « *la baleine* » (*La grosse femme*). On apprend sa mort dans *Le Premier Quartier de la lune* « un cancer inespéré et sans merci », p. 124.

[9] Qui deviendra Hosanna dans la pièce du même nom.

[10] Mère et fils ont également des gestes similaires comme en témoigne la citation suivante : « *Claude Lemieux croisa les bras comme sa mère le faisait lorsqu'elle était fâchée.* » (*Le premier*, p. 79)

[11] Elle tient un établissement qualifié de « *restaurant* » qui est, en fait, une petite épicerie.

toujours tourné vers l'extérieur en quête des moindres événements susceptibles de confirmer ou d'infirmer la routine quotidienne, elle fonctionne comme une caméra qui stockerait inlassablement les images d'un film interminable.

Mémoire d'une rue qu'elle n'a jamais quittée, elle participe, à ce titre, d'une entreprise narrative dont elle incarne à la fois, la source et la caution. Et son jugement est, à n'en pas douter, celui du narrateur lui-même.

Or, en figurant à travers les deux cousins, jumeaux disparates, la fusion d'éléments contradictoires et la résolution du conflit inhérent à l'hétérogénéité, ce dernier suggère une autre vision de l'assemblage, fondé non plus sur les similitudes mais sur les contrastes et la complémentarité.

Des coupes antagonistes

Comme ceux de leur fils respectif, les portraits d'Albertine et de la grosse femme se construisent à coup d'antithèses opposant dans la ronde infinie de leur intrinsèque irréductibilité, la douceur, la compréhension, la tendresse de l'une à la maladresse, à la hargne et à l'intolérance de l'autre. Toutefois, ces deux femmes qui partagent les mêmes tâches, la même cuisine [12] et les mêmes soucis sont toujours associées dans les tableaux animés déclinant leurs différences.

> *« **Avec un geste brusque** [13] de la main, Albertine aspergeait son linge après l'avoir bien étendu sur le bout de la table* [...]. *À l'autre bout de la table, la grosse femme triait les vêtements en deux piles distinctes* [...] ***et s'amusait même parfois à chantonner*** [14] *le nom du propriétaire. »* (*Le premier*, 92)

Ensemble dans la joie [15] comme dans la peine, elles finissent par former une entité bicéphale, déité oxymorique dont l'ambivalence imposant à chacune une figure et un rôle strictement déterminés les répartit en « bonne » et en « mauvaise » mère [16].

---

12 Dans toutes les *Chroniques*, sauf dans le tome VI, *Un Objet de beauté.*

13 Je souligne.

14 Je souligne.

15 Comme lors du concert de Tino Rossi (*La Duchesse et le roturier*).

16 Au sens où l'entend Mélanie Klein qui insiste sur le caractère fantasmatique du « bon » et du « mauvais » objet.

Or, à l'occasion de la mort de Nana, ce clivage désormais impossible se résout… pour le plus grand bien d'Albertine qui, au prix d'une véritable transmutation, se sent soudain habitée de la sérénité propre à sa belle-sœur.

« *Et la paix vient. Albertine sent arriver cette chose qu'elle ne connaît pas comme si c'était une personne qui venait lui rendre visite.* » (*Un objet*, 321)

Et la réciprocité de leurs adieux qu'un écho répercute de l'une à l'autre témoigne de leur fusion et de leur réunification par-delà toute altérité.

« *Puis cela sort tout seul* […] *c'est une vraie déclaration qu'elle n'a pas prévue, mais qui s'impose.*
"Vous savez, Nana, j'vous ai toujours ben aimée..."
Et cette voix venue de très loin, de si loin qu'elle n'a presque plus rien d'humain, la mène enfin au bord des larmes.
"Moé aussi, Bartine, j' t'ai toujours ben aimée…" » (*Un objet*, 322)

C'est également sur le contraste que le couple Claude Lemieux/enfant de la grosse femme érige son aléatoire légitimité.

Cancre, vulnérable et pleurnicheur, Claude se dresse comme le contrepoint exact de son ami, premier de classe et meneur de jeu.

« [*Claude*] *était une fois de plus au bord des larmes et son ami eut une fois de plus envie de le frapper.* » (*Le premier*, 80)

Les larmes sont en effet naturelles à Claude qui leur donne libre cours en toute occasion et la surabondance de cet incontrôlable écoulement allégorise le manque de consistance de l'enfant, littéralement « liquéfié » dans une détresse outrancière et parodique. Son encombrant amour, dont gestes tendres, scènes de jalousie et menaces de rupture dessinent les contours, horripile le fils de la grosse femme, confondu par une si voyante faiblesse. Mais sans doute est-il plus soumis qu'il n'y paraît, plus soumis qu'il ne le croit lui-même à la dimension charnelle de leur relation qu'un geste tendre laisse entrevoir.

« [*L'enfant*] *le prit par les épaules, l'attira doucement contre sa hanche. Claude Lemieux soupira d'aise en passant son bras autour de la taille de son ami.*
"J'aime ça quand t'es fin [17] *comme ça."* » (*Le premier*, 112)

---

17 Gentil.

En fait, ce duo « dépareillé » incarne l'envers et l'endroit d'une féminité bivalente : à Claude, tous les défauts recensés par des siècles de clichés misogynes, à l'enfant de la grosse femme intuitif et sensible, les trésors de l'éternel féminin. Mais tous les deux inscrivent leur future homosexualité dans l'ambiguïté de leur amitié orageuse.

Ainsi, même les couples qui ne semblent exister que par leurs différences retrouvent une singulière homogénéité dans l'indétermination de l'Autre et du Même, dont un réseau interférentiel de permutations et d'alternances souligne la confusion.

À l'inverse, le Même peut parfois se découvrir autre, se transformer en l'Autre, au cours d'une expérience scissionnaire ressentie comme attentatoire à l'identité.

Scissions et dédoublements

Aucun signe ne l'a préparée, aucune prémonition précédée : la « chose » leur tombe dessus avec la soudaineté et la flagrance d'une révélation.

Parfois, en effet, les personnages se scindent et, au prix de cette partition, se voient véritablement agir, confrontés non plus à leur image comme dans une relation spéculaire, mais à leur *Doppelgänger* [18] (double). Ce surgissement de soi hors de soi peut emprunter la médiation d'une tierce personne qui perd alors sa propre caractérisation pour n'être plus que l'élément déclencheur du dédoublement.

C'est le cas de Gabrielle Jodoin (*Le premier*) occupée à chercher dans la mercerie de Monsieur Schiller quelque objet introuvable. Le spectacle qu'elle offre provoque chez Albertine la mise en œuvre d'une superposition dont elle ressent la cuisante honte : les attentions de Monsieur Schiller dont se flattait sa solitude n'étaient donc que des manœuvres commerciales, indifféremment prodiguées à toutes les clientes !

> « *Quelque chose la mettait profondément mal à l'aise dans ce tableau* [...] *Une espèce de fausse innocence émanait des trois personnages... c'était ça... quelque chose se voulait innocent et ne l'était pas* [...]

---

[18] Terme forgé par Jean-Paul Richter en 1796 signifiant « *celui qui marche à côté, le compagnon de route* ». « *Ainsi se nomment les gens qui se voient eux-mêmes* » (*Dictionnaire des mythes littéraires*, sous la direction de Pierre Brunel, Éditions du Rocher, 1998. Article « double » par Nicole Fernandez-Bravo.

> *Albertine se redressa. Elle venait de se voir dans la même position que Gabrielle Jodoin,* faisant semblant [19] *de chercher quelque chose pendant que Monsieur Schiller, avec son accent si charmeur, lui faisait un compliment à peine déguisé.* » (*Le premier*, 186-187)

Le plus souvent, toutefois, l'intrusion du phénomène, imprévisible, ne requiert aucune amorce ; né de moments cruciaux dont il illustre l'urgence ou la solennité, le dédoublement échoit aux personnages comme une brisure dissociant leur être regardant de leur être agissant.

Ainsi, l'enfant de la grosse femme subit cette fragmentation par trois fois au cours de la même journée, comme si la réitération narrative figurait une duplication psychique dont elle prendrait le relais.

> « *Il fut plus le spectateur que l'exécutant de la scène qui suivit : il se vit se lever lentement, exactement comme s'il était quelqu'un d'autre.* » (*Le premier*, 60)
>
> « *Il s'était vu écrire comme s'il avait été quelqu'un d'autre penché par-dessus sa propre épaule.* » (*Le premier*, 106)
>
> « *Il croyait tout ce qu'il disait : il se voyait agir.* » (*Le premier*, 208)

Et pour que ce bégaiement diégétique ne passe pas inaperçu, pour qu'il affiche sa portée stratégique et son intentionnalité, le narrateur prend soin de souligner la répétitivité de ce type de scènes.

> « *C'était la deuxième fois que ce genre de chose se produisait depuis le matin, cette faculté de sortir de lui-même pour se regarder agir.* » (*Le premier*, 106)
>
> « *Cela lui était déjà arrivé trois fois dans la journée.* » (*Le premier*, 208)

Pour troublantes qu'elles soient, ces schizes restent néanmoins épisodiques, limitées au seul roman *Le Premier Quartier de la lune* dont elles n'affectent guère l'ossature.

En revanche, la poétique théâtrale misant sur les stratagèmes d'une illusion faisant figure d'invariant, se révèle propice à la généralisation et à l'étalage de ces disjonctions où la pièce *Le Vrai Monde ?* puise sa genèse et son efficacité.

---

[19] En italiques dans le texte.

Un dédoublement généralisé : *Le Vrai Monde ?*

Renouvelant avec brio une constante de l'esthétique pirandellienne [20], Michel Tremblay procède au dédoublement systématique de ses personnages, jouant de ses prérogatives démiurgiques pour insuffler la vie à des héros de papier.

L'œuvre met en scène, autour de Claude, trois membres de sa famille – son père, sa mère et sa sœur – mais aussi leurs doubles incarnant les personnages de la pièce que Claude vient d'écrire en espionnant et en pillant les siens.

Or en insistant sur l'outrance de ces incarnations, les indications scéniques mettent en relief leur artificialité et leur dimension caricaturale.

> « *Les personnages de la pièce de Claude sont habillés exactement comme ceux de la réalité avec, toutefois, quelque chose de transposé qui en fait presque des caricatures.* » (*Le vrai ?*, 13)

Déni du réalisme auquel ne le rattachent que quelques fils ténus, tout juste bons à tisser l'ébauche d'un quotidien médiocre, *Le Vrai Monde ?* surexpose ses impostures dont le dramaturge fait le creuset d'une réflexion éthique et esthétique.

En effet, quand il délègue à Madeleine II, sa créature, la charge d'exprimer sa rancune à l'encontre d'un père absent et volage, Claude utilise son talent scriptural à des fins égoïstes et polémiques, « tuant le père » par personnage interposé. Ce faisant, ne bafoue-t-il pas ses modèles dont il infléchit le caractère dans des représentations tendancieuses qui les ravalent au rang de simples porte-parole ?

C'est cet usage indélicat de son nom et de sa personne que Madeleine I dénonce avec véhémence.

> « *La trahison ! C'est ça, j'ai eu l'impression d'être trahie par mon propre enfant... Je r'trouvais toute ma vie... défigurée...* [...] *J'ai-tu élevé un espion qui enregistrait toute c' qu'on faisait pour pouvoir rire de nous autres plus tard... T'as faite de nous autres des portraits effrayants, t'as arrangé la réalité comme tu voulais, comme ça faisait ton affaire, t'as même gardé nos noms,*

---

20 Luigi Pirandello, écrivain italien (1867-1936). Toute son œuvre est traversée par la thématique de la dualité. Sa pièce la plus connue est *Six personnages en quête d'auteur* (1921).

> *Claude, mais tu t'es caché, toi. Tu t'es mis en arrière de nous autres en disant au monde : r'gardez comme y sont laids, comme y sont ridicules…* »
> (*Le vrai ?*, 48)

Écho du dilemme auquel fut sans doute confronté Michel Tremblay [21] écartelé entre ses pulsions créatrices et son devoir de réserve, la pièce démontre sa portée morale, voire moralisatrice, qu'explicite un dénouement inattendu.

En renonçant à son œuvre (« *Déchire-la ma pièce, si tu veux, papa, mets le feu dedans* », 105), Claude se détermine en faveur des valeurs doxiques de la famille et de la société, résigné à déserter l'espace scénique avant même de l'avoir investi [22].

Mais cet échec trouve un heureux contrepoint dans les flamboiements d'une esthétique baroque vouée aux subterfuges d'une dualité participant d'une incertitude existentielle et d'un scepticisme fécond. Dans la fracture dissociant la réalité de la reproduction tremblée qu'en donne Claude, dans le défigurement de modèles devenus méconnaissables où se trouve « Le vrai monde [23] » ? Le point d'interrogation inclus dans le titre diffère toute réponse et immobilise, à jamais, le texte dans une attente et une hésitation foncièrement duplices.

La tension de doubles hétérogènes, irréductibles à l'unification, fournit également l'argument principal d'*Albertine en cinq temps* ; cette fois, pourtant, le dramaturge s'autorise une surenchère en quintuplant la figure de l'héroïne.

Cinq doubles pour la même

Dans une des plus belles pages de *L'Avalée des Avalés* [24], la jeune narratrice, Bérénice, imagine un espace préservé, sanctuaire où se maintiendrait, intact, le temps qui passe.

---

21 Il est précisé que la pièce se passe en 1965, l'année où Michel Tremblay écrivit *Les Belles-Sœurs.*

22 La pièce de Claude n'a pas encore été jouée.

23 Les vraies personnes (ou personnages). Dans la langue vernaculaire, le monde signifie les gens.

24 Réjean Ducharme, *L'Avalée des Avalés*, Paris, Gallimard, 1966.

« Pourquoi cette nuit ne s'immobilise-t-elle pas et ne devient-elle pas à jamais une nuit dans laquelle, lorsque nous serons vieux, nous pourrions entrer, une nuit que nous pourrions visiter comme on peut visiter un grenier ? Pourquoi n'existe-t-il pas à côté du temps, un jour ensoleillé, dans lequel nous pourrions entrer pour aller boire dans une rivière de marguerites nos gambades d'hier et d'avant-hier ? » (*Avalée*, 220-221)

Grand admirateur de Ducharme [25], Michel Tremblay réalise ce vœu irréalisable en donnant à ce fantasme fugitif une assise visuelle et textuelle.

L'espace scénique devient, en effet, le lieu où se donne à voir le temps, par essence invisible, où la continuité de son écoulement se fige dans la représentation de décennies révélatrices. Ainsi, de trente à soixante-dix ans, cinq incarnations d'Albertine dialoguent entre elles, disparates, étrangères, profondément tributaires de leur vie du moment. Cette disjonction qui s'avoue aussi incompatibilité se marque dans une onomastique attribuant à l'âge une véritable valeur nominative, incluse dans l'appellation « *Albertine à trente ans* », « *Albertine à quarante ans* », etc. Aussi différentes que pourraient l'être des inconnues, elles témoignent de l'altérité nichée au creux de toute identité, étonnées de ne plus se trouver dans ces autres elles-mêmes.

Ainsi, *Albertine à soixante ans*, évoquant l'horreur de la mort de Thérèse, dit le paroxysme d'une souffrance dont l'euphorie d'*Albertine à cinquante ans* accuse encore l'intensité.

« Albertine à cinquante ans – J' te crois pas !

Albertine à soixante ans – C'est dans ton intérêt de pas me croire… garde tes illusions le plus longtemps possible… gagne du temps, y t'en reste déjà pas assez […]

Un bon matin, la police est venue sonner à' porte […] *Avec le monde écroulé sur mes épaules, j'ai été reconnaître le corps. Quand j'ai vu… sa face toute boursouflée… les taches de sang, partout… la blancheur de sa peau* […] *c'est-tu là que ma vie menait, que j' me sus demandé… »* (*Albertine*, 96-97)

Cette étrange parade où défilent les fantomatiques témoins d'un temps révolu matérialise les altérations qui, tout au long d'une vie, défigurent une personnalité jusqu'à lui interdire tout espoir de reconnaissance.

25 Qu'il cite comme son écrivain québécois favori mise à part Gabrielle Roy (entretien du 20/11/98).

Mais ce travestissement n'est pas toujours subordonné à des facteurs temporels et il arrive que le même personnage, se réclamant simultanément de deux identités, porte à son paroxysme l'ambiguïté inhérente à la nature humaine.

Le double visage du travesti

Né homme et mécontent de son sort, le travesti lance un défi prométhéen à une création imparfaite dont il prétend corriger l'incomplétude et les ratés. Toutefois, à la valeur démiurgique de cette recréation/réhabilitation se surajoute la dimension ludique d'un comportement qui, de la mascarade au rôle de composition, s'adonne à toutes les variations d'un répertoire tragi-comique.

Ils/elles se font appeler Mona-Lisa ou Candy Baby (*Demain matin, Montréal m'attend*), Sandra (*Damnée Manon, sacrée Sandra*), Hosanna (*Hosanna, Demain matin Montréal m'attend*), Manon-de-feu, Paula-de-Joliette, Greta-la-vieille, ou encore Jennifer Jones (*Des Nouvelles d'Édouard*) et cette féminisation nominale se veut la première étape d'une métamorphose acquise à grand renfort de robes longues, perruques-choucroutes, maquillages outranciers et autres accessoires tout aussi ostentatoires.

« *Mona-Lisa – Ma gaine me fait mourir !*
Candy Baby – Moé, c'est mes souliers qui me font mal… J' pense que j' vas les ôter… » (*Demain*, 29)

Englués dans le labyrinthe de la Main [26], vivant d'une vie purement artificielle régie par les fantasmes dont aucune force contrapuntique ne modère la tyrannie, les travestis se sont enfermés dans un microcosme qui fonctionne dans l'autarcie de ses propres codes et de ses propres enjeux. Tout entier dédié au plaisir et à la séduction, leur temps semble réparti entre préparatifs ritualisés et prestations pseudo-artistiques.

« *Sur la scène, Jennifer Jones annonçait la grande Paula-de-Joliette en exagérant le texte qu'elle répétait tous les soirs depuis des mois* […]

[26] De Main Street : la rue principale. À Montréal, désigne une partie du boulevard Saint-Laurent. Correspond au quartier des plaisirs, sorte de Pigalle montréalais.

Paula traversa la salle du Coconut Inn, droite comme une reine, la tête haute, les bras écartés dans une caricature de danseuse de ballet. Elle grimpa les trois marches qui menaient à la scène en envoyant des baisers à tout le monde. » (*Des nouvelles*, 18)

Même leur histoire est tributaire d'un parti pris fictionnel, alors que leur naissance se voit oblitérée et leur mère naturelle éliminée au profit de leur mère commune : la duchesse.

« [*La duchesse*] *les avait* [...] *toutes mises au monde, les vieilles comme Greta* [...] *les jeunes comme Bambi, les "intermédiaires" aussi.* » (*Des nouvelles*, 22)

De fait, avec son ventre proéminent et ses rondeurs, la duchesse peut apparaître comme l'archétype d'une mère dont elle emprunte parfois l'indulgente mansuétude.

« *Elle avait* [...] *tendance à contempler sa progéniture avec attendrissement. Ses enfants étaient beaux, le Coconut Inn était le bout du monde, la Main était son royaume.* » (*Des nouvelles*, 29)

Mais, la plupart du temps, elle se répand en phrases assassines, dans le débridement d'une verve caustique totalement étrangère à la douceur maternelle que sa belle-sœur, la grosse femme, incarne dans sa plénitude.

Car ces êtres féminoïdes ne sont pas des femmes. Et maints signes textuels évoquent une masculinité dont les exigences se font jour à travers des notations triviales ou grotesques.

« *Jennifer éternua trois fois ; sa perruque se déplaça sur son front.* » (*Des nouvelles*, 11)

« *Paula ramassait ses affaires* [...] *"Ça sera pas long, chère, j' m'en vas me faire la barbe !"* » (*Des nouvelles*, 13)

« *Elle ressentit un petit pincement sous son soutien-gorge bourré.* » (*Des nouvelles*, 15)

Ainsi, en dépit de leurs dénégations et de leurs subterfuges, en dépit du sexe qu'ils ont choisi de se donner, les travestis se voient contraints d'admettre qu'ils sont des hommes. Ce constat arraché à Hosanna au prix d'une douloureuse maïeutique suscite l'émergence d'une identité sexuelle dont l'excipit de la pièce illustre la reconstruction.

« *Hosanna – Cléopâtre est morte, pis le Parc Lafontaine est toute illuminé !*

Elle se lève lentement, enlève son slip et se retourne, nue, vers Cuirette.

Hosanna – R'garde, Raymond, chus t'un homme ! Chus t'un homme, Raymond ! Chus t'un homme ! Chus t'un homme ! Chus t'un homme... » (*Hosanna*, 75)

Les certitudes de la duchesse sont plus sereines car elle n'a jamais douté d'une virilité mise à mal par le seul goût du jeu. Rendu à lui-même et à la vérité de sa nature par l'imminence de sa mort, Édouard se rend compte « *que dans sa tête quelqu'un qui s'appelait Édouard état toujours resté présent et que la duchesse n'avait été qu'un rôle de composition qu'il avait eu un fun noir*[27] *à tenir pendant toutes ces années.* » (*Des nouvelles*, 26)

Mi-homme, mi-femme, mi-personnage mi-personne, mi-masque, mi-visage, le travesti appartient bien à cet entre-deux qui figure à l'évidence l'hybridité d'une culture polymorphe.

La métaphore du travesti

Répétée à satiété dans les années 1970, la fameuse boutade de Michel Tremblay « *Nous sommes tous des travestis* » explicite la charge allégorique et contestataire dont se retrouve investi ce personnage récurrent.

Pris dans leur globalité, les travestis dénoncent le contentieux historique d'un pays ambigu, privé des prérogatives élémentaires d'un État souverain. Exonérée des règles économiques et des lois en vigueur, leur « méta-société » fonctionne comme une patrie virtuelle qui puise sa légitimité dans des assises purement fictionnelles, à l'instar d'un Québec dont la langue et la littérature assurent, à elles seules, la survie.

Quant à leur féminisation vouée à reproduire – tout en la dépravant – l'image de leur mère surpuissante, elle s'élabore en fonction d'un référent négatif et se construit, en fait, contre le père et son éternelle absence [28].

Mais si le chœur [29] des travestis chante à l'unisson, des coryphées, parfois, entonnent leur propre répertoire : qu'il s'agisse de la duchesse, d'Hosanna ou de Sandra, chaque composante de la trinité-phare du corpus tremblayen exécute sa partition personnelle, au gré de sa rancune ou de sa dérision.

Le combat de la duchesse est linguistique ; stigmatisant une diglossie génératrice de morcellements psychiques, elle joue de deux registres,

---

27 Un plaisir fou.

28 Là encore, il faut rappeler l'assertion souvent reprise de Michel Tremblay (dans les années 1970) : « *Il n'y a pas d'homme au Québec.* »

29 Ceci n'est pas une métaphore. Il y a effectivement un chœur de travestis dans *Sainte Carmen de la Main.*

grossièrement contrastés et tellement hétérogènes qu'aucun moyen terme ne peut les réunir. Le dramaturge précise à cet égard que : « *"La duchesse" s'efforce souvent de parler à la française mais* [*que*] *ses origines "jouales" prennent toujours le dessus.* » (*Langeais*, 81)

De fait, deux discours se juxtaposent, qui transforment cette pièce monologique en simulacre de chants amébées [30].

> « *"Garçon ! Qu'est-ce que vous avez mis dans ce breuvage, c'est horrible ! Ah ! oui, c'est vrai, suis-je bête, le garçon est allé faire sa sieste !"*
> *Plus de garçons, à cette heure-ci...*
> *"Tu-seule, la tite-fille... Y'a ben rien que toé pour rester sur la terrasse en plein soleil de même !"* » (*Langeais*, 82)

Or, cette discordance, qui se veut la transcription sémantique et phonétique de l'ambivalence du personnage, témoigne de la sexualisation d'une langue dont tout jeune Québécois a appris, dès la cour de l'école, à déchiffrer la portée [31]. Le duchesse se sent-elle femme ? Elle s'exprime dans un langage fleuri, a grand renfort de minauderies. Mais, que sa masculinité fasse valoir ses droits, qu'Édouard réapparaisse, et le joual triomphe dans toute la splendeur de sa vulgarité.

Hosanna, quant à elle, incarne un multiculturalisme assimilé non à un enrichissement mais à un abâtardissement et à une aliénation.

En réalisant son vieux fantasme, en se présentant lors du « *grand party annuel pour "Halloween"* » (*Hosanna*, 57), « *habillé comme Elisabeth Taylor dans "Cléopâtre"* » (*Hosanna*, 12), le travesti mélange allégrement les époques et les lieux, dans un syncrétisme caricatural joignant l'indigence à l'artificialité. Égyptienne amoureuse d'un Romain, la belle reine n'est-elle pas incarnée par une actrice anglaise dans un superproduction hollywoodienne ?

Dans ce bric-à-brac ethnique, dans ces oripeaux qu'elle prend pour des parures, c'est l'acculturation d'Hosanna qui se donne à voir et sa soumission à un modèle qui lui est totalement étranger.

---

30 Amébée : « *se dit d'un chant où deux interlocuteurs se répondent pas des couplets d'égale longueur* » (Définition du *Robert*).

31 Témoignages autobiographiques et scènes romanesques coïncident sur ce point. L'enfant qui s'efforce de « bien parler » se fait immanquablement taxer d'homosexualité et traiter de « fifi ».

> « *Une Cléopâtre-de-la-Main* [...] [...] *et le "cobra" qui entoure la tête d'Hosanna-Cléopâtre et les serpents qui s'enroulent autour des bras de Cléopâtre-Hosanna proviennent de tous les Quinze cents* [32] [...] *entre Amherst et Saint-Laurent, sur la Catherine* [33]. » (*Hosanna*, 13)

Punie par où elle a péché, Hosanna verra, incarnées sous ses yeux horrifiés, une ribambelle de Cléopâtre dont la pseudo-gémellité fustige l'uniformisation de sa culture et l'imposture de ses rêves fallacieux.

> « *Hosanna très lentement – Tout le monde.. était habillé... en Elisabeth Taylor dans Cléopâtre* [...] *Toute la gang ! Toute la gang !* [...] *Pis y avaient toutes des plus belles robes que la mienne.* » (*Hosanna*, 70)

Mais c'est à Sandra que revient le trouble privilège d'attenter au dogme religieux, par le biais d'une stratégie profanatrice qui en assure la totale dépravation. Sacrilège quand elle assimile son jeune amant à un Christ érotique (« *Y va rester cloué au milieu de mon lit... crucifié* ») (*Damnée*, 46), Sandra l'est plus encore quand elle souille l'image intouchable de la Vierge.

Seul modèle ayant pour vocation d'être inimitable, Marie représente, pour la femme catholique, un défi perdu d'avance, le rappel incessant de son indignité : en combinant virginité et maternité que la femme « ordinaire » ne peut que dissocier, elle s'affirme comme la projection fantasmatique d'un désir masculin ambigu, déniant à la Mère toute forme de sexualité [34]. De quel poids iconoclaste ne se charge donc pas le fantasme pervers de Sandra ! En se déguisant en Vierge pour accueillir son partenaire, elle ravale les attributs virginaux au rang d'accessoires érotiques, tout juste bons à pimenter une liaison qui s'attiédit. Ce faisant, elle ne se contente pas de désacraliser et d'érotiser la figure divine, elle en fait la complice de ses orgies sexuelles, l'instrument de sa damnation...

---

32 Quinze cents : magasin bon marché.

33 Amherst, Saint-Laurent et Catherine sont des noms de rue. Ils est fréquent d'omettre la mot « rue » dans les adresses.

34 Le culte de la Vierge est très présent au Québec. Il n'est que de se souvenir du scandale induit par la pièce de Denise Boucher, *Les Fées ont soif* (1978), qui désacralisait l'image de la Vierge. La pièce connut une censure indirecte (les subventions gouvernementales ayant été supprimées) et donna lieu à des manifestations contradictoires de partisans et d'adversaires.

« J'ai trouvé le visage que la changeante Sandra va porter à soir : j'ai décidé que ce serait la Vierge Marie elle-même qui recevrait un Martiniquais dans son lit cette nuit ! Un rôle nouveau. Une nouvelle composition. Notre Mère à tous. Jouer le rôle de notre Mère à tous dans les bras de la Race [35] *montante ! Se soumettre au Noir en lui cédant, en lui sacrifiant l'image la plus pure, la plus sacrée de notre civilisation dégénérée. »* (*Damnée*, 55)

Pour impudique que soit cette affabulation, elle relève d'un élan mystique, certes bafoué, mais incontestable.

Le déguisement de Sandra a beau émaner d'une volonté impie et s'édifier sur la diamétrale négation de son être, il n'en ressortit pas moins à un vague regret de la pureté perdue (« *l'image la plus pure, la plus sacrée* »). Tant il est vrai que le masque, souvent, découvre le visage qu'il est censé cacher.

Maintenues chez Sandra dans un approximatif équilibre, ces deux postulations antinomiques recèlent pourtant un réel danger de basculement dans le chaos : c'est alors que survient l'alternance dysphorique de deux personnalités irréconciliables, en proie aux affres de la schizophrénie.

La schizophrénie de Marcel

Cyclothymiques, équivoques, soumis à « l'ici » mais voués à « l'ailleurs », la plupart des personnages tremblayens manifestent des tendances schizoïdes qu'exacerbe encore la surconscience de leurs possibles.

Mais c'est au seul Marcel que peut s'appliquer le qualificatif de schizophrène, dans l'acception à la fois précise et pathologique du terme [36].

En effet, après son enfance enchantée, Marcel connaît le dur réveil d'une adolescence vécue comme une déchéance et une répudiation. Exilé du royaume, il doit apprendre à vivre seul, palliant de ses pauvres ressources l'incommensurable absence de ses bienfaitrices.

Le Premier Quartier de la lune se situe à l'exacte intersection où la maladie prend le relais de la magie, condamnant Marcel à l'exclusion de

---

[35] La majuscule est dans le texte.

[36] Schizophrénie : « *terme forgé en 1911 par Eugen Bleuler à partir du grec "skhizein" (fendre, cliver) et "phrenos" (pensée) pour désigner une forme de folie* [...] *dont les symptômes fondamentaux sont l'incohérence de la pensée, de l'affectivité et de l'action* [...] *Un repli sur soi (ou autisme) et une activité délirante* ». Élisabeth Roudinesco et Michel Plon, *Dictionnaire de la psychanalyse*, Fayard, 1997.

la différence. Des signes inquiétants s'amoncellent, qui témoignent de sa dérive.

Sa puberté [37] lui apparaît comme une monstruosité dont il rejette en bloc toutes les manifestations. Déjà, il ne reconnaît plus pour sien ce corps insolite ; déjà, il entrevoit, dans ces signes étranges, l'émergence de l'autre.

> « *Un fil noir* [...] *attira son attention sur son pubis. Il tira sur le fil pour s'en débarrasser, mais le fil résista et il sentit un petit pincement. Un grand poil noir presque frisé avait poussé à côté de son pénis, quelque chose de tellement indécent* [...] *qu'il en resta sidéré. Il se pencha un peu plus. Des bouts de poils, des racines noires* [...] *avaient envahi toute la région autour de son sexe. Il avait de la barbe en bas !*
> *Il sortit du lit de sa mère en hurlant et se mit à sauter dans la chambre comme quelqu'un qui vient d'apercevoir une abomination sortie de l'enfer.*
> *"J'en veux pas ! J'en veux pas de t' ça ! J'en veux pas ! J'en veux pas !"* »
> (*Le premier*, 201)

De plus en plus souvent absent au monde et à lui-même, il connaît des périodes amnésiques, véritables syncopes mnémoniques court-circuitant le flux temporel et l'affectant d'irrécupérables béances.

> « *Puis il s'était retrouvé sans transition devant le 1474 de la rue Gilford – il ne se souvenait pas être sorti du parterre de l'église, avoir traversé la rue –* [...] *Il n'avait donc pas choisi de revenir dans la forêt enchantée, son corps l'y avait mené.* » (*Le premier*, 89)

La crise d'épilepsie qui le terrasse à l'école [38] semble la mise en scène paroxysmique de la fracture qui menace son intégrité. Son corps gît, supplicié, tout entier soumis à une douleur qui s'affiche à travers divers symptômes convulsifs « *soubresauts* [...] *ahanements saccadés* [...] *raideur* [*des*] *muscles* » (*Le premier*, 69). Mais son esprit a déserté.

Exonéré de sa souffrance, Marcel n'enregistre aucune des étapes de sa crucifixion et sort préservé, voire régénéré, de l'épreuve.

> « *Quand c'est fini, c'est fini ; on dirait qu' y' a jamais rien eu* [...] *C'est drôle, hein, mais on dirait que ça me repose. Chus vide pis reposé.* » (*Le premier*, 70-71)

---

37 Marcel a environ 14 ans.

38 Ce n'est pas sa première crise, mais la première qui se produit en public.

En dépit de leur soudaineté, ces crises sont précédées de signes avant-coureurs que l'entourage de Marcel a appris à déchiffrer : « *l'odeur de sueur* » (69) en est un, figurant l'envahissement de l'adolescent par une présence étrangère qui démontre ainsi l'irréductibilité de sa domination. Mais une autre atteinte physique suscite l'inquiétude.

> « *Les yeux de Marcel avaient changé de couleur*[39] *tout à coup, sans transition. Cette fois son cousin eut franchement peur. Deux boules jaunâtres le fixaient* [...]
> *"Tes yeux sont jaunes, Marcel... Fais attention"* [...]
> *"Mes yeux sont pas jaunes ! Pourquoi vous dites toujours que mes yeux sont jaunes !"* » (*Le premier*, 17-18)

Ainsi altéré, le regard se trouve affecté d'une forte charge sémiotique et fonctionne comme une alarme annonçant l'imminence de « *confusions*[40] ». (*Le premier*, 71)

Toutefois, l'insolite de cette teinte, étrangère à la gamme chromatique où se déclinent toutes les nuances du regard, se révèle susceptible de déshumaniser voire d'animaliser le sujet porteur de cette anomalie : ces yeux jaunes ne présentent-ils pas un caractère félin, ne sont-ils pas des yeux de chat ?

L'hypothèse est d'autant plus plausible que *Le Premier Quartier de la lune* instaure entre Marcel et son chat fantasmatique une relation inédite, à la fois gémellaire et tendue.

Après avoir été son ami, son amour et sa consolation, après avoir joué les « *mentors clownesques*[41] » et les initiateurs chargés de le guider dans les arcanes du monde parallèle, Duplessis se trouva affecté d'une dégénérescence qui met Marcel au désespoir.

> « *Duplessis commence à avoir des trous !* » (*Le premier*, 46)

Certes, cet effacement progressif du chat est la représentation la plus tangible et la plus douloureuse du processus de déréalisation qui aboutira

---

39 Il n'est jamais précisé quelle est la couleur habituelle des yeux de Marcel.

40 C'est le nom qu'Albertine donne aux convulsions de Marcel. « *Ma mère dit que je tombe dans les confusions* » (*Le premier*, p. 71). Cette erreur est révélatrice car elle associe implicitement l'épilepsie à un déséquilibre mental.

41 L'expression se trouve dans *La Duchesse et le roturier*. Michel Tremblay l'utilise au singulier et l'applique à Duplessis.

à la perte du domaine enchanté. Toutefois, ces « trous » ne correspondent-ils pas aux « trous » de plus en plus fréquents, eux aussi, qui privent Marcel de sa mémoire, de l'intégralité de son temps et même de la conscience de sa situation spatiale ? Troués tous les deux, ils se dérobent chaque jour un peu plus à eux-mêmes, en proie au même défaut d'être et à la même déperdition.

Car, curieusement, plus Duplessis s'éloigne, plus Marcel s'identifie à lui. Et cette identification est foncièrement aliénante, qui n'est pas fusion mais simple délégation à l'autre de soi-même.

L'histoire des dessins de Marcel est, à cet égard, révélatrice.

Durant les longues années passées dans la classe auxiliaire où le dessin semble la principale activité, Marcel s'est obstiné à reproduire le même chat tigré : supplantant au début le sujet imposé, ce dernier avait fini par être à « *sa vraie place de signature.* » (*Le premier*, 63)

> « *Le professeur avait demandé à son élève : "Pourquoi vous ne faites pas un beau gros dessin de Duplessis, un beau dessin qui prendrait toute la feuille ?" Et Marcel lui avait répondu : "Vous, si on vous demandait de signer votre nom en gros sur toute une feuille, accepteriez-vous ?"* » (*Le premier*, 63)

En transférant son nom à une image animalière chargée de le figurer officiellement, Marcel retrouve d'instinct les secrets de l'héraldique. Et son blason personnel placé sous le signe d'une bête fabuleuse réaffirme son allégeance aux forces irrationnelles qui le gouvernent.

Mais la symbolique se pervertit et l'emblème s'alourdit d'éléments véritablement pathognomiques quand Marcel délègue à Duplessis non plus sa signature mais la paternité de son œuvre.

> « *Je le sais c'que vous vouliez me demander... Si Duplessis a pas signé le dessin, c'est parce que c'est lui qui l'a dessiné pour vrai, c'te fois là. Pis que moi chus pas encore prêt à signer à sa place...* » (*Le premier*, 72)

En intégrant son devenir dans une dynamique inchoative (« *encore* »), Marcel s'abandonne implicitement à la fatalité d'une détérioration psychique ressentie comme inévitable. C'est cet « acmé » de la dislocation schizophrénique que donne à voir *Un Objet de beauté.*

Parvenu à l'aboutissement du long processus l'ayant mené à la folie, le jeune homme cultive un dédoublement dont il programme les séquences, en favorisant ou en interdisant l'émergence d'un onirisme compensatoire.

Tour à tour réalisateur, écrivain, peintre et musicien [42], mais toujours génial, invincible, irremplaçable, il cumule les prérogatives de l'Artiste et du Héros et s'invente une pluralité de destins prestigieux propres à rédimer tous ses manques. Toutefois, en subordonnant les aléas de son inventivité aux jugements de son sens critique, il parvient à contrôler sa dérive fantasmatique, soumise par ailleurs au plus sûr des garde-fous : « *Son vœu de chasteté. Son vœu de chasteté d'imagination.* » (*Un objet*, 136)

> « *Parce que la pire punition qu'il puisse s'infliger est de ne pas se servir de son imagination pour le reste de la journée.* » (*Un objet*, 136)

Mais vienne un surcroît de malheurs et l'attelage [43] s'emballe, indifférent aux rênes qui semblent avoir perdu leur vertu directionnelle. Impuissant désormais à maîtriser fantasmes et pulsions, Marcel sent son double maléfique l'envahir ; vaincu, il s'abandonne sans plus de résistance à la domination d'une altérité triomphante.

> « *Et soudain, l'autre est là. Madame Saint-Aubin* [...] *le voit surgir sur les traits de Marcel, vindicatif et vengeur. Et d'une étonnante laideur alors que le visage de Marcel est plutôt beau.*
>
> *Le Héros est de retour, mais, cette fois, il a envahi le monde réel, il n'est plus la créature inventée, fière et droite* [...] *mais un démon sorti de l'enfer pour tout détruire.*
>
> *"M' as te fouetter, ma tabarnac* [44]*, m' as te fouetter jusqu'au sang, m' as t'arracher les yeux, m' as te casser les membres, m' as te mettre le feu aux cheveux !"* » (*Un objet*, 313)

Théophanie à rebours, ce surgissement méphistophélique vécu par Madame de Saint-Aubin comme un cauchemar abject induit chez le Nouveau Marcel une jouissance délétère asservie au « pouvoir de l'horreur [45] ». Enfermé dans un solipsisme qu'aucune contrepartie ne modère, il fait de son propre embrasement le déclencheur de l'embrasement général d'un monde vivant les derniers instants de son apocalypse.

---

42 Ce qui donne quatre séquences oniriques, respectivement intitulées « La Naissance du Héros », « Cette plaine remplie de mon cœur », « Le Jugement dernier » et « La sonatine à la lulune ».

43 Suivant la métaphore platonicienne.

44 Juron, « sacre » typiquement québécois : tabernacle. Équivaut à « ma maudite ».

45 Allusion à l'ouvrage de Julia Kristeva, *Pouvoirs de l'horreur, essai sur l'abjection*, Tel Quel, 1980.

« Le parc Lafontaine au complet se consume et rougeoie lui aussi, le plateau Mont-Royal, la ville de Montréal, le monde entier ! Le monde entier brûle dans la tête de Marcel qui sent venir la migraine. » (*Un objet*, 314)

Ainsi entourés de doubles imposés ou choisis, les personnages de Michel Tremblay ne se livrent souvent qu'à travers le prisme de leurs projections fantasmatiques. À leur image, l'auteur, longtemps réticent aux confidences autobiographiques, s'est doté de doubles chargés d'incarner son histoire dans la pluralité de ses facettes ou de ses potentialités.

L'auteur et ses doubles

« Je fais exprès de multiplier les fausses pistes [...] *pour que personne ne me trouve jamais* moi [46] *en fin de compte. »* [47]

Déclaration d'intention ou boutade paradoxale, cette profession d'imposture résonne comme un défi lancé à la perspicacité du lecteur. Invité à un jeu de pistes dont un autre détient les clés, ce dernier se sent sommé de relever la gageure, épiant dans le corps textuel les moindres traces de dévoilement.

Or, ce dévoilement fut d'abord un masquage, mais un masquage si naïf que le déchiffrement n'en est que plus aisé. Échappé à l'oubli où sombrèrent la plupart de ses textes de jeunesse, un vestige de la préhistoire personnelle de Michel Tremblay est parvenu jusqu'au public dont il n'est pas certain qu'il fût le véritable destinataire de cette confession manquée.

Dans ce court récit écrit à seize ans, l'adolescent expérimente les vertus d'un brouillage délibéré dont le titre emphatique et inadéquat donne déjà le ton : ni loups, ni meute, ni rivaux sanguinaires ne hantent la nouvelle et *Les Loups se mangent entre eux* [48] ne donne à voir que la solitude écrasante d'un jeune homme qui prend conscience de son homosexualité.

Construits sur la négation du vécu de l'auteur, les détails fictionnels en prennent l'exact contre-pied, procurant au texte une lisibilité autobiographique contraire à leur dessein premier. Ainsi, le prénom du héros,

---

46 En italiques dans le texte.

47 Entrevue accordée à Guy Cloutier pour le *Magazine littéraire* de janvier 1994.

48 Ce texte a été publié en 1990, à la suite du premier recueil autobiographique de Michel Tremblay, *Les Vues animées*.

Jocelyn, romantique et littéraire [49], affiche une préciosité corrélative à la banalité du nom qu'il prétend camoufler. Les décors somptueux, les réceptions brillantes, tous les insignes de la bourgeoisie fortunée parachèvent un travestissement dont la figure de la mère reste le plus voyant emblème. Sa grande beauté, sa jeunesse inaltérable (« *Christine portait à merveille ses trente-neuf ans. On lui en aurait donné trente, pas plus* ») (*Les vues,* 161) lui ôtent aux yeux de son fils – qui d'ailleurs ne l'appelle que Christine – toute forme de légitimité : trop élégante, trop mondaine, trop égoïste aussi, cette femme n'a pas l'air d'une mère. Et elle n'en est pas une [50] ; le héros et le narrateur extradiégétique s'accordent à le reconnaître.

> « *J'aimerais mieux l'échanger contre un femme laide et vieille, mais qui serait pour moi une mère, une vraie. Cette femme n'est pas une vraie mère.*
> *Cela, Jocelyn le savait depuis longtemps. Il s'était aperçu fort jeune que sa mère n'en était pas une, qu'elle ne savait pas l'élever comme un garçon doit être élevé.* » (*Les vues,* 162)

Toutefois, Michel Tremblay s'introduit obliquement dans une diégèse censée lui être étrangère et, au prix d'une véritable anamorphose, y surimprime sa signature et son sceau familial. En nommant un de ses personnages secondaires *Robertine* [51] *Du* [52] *Tremblay* [53] (*Les vues,* 169), le jeune narrateur ne gratifie d'aucun coup d'œil complice un lectorat inexistant ; il cède simplement à l'exigence narcissique qui lui intime d'être… là où il se défend d'être.

Car en dépit d'inversions stratégiques, en dépit des leurres d'une fiction ostentatoire, Michel Tremblay se livre, à vif, dans l'acuité de sa douleur et de sa révolte. En dramatisant la prise de conscience de son homosexualité, la nouvelle traduit, jusque dans ses extravagances hyperboliques, son réel désarroi, énumérant comme un inventaire tous les

---

49 Le prénom est celui du héros éponyme du poème de Lamartine, « Jocelyn » (1836).

50 Ce qui l'oppose bien sûr à Madame Tremblay, modèle de la grosse femme.

51 Robertine est le nom de la tante de Michel Tremblay ayant servi de modèle à Albertine. Elle porte encore ce nom dans *En pièces détachées.*

52 La majuscule est dans le texte, contrairement à l'usage.

53 On retrouve le même procédé dans *En pièces détachées* où une certaine Madame Tremblay appelle son fils Michel.

motifs de honte : propos fielleux (« *Vous savez, n'est-ce pas, chère amie, que le garçon de madame Dejazet est un pédéraste ?* ») (*Les vues*, 171), regards entendus et surtout suspicion maternelle :

> « *Mais voilà qu'un mot sorti de la bouche de Christine se mit à traverser la pièce en sifflant, bondissant d'un mur à l'autre, glissant sur le tapis et sur les meubles, franchissant les miroirs et se répercutant à l'infini ; un mot qui gifla Jocelyn en plein visage. Homosexuel.* » (*Les vues*, 186)

Si Jocelyn, double malheureux, a une évidente fonction cathartique puisée dans les sortilèges d'une écriture-défouloir, d'autres doubles plus tard venus, plus convaincants aussi, se chargent d'écrire une autobiographie du possible incarnant la virtualité d'autres destins.

Ainsi Claude (*Le vrai ?*) entretient avec Michel Tremblay un rapport de gémellité que divers signes textuels mettent en évidence : son âge (23 ans), son métier (linotypiste), la facture réaliste de sa pièce, ses intentions polémiques, tout contribue à lui assurer un statut de double qu'une jeunesse éternelle préserve des méfaits du temps. Mais Claude, qui a su sacrifier le Beau au Bien, est aussi un surmoi vigilant et scrupuleux qui s'érige en gardien de la pureté perdue, donnant l'exemple d'un renoncement dont le dramaturge se révéla incapable.

De leur côté, Carmen (*À toi, pour toujours, ta Marie-Lou, Sainte Carmen de la Main*) et Sandra (*Damnée Manon, sacrée Sandra*) figurent le double visage d'un écrivain également tributaire de leurs antinomiques vertus. Carmen, l'apollinienne, figure solaire et bénéfique, a entrepris de libérer la Main de ses vieux démons par la seule force de son chant [54]. Persuadée que « *chanter la vie* » rime avec « *changer la vie* », elle compte, pour ce faire, sur l'émotion et l'enthousiasme que suscitent ses textes engagés. Venue parler à la Main de la Main, venue réveiller les qualités endormies et redonner l'honneur perdu, elle assume jusqu'au martyre son rôle salvateur.

> « *C'est pas parce que La* [55] *Main se traîne dans' crasse* [...] *qu'y faut continuer à la laisser faire ! D'un coup qu'au fond a l'arait... a l'arait envie d' changer ! Pour mieux ! D'un coup, qu'a l'arait envie de regarder par en haut au lieu de regarder par en bas !* » (*Carmen*, 64)

---

54 *Carmen* en latin.

55 La majuscule est dans le texte.

Et sa mort en pleine jeunesse et en pleine gloire rayonne comme une théophanie.

Explicitement désignée par Michel Tremblay comme un double idéalisé et sauvegardé [56] (« *J'ai tué Carmen pour qu'elle ne finisse pas comme moi, récupérée par le système* [57] »), elle témoigne d'une autre œuvre possible et d'une veine « politique [58] » que son créateur a peu exploitée.

L'avènement rayonnant de la « sainte » trouve un contrepoint hyperbolique dans les errements crépusculaires de la « folle ». Vouée aux forces chtoniennes, Sandra-la-démoniaque se complaît dans l'impur et l'orgiaque, adonnée à ses obsessions comme Carmen à sa mission. Mais le texte précise qu'avant d'être « *dégénérée* » (*Damnée*), Sandra s'appelait Michel et avait grandi « *sur la rue Fabre...* » Et dans un entretien du 15 avril 1980 [59], l'écrivain précisait à propos de *Damnée Manon, sacrée Sandra* : « *C'est la pièce dont je me sens le plus proche. Sandra, c'est moi.* » [60]

Figures paroxystiques de virtualités qui n'ont pas abouti, ces doubles fantasmés se démarquent tout de même, nettement, d'un créateur qui les assigne à leur place d'exécutoire ou de modèle.

À l'inverse, d'autres incarnations fondées sur des liens identitaires plutôt que sur des projections imaginaires se veulent le reflet plus ou moins fidèle de l'histoire personnelle de l'auteur.

Ainsi, il est flagrant qu'en créant « *l'enfant de la grosse femme* », Michel Tremblay se désigne sans se nommer et multiplie les points de convergence : précisions temporelles et spatiales, personnalité des parents, description de l'entourage s'inscrivent dans une configuration autobiographique aisément reconnaissable.

---

56 Dans *La Duchesse et le roturier*, Carmen, enfant, est présentée comme un modèle pour l'enfant de la grosse femme : « *Il aurait pu facilement copier les airs de Carmen. Ses gestes, son port de tête.* » (p. 323)

57 Il a tenu ces propos à plusieurs reprises, répondant ainsi aux spectateurs déçus de la mort de celle qui avait incarné le Nouveau Québec.

58 Au sens étymologique du terme : « *qui incarne la cité* ». À noter que Michel Tremblay à ses débuts estimait que son théâtre avait une valeur politique.

59 Jean-Michel Lacroix et Marie-Lyne Piccione « Entrevue avec Michel Tremblay dans la maison de Radio-Canada », in *Études Canadiennes*, 1981, n° 10, p. 203-208.

60 *Ibid.*, p. 206.

Même les détails participent de cette stratégie du « véridique » et contribuent à englober dans une même personnalité deux personnages différents : il n'est que de se souvenir que Victoire, la grand-mère fictionnelle, est affligée de boiterie, comme l'était Olivine, la propre grand-mère de l'auteur.

Toutefois, l'enfant de la grosse femme appartient au passé et cette différence temporelle induit une distanciation suffisante pour lui assurer un statut ambigu : double, certes ; modèle, sans aucun doute ; mais aussi personnage fictif à part entière, créé de souvenirs recomposés et d'images réinventées.

S'agissant de Jean-Marc, cet équivoque s'estompe au profit d'une adéquation quasi parfaite que la chronologie et les coïncidences biographiques achèvent de renforcer [61]. Réaliste, ancré dans un milieu socio-culturel défini, le diptyque romanesque consacré à Jean-Marc peut revendiquer une authentique fonction testimoniale. Et la peinture de la communauté « gay » de Key West [62] en fait foi, qui relate minutieusement les coutumes, les rituels, les peurs aussi – avec l'omniprésent Sida – d'une micro-société qui se sent à la fois exclue et élue.

Cependant, même si maints signes textuels composent un faisceau de présomptions autobiographiques, le paratexte et l'onomastique invitent à distinguer Jean-Marc de Michel Tremblay. Ainsi, le mot « roman » s'étalant sur la couverture suffirait à lui seul à la caractérisation fictionnelle de Jean-Marc [63]. C'est qu'avec son prénom bien à lui [64] il apparaît comme

---

[61] Michel Tremblay reconnaît que son diptyque romanesque *Le Cœur découvert* et *Le Cœur éclaté* a une valeur autobiographique. Par exemple, les modèles de Mathieu et de Sébastien sont connus.

[62] Où Michel Tremblay réside six mois par an.

[63] Comme l'ont bien montré les travaux de Philippe Lejeune (*Le Pacte bibliographique*, Seuil, 1975).

[64] Jean-Marc (seul prénom double du monde de Michel Tremblay) est un prénom au symbolisme intéressant. Jean et Marc sont deux évangélistes et les deux autres étant Luc et Matthieu, ces noms concordent avec ceux des amants de Jean-Marc. À eux trois, donc, ils représentent les quatre évangélistes. Par ailleurs, l'on s'aperçoit que Jean-Marc est l'anagramme à une lettre près (encore le « a » et le « e » se confondent-ils souvent dans la prononciation) de Carmen, précédée de Je. Si l'on suit cette piste symbolique, Jean-Marc serait donc un moyen terme entre le « je » autobiographique et Carmen, le double fantasmé et idéalisé.

autonome ; s'il représente son créateur dont il restitue les principaux traits, il fonctionne comme une photographie qui reste une image et reproduit un modèle sans, pour autant, se confondre avec lui.

Ainsi, de Jocelyn à Jean-Marc, du travestissement au dévoilement, du masque grossier à la figuration fidèle, Michel Tremblay a peuplé sa fiction de doubles lui ressemblant comme autant de frères.

Cette imbrication du romanesque et de l'autobiographique, propre à beaucoup d'écrivains, prend chez Michel Tremblay, une dimension et une signification particulières : simple épiphénomène d'une dualité omniprésente, dernier état d'un itinéraire qui, du leurre au faux-semblant, trace tous les chemins de l'imposture, cette dialectique du Même et de l'Autre est une constante de la poétique tremblayenne. Schizes et dédoublements témoignent d'une fragilité historique et psychologique tandis que l'aspiration à la fusion gémellaire dit le regret de l'unité perdue, la nostalgie d'un « avant » anhistorique et atemporel. Êtres de fracture et de dissidence, écartelés entre le virtuel et le répétitif, les personnages ne se sentent eux-mêmes qu'en s'inventant autres, voués à une étrangeté/extranéité qui les habite comme une malédiction…

CHAPITRE IV

PALINODIES ET PALIMPSESTES

> « *Tu parles d'une idée, faire le portrait de la même personne toute sa vie.* » (*Le Cœur éclaté*)
>
> « *Les deux Jugement dernier sont l'exemple de palimpseste le plus triste et le plus injuste de l'histoire de l'humanité.* » (*Un Objet de beauté*)

« *Encore une fois, si vous permettez* [1] » propose Michel Tremblay. Et le destinataire, convaincu d'être placé en situation d'arbitrage, d'acquiescer avant de s'aviser que cette supplique se conjugue, aussi, sur le mode impérieux d'une revendication à peine déguisée.

Pour équivoque qu'elle soit, cette « adresse » au lecteur met en lumière la fixation palinodique d'un écrivain qui, inlassablement, reprend, refond, remodèle thèmes et personnages, dans son étrange aptitude à faire du neuf avec de l'ancien.

Ainsi s'instaure entre le créateur et sa création une relation duplice, de rupture et de continuité, émaillée de coups de théâtre et de renversements de situation. Tantôt le poids de l'écrit entrave la liberté démiurgique et infléchit le texte à venir ; tantôt au contraire, l'écrivain se rebiffe et dément ses précédentes affirmations, au prix d'une authentique palinodie. Fasciné par son propre réseau dont un système d'échos, de rappels et de références assure la mise en place, Michel Tremblay se sent également tributaire d'un ensemble textuel englobant les œuvres qu'il a aimées. Ainsi, du clin d'œil à l'hommage, de l'imitation à l'adaptation, des liens intertextuels se dessinent, figurant un palimpseste où se chevauchent et se superposent les différents états d'un grand manuscrit de l'humanité.

---

1 Titre d'une pièce de théâtre, dernière œuvre de Michel Tremblay.

Une œuvre-phénix

De tous les mythes dont se nourrit l'œuvre tremblayenne émerge, incontestable, la légende du phénix renaissant de ses cendres [2]. Ainsi, en renvoyant les deux héros aux limbes de leur non-existence, l'excipit de *Damnée Manon, sacrée Sandra* s'affirme comme la mise à mort de l'illusion théâtrale et de ceux qui l'incarnent.

Quand il dénonce les leurres d'un jeu dont il était, jusqu'alors, le meneur et la seule instance décisionnelle, Michel/Sandra ne se dévoile que pour mieux se dérober et se soumettre aux différentes étapes d'un véritable processus de « délittérarité [3] ».

« *Sandra – Si Manon avait pas existé, je l'aurais inventé.* (63)
Manon – J'ai… été… inventée… par… Michel. (65)
Sandra – Amène moé avec toé parce que moé non plus j'existe pas ! Moé aussi j'ai été inventée ! » (66)

De l'aveu même du dramaturge, cette émergence d'un créateur frappant d'illégitimité ses personnages et de nullité la fable qu'ils animent, sonnait le glas de son activité scripturale [4]. Convaincu d'avoir épuisé ses sources d'inspiration et tiré de ses photographies du réel ou de sa grammaire imaginaire toute la matière possible, le marionnettiste répudiait ses marionnettes pour venir, en personne, saluer son public…

Un an plus tard, cependant, paraissait le roman fondateur des *Chroniques* et l'œuvre, revitalisée, repartait de plus belle ! Cet élan retrouvé, vécu sur le mode d'une régénération/résurrection coïncide avec

---

2 « Oiseau fabuleux, originaire de l'Éthiopie […]. Celui-ci est unique de son espèce et, par conséquent, ne peut se reproduire comme les autres animaux. Lorsque le phénix sent arriver la fin de son existence, il amasse des plantes aromatiques, de l'encens […] et en fait une sorte de nid. […] Les uns affirment que le phénix met le feu à ce bûcher odorant et que, des cendres, surgit un nouveau phénix ; selon les autres, le phénix se couche sur son nid ainsi formé, et meurt en l'imprégnant de sa semence. Le nouveau phénix naît alors », *Dictionnaire de la mythologie grecque et romaine* de Pierre Grimal, Paris, PUF, 1951, p. 366-367.

3 Je me permets ce néologisme construit sur le modèle de démythification/désacralisation.

4 Michel Tremblay s'est souvent exprimé à ce sujet, affirmant qu'il songeait à se reconvertir, ayant eu des propositions pour devenir animateur de télévision.

la réapparition de la famille [5] théâtrale dont les vertus séminales devaient engendrer l'œuvre future.

Or, si la conversion de l'espace scénique en espace textuel passe par la réappropriation des mêmes thèmes et des mêmes lieux, elle suppose aussi un rajeunissement des protagonistes soumis à une temporalité inversée et achronique. Propulsés une vingtaine d'années en arrière, ils apparaissent alors, tels qu'en leur préhistoire ils s'étaient inventés, forts de leur innocence et de leur ignorance du malheur qui les guette. Les exemples abondent de ces distorsions, de ses dénis de soi brisant les personnages en deux personnalités distinctes.

Ainsi Gabrielle Jodoin, tout aussi méchante et frustrée que ses sœurs d'infortune [6], fut à vingt ans une jeune femme épanouie, une future maman sereine et amoureuse.

> « *Gabrielle était sortie pour attendre son mari, comme elle le faisait tous les jours, l'été* [...] *Elle était sortie une grosse demi-heure avant l'arrivée de son mari pour se donner le temps de flâner dans le parterre, de chantonner pour le bébé qui dormait dans son ventre* [...]
> *Ils s'embrassèrent longuement au beau milieu du trottoir, chose absolument étonnante dans cette rue où on cachait le plus possible ses sentiments.* »
> (*La grosse femme*, 163)

Mais la démarche palinodique s'affirme avec plus de netteté encore, dans les aléas du destin contrasté de Pierrette Guérin.

Son arrivée intempestive dans le cercle fermé des *Belles-Sœurs* fait figure d'une provocation dont s'indignent la plupart des participantes [7]. C'est que cette « guidoune » s'est elle-même exclue de son milieu naturel et vouée à l'ostracisme d'une tribu qui ne souffre aucune déviance [8]. En

---

5 J'entends ici par famille théâtrale tous les personnages issus du théâtre. À l'intérieur de cette famille au sens global, se trouve la famille de Victoire.

6 Dans *Les Belles-Sœurs*, parlant des Français que l'on prétend efféminés, elle dit : « *Y'en a qui sont des hommes ! Pis autrement hommes que nos pauvres maris !* » (*Belles*, p. 103)

7 À l'exception d'Angéline Sauvé qui est une amie de Pierrette mais qui craint qu'elle ne la trahisse et des jeunes. « *Ma tante Pierrette, c'est le fun !* » dit Linda Lauzon. (p. 75)

8 Voir à ce sujet l'article de Madeleine Greffard « Le triomphe de la tribu » in *Le Monde de Michel Tremblay*, p. 27-43. « Les membres de la tribu manifestent donc le plus profond mépris d'eux-mêmes et des autres, mais il n'est cependant pas question que quelqu'un soit différent ni que l'on puisse vivre autrement. » (p. 35)

choisissant la Main et ses charmes vénéneux, en préférant « Johnny » à sa famille, elle a cru investir un espace à la fois ouvert et préservé, libre des pesanteurs alourdissant la société normative dont elle est issue.

Or, dix ans après, elle doit déchanter, consciente désormais que la seule loi est celle du profit et que sa valeur personnelle se mesure à l'aune des largesses qu'elle suscite. Ayant perdu avec sa fraîcheur tout son prix, elle se voit rejetée, ou plutôt jetée comme un objet hors d'usage.

> *« Y m'a laissé tomber comme une roche*[9] *! Tiens, fini, n-i, ni ! Veux pus te voir ! T'es trop vieille, astheur*[10]*, t'es trop laide ! Fais tes bagages, pis débarrasse ! Pus besoin de toé ! Ben l'écœurant, y m'a pas laissé une cenne*[11] *! Pas une maudite cenne noire ! Après toute c'que j'ai faite pour lui pendant dix ans ! Dix ans ! Dix ans pour rien ! C'est pas assez pour se tuer, ça, vous pensez ? »* (*Belles*, 95)

Ainsi, tout à la fois déshonorée et démunie, indigne du doxique et inapte à l'hédonique, Pierrette est condamnée à un entre-deux dysphorique, lieu de déréliction et de déchéance ; d'une déchéance dont son corps porte les stigmates comme autant de signes de son comportement transgressif : « *Chus trop vieille ! Une femme qui a faite la vie pendant dix ans, ça poigne pus !* » (*Belles*, 94)

Et, pour que rien ne manque à la stéréotypie de la « femme perdue » qu'elle incarne, un autre poncif est convoqué qui parachève un portrait caricatural à force d'être emblématique.

> *« Tout ce qui me reste à faire, c'est de me soûler. »* (*Belles*, 94)
>
> *« Ouais... Y me reste pus rien que la boisson, astheur... Une chance que j'aime ça... »* (*Belles*, 95)

Ses sœurs pourtant l'avaient juré ; elles l'avaient même psalmodié[12] entre deux anathèmes : Pierrette méritait mieux, elle promettait mieux.

> *« La p'tite bougraisse, a vous-en a-tu décroché, des prix ! Prix de français, prix d'arithmétique, prix de religion... Oui, de religion ! C'était pieuse comme une bonne sœur, c't'enfant-là ! C'est ben simple, les sœurs étaient folles d'elle. »* (*Belles*, 68)

---

9 Pierre. Elle souligne elle-même sa réification.

10 À cette heure.

11 Un cent : centième partie du dollar.

12 Les trois sœurs : « *Le maudit Johnny ! un vrai démon sorti de l'enfer !* [...] *Maudit Johnny ! Maudit Johnny !* » (*Belles*, p. 69)

Affirmations surprenantes et sujettes à suspicion ! Délire nostalgique, mythe familial ou réflexe vindicatif [13], cet éloge de Pierrette enfant semble participer du récit hagiographique et de la romance populaire.

Et pourtant, le narrateur extradiégétique de *Thérèse et Pierrette à l'école des Saints-Anges*, le confirme : la benjamine des filles Guérin a bien été cette excellente élève, cette « chouchou » que ses résultats scolaires prédestinaient à une carrière d'institutrice.

> « *Thérèse et Pierrette étaient des premières de classe* [...] *adorées des religieuses* [...] *fillettes si brillantes malgré leur pauvreté.* » (*Thérèse*, 21, 22, *passim*)

Elle eut même un certain 4 juin 1942 [14] l'insigne honneur de représenter la Vierge Marie, lors de la « parade [15] » tant attendue de la Fête-Dieu. Ce choix surprit : Thérèse, plus belle et plus brillante encore, était donnée gagnante dans les débats passionnés supputant les chances de l'une et de l'autre.

> « *Lorsque le silence fut revenu, sœur Sainte-Catherine reprit la parole. "La Sainte Vierge aura cette année le beau visage de Pierrette, de sixième année A !" Pierrette avait porté la main à son cœur. "C'est moé ! C'est moé qui a gagné la Sainte-Vierge !"* » (*Thérèse*, 261)

Mais le lecteur, lui, voit le bien-fondé d'une décision inscrivant la destinée de Pierrette dans le paradoxal et le scandaleux.

Devenue « putain », l'ex-Sainte Vierge a déserté l'église pour le club et la figuration édifiante pour les prestations tarifées. Et sa mort narrative [16] la fige à jamais dans l'incertitude d'une ligne brisée et l'incohérence de deux images qui ne concordent plus.

Mais, quelque atypique qu'il soit, l'itinéraire de Pierrette reste, toutefois, plausible et conforme à l'arbitraire de tout destin romanesque.

---

13 À l'encontre, bien sûr, de Johnny qui a gâché tous ces dons.

14 Elle avait alors onze ans.

15 Il s'agit d'une procession que le narrateur qualifie la plupart du temps de « parade », ce qui n'est pas innocent.

16 Après le roman qui lui est partiellement consacré, il n'est plus question d'elle, sauf par de brèves allusions. À noter que cette mort narrative est tardivement et artificiellement « rattrapée » puisque dans l'édition de 1994 de *En pièces détachées*, Lucille est remplacée par Pierrette.

En revanche, il arrive à Michel Tremblay d'infliger un démenti formel à ses propres déclarations, recourant ainsi à une palinodie [17] *stricto sensu.*

Quand le texte infirme le texte

De Carmen ou de Manon, qui est la fille aînée de Marie-Louise Brassard ?

Certes, Carmen semble la mieux placée pour revendiquer une primogéniture que confirment divers indices textuels. Ainsi, le texte génésiaque d'*À toi, pour toujours, ta Marie-Lou* précise, lors de la présentation des deux sœurs : « *Carmen (vingt-six ans) ; Manon (vingt-cinq ans)* » (*À toi*, 33). De même, dans sa récitation solennelle des « mémorables [18] » de Carmen, Bec-de-Lièvre évoque sa naissance dramatique et l'ignorance de sa mère primipare.

> « *Y'ont été obligés d'assommer Marie-Louise pour mettre Carmen au monde. Y paraît* [...] *Pis a l'a refusé de voir son enfant. Pendant un an. Y paraît.* » (*Carmen*, 16-17)

Enfin, faut-il rappeler que Carmen fait partie de la bande des six enfants nés au début de l'été 1942, dont *Le Premier Quartier de la lune* raconte l'étrange complicité ?

Et pourtant, ce faisceau de concordances se révèle fragile face à l'affirmation tout aussi péremptoire dont *Damnée Manon, sacrée Sandra* se fait l'écho. Les indications spatiales (« *Avoir été un enfant sur la rue Fabre c'est un privilège* ») (*Damnée*, 61), temporelles (« *notre grand bonheur d'être petits pendant les années cinquante* ») (61), la description paroxystique d'une maisonnée hors du commun (« *famille de fous qui s'empilaient à douze dans la même maison* ») (61), tout concourt à la mise en place de l'équation Michel/Sandra-enfant de la grosse femme. Or, ce dernier, qui pourrait être le jumeau de Carmen, se trouve être, par la vertu d'un glissement achronique, celui de Manon !

---

17 Premier sens donné par le *Robert* : « Dans l'Antiquité, poème dans lequel l'auteur rétractait ce qu'il avait dit dans un poème antérieur. »

18 Que Michel Tremblay appelle « les évangiles ». J'utilise le terme de « mémorables » en référence à Xénophon, présentant dans ses « mémorables » les faits et gestes de Socrate. Dans les deux cas, il s'agit de la même démarche, dictée par l'admiration et la volonté de préserver de l'oubli.

« *Manon, ma sœur... ma jumelle... Manon, qui était née le même jour que moé, presque à la même heure.* » (*Damnée*, 62)

Significatif et révélateur d'une liberté créatrice affirmant sa plénitude, ce détail reste, néanmoins, mineur, impropre à modifier l'économie générale de l'œuvre.

L'histoire bouleversée de Josaphat et de Victoire est d'un tout autre poids. Entrés dans l'espace romanesque [19] auréolés de leur amour interdit, ils connaissent alors le prix du martyre et la valeur sacrificielle d'une existence vouée au maintien de la norme. Leur passion brimée, leurs désirs refoulés s'inventent, à défaut de compensation, une justification puisée dans la certitude d'avoir fait le bon choix.

« *Leurs rapports étaient toujours restés très étroits et une passion bizarre s'était développée entre eux* [...] *les condamnant, à partir de la puberté, à s'aimer sans jamais se toucher, le péché, dans leur milieu rural, se trouvant beaucoup plus à la surface du corps (la peau !) que dans les méandres de l'esprit.* » (*La grosse femme*, 271-272)

Douze ans après, cependant, *La Maison suspendue* renverse ces données initiales en leur opposant une catégorique dénégation. Consommé sans pour autant être assumé, l'inceste – dont la double paternité [20] de Josaphat indique qu'il ne fut ni fortuit ni éphémère – sépare le frère et la sœur plus que leur chasteté désavouée. Désormais complices, ayant troqué leur identité de victimes contre celle de criminels, ils doivent affronter la vindicte villageoise, méprisés, haïs, montrés du doigt...

« *Josaphat – En ville on sera pus des parias, Victoire* [...] *Icitte, tout le monde sait, à c't'heure, on a de la misère à se faire servir au magasin général, c'est juste si on se fait pas garrocher* [21] *des roches à l'église...* » (*La maison*, 91)

Condamnés à reproduire le schéma biblique faute/conscience/expulsion, ils se voient chassés de Duhamel, la terre originelle, le paradis dont Victoire n'acceptera jamais la perte : louve traquée, elle hurle en apprenant

---

19 Je rappelle que *La Grosse Femme d'à côté est enceinte* (1978) présente la première occurrence de ces deux personnages.

20 Gabriel est le père de Gabriel, onze ans. Il ne sait pas que Victoire est enceinte d'Albertine.

21 Jeter.

la vente de la maison, tandis que son adieu au lac Simon résonne comme une pure élégie.

> « *Adieu, mon lac ! On s'en va. On t'abandonne* [...] *Garde-nous en toé, garde nos empreintes* [...] *pis moé j'vas garder ton empreinte à toé... dans mon cœur. Garde nos senteurs... nos rires* [...] *Garde la trace de nos raquettes, l'hiver, quand on te piétinait pour aller à Duhamel. On se reverra pus. Jamais.* » (*La maison*, 113)

La simplicité de ce thrène dont les accords plaintifs rythment la douleur du départ ne parvient pas à dissimuler le tragique qui le sous-tend. Un tragique qui se pérennisera de génération en génération, dans la continuité d'une malédiction inlassablement renouvelée.

La double faute [22] des parents retombera sur la lignée tout entière, vouée à cette « a-normalité » dont justement Josaphat et Victoire avaient voulu la préserver. La triple temporalité de la pièce [23] donne ainsi à voir, juxtaposés et indissolublement liés, le péché originel et ses conséquences génétiques : « *Tu vas traîner avec toé mon malheur à moé* » (*La maison*, 113), dit Victoire à l'enfant qu'elle porte. Le travestisme d'Édouard, la « folie » de Marcel, la hargne constitutive d'Albertine s'affirment, alors, comme les différentes manifestations d'une même tare, comme le tribut payé au déterminisme familial. Et pour fixer à jamais les étapes de cette apocalypse, Jean-Marc, l'écrivain manqué, devient, au prix d'une double métamorphose [24], l'historiographe des siens, le barde chargé de recueillir et de transmettre la légende de Duhamel.

Ainsi, les tours et détours d'un démiurge affirmant son emprise sur le destin narratif des personnages ne vont pas sans soubresauts ni embardées diégétiques.

---

22 Faute contre la morale et la société (inceste), faute contre leur amour et le génie du lieu (séparation, mariage de Victoire et départ pour Montréal).

23 Qui se passe en 1910, 1950 et 1990.

24 Autre palinodie. Jean-Marc dans *Les Anciennes Odeurs* avouait qu'il ne serait jamais écrivain. Dans *La Maison suspendue*, il veut écrire un livre sur sa famille dont il vient de racheter la maison. Cette même pièce le présente comme le fils de la grosse femme alors que jusqu'alors, cet amalgame n'avait pas été fait. On voit bien le pourquoi de ce renversement de situation : un peu à la manière des *Rougon-Macquart* (Zola est cité par Tremblay comme son écrivain français préféré) la lignée « maudite » donne des fous mais aussi des artistes.

À l'inverse, la plupart du temps, l'écrivain vise à la cohérence, en édifiant une œuvre globale, un « Monument [25] » dont les textes isolés ne représenteraient que des parcelles.

Un réseau autoréférentiel

Bien avant que sa machine à remonter le temps ait projeté ses personnages aux origines de leur histoire, Michel Tremblay s'est appliqué à instaurer, entre ses pièces, passerelles et liens autoréférentiels. Conçus sur le mode ludique du clin d'œil, ces signaux favorisent une connivence dont public et dramaturge mesurent la profondeur à la fragilité de l'allusion saisie.

La résurgence du même cadre spatial donne une assise commune aux pièces de la Main ; le Coconut Inn, cité la première fois dans les didascalies de *Trois petits tours,* affiche sa vulgarité onomastique comme l'illustration de sa médiocrité : « *Dans la cage de verre du chic cabaret "Coconut Inn", Berthe, la vendeuse de billets d'admission* [26] *trône.* » (*Trois*, 13) C'est pourtant cet établissement qui fait figure de référence, passant au crible de ses exigences discriminatoires les réprouvés et les élus : admis dans ce temple profane, les personnages y trouvent une forme de salut ; rejetés, ils n'existent plus...

L'itinéraire de Thérèse et d'Édouard en fait foi. Exilée du Coconut pour son alcoolisme et ses dettes, Thérèse (*Pièces*) entretient le leurre d'une improbable réhabilitation. Attirée par le lieu qui exerce sur elle une attraction quasi-magnétique, elle en parle, elle en rêve, elle y rôde même, au mépris du danger.

« *Lucille – Thérèse, j't'avais dit de pas remettre les pieds au "Coconut" ! Mais es-tu folle ?* » [...]
Thérèse – T'exagères, Lucille ... » (*Pièces*, 36)

Quant à la duchesse, son règne crépusculaire et vacillant sombre définitivement le jour où les maîtres de la Main [27] lui interdisent l'accès du

---

[25] À l'instar d'Horace : « *exegi monumentum œre perennius.* » (J'ai achevé un monument plus durable que l'airain. (Ode 30, livre III)

[26] Anglicisme qui participe du dénigrement du cabaret.

[27] En l'occurrence Maurice et son homme de paille, Tooth Pick.

Coconut. Et en bravant la sentence anathématique, le vieux proscrit choisit la mort, plutôt que le bannissement.

> *« Chus venue pareil*[28]*. Pis veux-tu savoir une chose ? En fin de compte, j'haïrais pas ça, mourir… »* (*Des nouvelles*, 27)

Indispensable à l'unification de l'œuvre, cette identité spatiale n'en fournit que les prolégomènes, bientôt relayés par une homogénéisation temporelle soumettant la fiction aux contraintes chronologiques dont seule l'Histoire est tributaire. Et, paradoxalement, en se fourvoyant dans une littérarité qui lui est foncièrement étrangère, la logique événementielle assure la cohésion du texte et la crédibilité des personnages dont la biographie se construit ainsi peu à peu. Dans la pièce monologique qui lui est consacrée en 1969, la duchesse se trouve en vacances « *quelque part dans les pays chauds* » (*Langeais*, 81). Or, trois ans plus tard, *Demain matin, Montréal m'attend* célèbre, dans l'emphase d'un enthousiasme factice, la grande rentrée du personnage revenu du Mexique.

> *« Mimi-pinson – J'ai maintenant le très vif plaisir de vous annoncer le retour d'une de nos anciennes grandes étoiles…* […] *J'ai nommé, la seule, l'unique, la divine* […]
>
> *(La duchesse entre sur scène, brusquement).*
>
> *La duchesse – Greta Garbo n'est plus, vive la duchesse de Langeais !* […]
>
> *Babalu – La duchesse est revenue du Mexique. »* (*Demain*, 32, 41)

La systématisation des ces interférences [29] permet d'en définir la finalité et les modes de fonctionnement : ni fortuites, ni ornementales, ni contingentes, elles s'affirment comme l'essence même de la poétique tremblayenne, l'épine dorsale d'un corps textuel dont elles étayent la structure et autorisent le développement.

Mais, parfois, l'écrivain va plus loin encore, abolissant les barrières génériques, confondant, dans une même indifférenciation, le fictionnel et l'historique, l'autobiographique et le romanesque.

---

28 De toutes façons.

29 Dans *L'Impromptu d'Outremont*, Fernande parle de son fils « *Nelligan Beaugrand-Drapeau* » (p. 54). Or, 14 ans plus tard, il est le personnage principal d'*En circuit fermé*. D'une manière générale, voir en annexe la mise en parallèle œuvres/personnages dont il ressort que certains personnages réapparaissent dans **8 œuvres**.

Le référent fictionnel

Lié affectivement à ses personnages, Michel Tremblay voit en eux des amis malheureux dont il ne pourrait éviter le naufrage [30]. Le monde qu'a enfanté son imagination lui paraît tellement « vrai » qu'il est parfois tenté d'estomper la distinction primordiale séparant le fictionnel du réel. C'est alors qu'inversant les valeurs et les modalités, il utilise le fictif comme un référent balisant de ses données imaginaires un nouvel espace textuel.

Certes, quand Fernande Beaugrand (*L'Impromptu*) fait dater de la première des *Belles-Sœurs* la dégénérescence de la culture, elle articule son argumentaire sur un événement précis, historique, dont chacun a pu mesurer la portée. Comme le lui rappelle sa sœur Yvette : « *Quand nous sommes allées voir la première production des* Belles-Sœurs, *y a maintenant presque douze ans, tu nous as dit : "Si c'est ça, la nouvelle culture canadienne-française, dans dix ans ces femmes-là seront rendues chez nous !"* » (*L'Impromptu*, 92)

Il n'en reste pas moins que la nomination de la pièce – que ne désigne aucune périphrase – la concordance des dates et surtout l'allusion aux piètres héroïnes (« *ces femmes-là* »), favorisent le surgissement de la pièce dans la pièce et l'intrusion d'un dramaturge insérant au sein de sa dernière fiction une allusion à la première.

Le même type d'allusion se retrouve dans *Les Héros de mon enfance.* Mais cette fois la démarche est plus subtile, mettant en œuvre un double processus de mythification/démythification bien propre à illustrer le paradoxe de la création théâtrale. En effet, au moment où surgit Carabosse, à la fin du premier acte, le dramaturge indique :

> « *Carabosse apparaît soudain, habillée comme Denise Filiatrault dans le personnage de Pierrette Guérin des* Belles-Sœurs. » (*Héros*, 55)

Ainsi soumis à une volonté créatrice expressément affichée, le texte prend corps et procure aux évanescents personnages une manière d'épaisseur. Cette didascalie [31] participe donc d'un effet de réel, donnant à voir

---

[30] C'est ainsi qu'il a dit, lors de la conférence-débat prononcée à Bordeaux en janvier 1997, qu'il a souvent eu envie de sauver Marcel.

[31] C'est d'ailleurs le propre de toutes les didascalies. Il est à noter que ce type de didascalies très circonstanciées apparaît surtout au début de la carrière de Michel Tremblay.

au lecteur, par le biais d'une référence littéraire, l'incongruité [32] d'une apparition immédiatement perceptible au spectateur. Dans cette optique, le personnage inventé de Pierrette Guérin acquiert une stature et un statut factuels, entérinés par sa fonction de comparant.

Mais, sitôt affirmée, cette « réalité » se voit déniée, bafouée dans son principe même, car la mention de la comédienne incarnant Pierrette renvoie le personnage à sa facticité, tout en sollicitant le concours d'un lecteur invité à se souvenir de telle représentation dûment répertoriée. Cet habitué du théâtre tremblayen fouille-t-il dans sa mémoire ? Il prend alors conscience du piège tendu, l'évite de justesse en se remémorant que Denise Filiatrault n'a pas joué le rôle de Pierrette Guérin [33] !

Ce surcodage de la fonction du narrataire [34] suppose un « archilecteur [35] » : ce destinataire initié, apte à saisir comme autant de perches tendues les plus discrètes allusions tout en déjouant d'éventuelles manœuvres falsificatrices, parcourt avec une égale aisance le labyrinthe autobiographique et les chemins de la fiction.

De fait, les occasions de décryptage ne manquent pas, fondées sur la complicité et le fragile édifice d'une entente à demi-mot.

En pièces détachées en fournit un exemple significatif.

Le dramaturge se poste en embuscade dans une histoire qui n'est pas la sienne et s'y introduit obliquement, à la manière d'un Hitchcock dont la silhouette furtivement surimprimée fait figure de signature. Appelé à grands cris par Madame Tremblay et par un chœur de commères venues à la rescousse, Michel – qui ne répond jamais – n'a d'autre présence que son absence, d'autre légitimité que celle d'aléatoire interlocuteur – entend-il seulement sa mère ?

---

32 Incongruité d'autant plus évidente que le rôle de Carabosse est joué par un homme, Gaétan Labrèche.

33 Ce rôle était tenu à la création et à la première reprise par Luce Guilbeaut. À la deuxième reprise, par Michelle Rossignol. Quant à Denise Filiatrault, elle incarnait Rose Ouimet lors de la création et de la première reprise. Erreur involontaire du dramaturge ou manipulation ?

34 Qui est une des caractéristiques de la post-modernité. Voir Jean-François Lyotard, *La condition post-moderne : rapport sur le savoir*, Paris, Minuit, 1979.

35 Pris ici au sens de lecteur idéal.

Mais l'équivocité du statut de Michel, tout à la fois inventeur et partie intégrante de la fable, ne lui enlève aucune de ses prérogatives de créateur : dans un éblouissant numéro d'autodérision, n'annonce-t-il pas, au prix d'une prolepse humoristique, ses futures préférences sexuelles ?

> *« Mme Monette – Laissez-le donc jouer, c't' enfant-là ! Y'est toujours en-dessous des jupes de sa mère ! Vous savez c'que vous allez finir par en faire de vot' garçon, Mme Tremblay ? »* (*Pièces*, 12)

La subtilité même d'un jeu requérant un partenaire avisé et disponible marque ses limites : comment élargir un lectorat en accumulant des sous-entendus inintelligibles aux non-initiés ?

Michel Tremblay en est conscient, qui recourt, parfois, à des procédés quasiment didactiques visant à informer, à expliquer, à mettre en situation…

Un narrateur pédagogue : du bon usage de la citation

Même conçue pour être lue séparément, chacune des œuvres de Michel Tremblay, coupée de son ensemble, souffre d'une sévère déperdition [36]. Aussi, l'auteur accepte-t-il de se substituer à un destinataire défaillant – qui n'aurait pas lu ou, pis, aurait oublié l'œuvre précédente – en se référant explicitement à un texte antérieur. Cette superposition de deux moments généralement antithétiques réactive une lecture dont elle décuple la profondeur.

Ainsi, dans *Le Premier Quartier de la lune*, Albertine échappe à son ghetto littéraire de faire-valoir pour devenir, le temps d'une scène étonnante, « *l'héroïne, la tragique* » (*Le premier*, 249) dont la rue Fabre, silencieuse, écoute le récitatif « *d'une terrible perfection* » (249). Or, cette complainte dédiée aux malheurs de la vie ordinaire se fait plus pathétique encore d'être confrontée à un chant plein d'espoir, à ce « *temps des cerises* » qu'entonnèrent en chœur sept femmes réunies (*La grosse femme*). Sensible à ce décalage, le narrateur en tire les effets appuyés d'une esthétique du contraste.

---

36 C'est en grande partie ce qui explique le relatif échec des *Chroniques du Plateau Mont-Royal* en France. Édités par trois maisons différentes (Robert Laffont, Grasset, Actes-Sud), ces six romans n'ont pas été suffisamment perçus comme formant un tout.

« *Exactement dix ans plus tôt leurs mères, enceintes, avaient chanté "le temps des cerises" sur ce même balcon dans un moment de communion unique dans leur vie. La grosse femme n'était pas reléguée au rang de confidente, alors ; elle était la soliste d'un chœur plein d'espoir qui avait monté tout droit dans la nuit de la rue Fabre.* » (*Le premier*, 249)

Parfois, cependant, le simple rappel ne suffit plus, alors que le passé impose ses fulgurances au détriment d'un présent oblitéré. Ce déferlement capable d'engloutir ou de subvertir tous les signes du réel – le lieu, le temps, la situation – n'a d'autre traduction possible que la reproduction à l'identique : l'autocitation devient donc une nécessité textuelle et psychologique, un tribut payé à un « avant » dominateur. Ainsi, en mars 1963, Nana très malade vient d'être hospitalisée. Restée seule après le départ des siens, elle repense à Acapulco, son rêve tenace, son « ailleurs » qui s'est sans cesse dérobé, « *un pays fabuleux, un voyage qu'elle ne ferait jamais.* » (*Un objet*, 222)

Elle évoque alors, ou plutôt elle convoque, cette autre elle-même, le double fantomatique qui vient lui offrir les images édéniques d'une chimère jamais oubliée.

« *Elle se laisse bercer par ses propres mots retrouvés.* » (*Un objet*, 222)

Et le monologue qui introduisait la grosse femme dans l'espace romanesque [37] se déroule à nouveau, si semblable [38] qu'il abolit le temps horizontal et linéaire pour lui substituer une dimension verticale et onirique, bien propre à faire coïncider, au-delà des vingt et une années qui les séparent, deux moments clés.

« *C'est pas une baie ouverte. C'est pas une baie ouverte sur l'océan, qui donne directement sur l'océan, non… C'est une baie fermée.* » (*Un objet*, 222)

---

[37] C'est par ce monologue qu'elle apparaît pour la première fois dans le premier tome des *Chroniques* et dans l'œuvre de Michel Tremblay.

[38] En fait, entre les deux discours il y a trois différences. Une allusion à la guerre est supprimée, de même que les parties descriptives (portant sur la physionomie et les gestes de la locutrice) qui coupaient le monologue. Le troisième changement est plus difficile à interpréter : la langue est normalisée (« *ouverte* » au lieu d'« *ouvarte* », « *toi* » au lieu de « *toé* », « *j'aurais* » au lieu de « *j'arais* »). Mais des traces de parler vernaculaire demeurent : « *r'gardez comme c'te grosse femme-là a l'air heureuse !* » (*Un objet*, p. 223)

D'autres fois, c'est une nécessité formelle et générique qui légitime ce type de réduplication. Dans sa dernière pièce (*Encore une fois, si vous permettez*), Michel Tremblay reproduit presque intégralement le récit « Patira [39] » figurant dans son recueil autobiographique *Un Ange cornu avec des ailes de tôle.* Théoriciens candides, inconscients de l'enjeu, Michel et Nana y débattent des problèmes littéraires auxquels, un jour ou l'autre, achoppent tous les romanciers : le fonctionnement narratif, la vraisemblance romanesque et, surtout, les limites de la crédulité du narrataire.

> « *Moman ! Blanche de Coëtquen passe* tout [40] *l'hiver enfermée dans des oubliettes* [...] *a' mange juste du pain noir avec de l'eau* [...], *a' met un enfant au monde couchée sur sa tablette sans docteur pour l'aider* [...], pis a' meurt pas [41]. » (*Un ange*, 138)

À grand renfort de tournures hyperboliques, d'accusations réciproques, de gestes d'impatience et de fausses sorties, ils simulent un épique combat dont le lecteur savoure la force comique et la théâtralité. Et cette théâtralité trouve dans l'espace scénique son lieu de prédilection, son ancrage naturel propre à mettre en valeur une esthétique que le genre autobiographique n'avait fait que dévoyer [42].

Ainsi sous-entendus, allusions, réminiscences et citations contribuent au codage d'une œuvre faussement naïve, nourrie de sa propre substance et de sa propre intertextualité. Mais Michel Tremblay applique le même traitement aux textes d'autrui, puisant dans un large patrimoine culturel références et modèles.

Un lecteur, un spectateur passionné

Fervent mélomane, cinéphile assidu, spectateur enthousiaste et liseur invétéré, Michel Tremblay trouve dans toutes les formes d'expression artistique matière à combler son imaginaire et à solliciter sa sensibilité. Ce

---

39 Œuvre de Raoul de Navery.

40 En italiques dans le texte.

41 En italiques dans le texte.

42 Voir à ce propos l'entretien du 20/11/98 avec Michel Tremblay. Il précise que, frappé par le caractère théâtral du texte, il n'a fait que le remettre à sa vraie place.

n'est donc pas un hasard si son triptyque autobiographique [43] délaisse la progression chronologique au profit d'une répartition générique axée sur des rencontres culturelles qui se révèlent autant de chocs. D'Eschyle à Jules Verne, de Saint-Exupéry à Gabrielle Roy, ses écrivains favoris furent ses guides et ses maîtres : ils l'ont aidé à progresser et parfois à survivre, en lui proposant une autre vie, faite de frissons et de larmes, d'extases indicibles et de visions éblouies.

> « *Puis vint la délivrance à travers une des images les plus fortes de mon enfance, une image que je caresse encore, quarante ans plus tard* [...] *un énorme condor des Andes s'approchait en tenant Robert Grant dans ses serres !* [...] *J'avais été* [44] *transporté pendant trois jours par un condor !* »
> (*Un ange*, 73)

Adulte, il n'a rien perdu d'une passion qui transcende tous les clivages – spatiaux, temporels, linguistiques, esthétiques – pour retrouver, intacts, le plaisir et l'émotion du texte. Le nombre et la diversité de ses adaptations théâtrales témoignent de son éclectisme et de sa volonté d'exploiter indifféremment toutes les sources livresques.

Dans cet inventaire prestigieux, la Grèce antique figure en bonne place (*Lysistrata*) alors que le tandem Aristophane [45]/ Tremblay s'unit pour le meilleur (la dérision au service des revendications féministes) contre le pire (la guerre et son cortège de maux). Et la Russie du XIXe siècle (*Le Gars de Québec* [46]) fourbit les armes d'une satire institutionnelle s'insurgeant contre une bureaucratie mesquine, tatillonne... et, pour tout dire, bureaucrate [47].

Preuve flagrante d'une aptitude à revisiter les textes d'autrui, à s'en imprégner jusqu'à les faire siens, l'adaptation reste néanmoins un exercice

---

43 Comprenant *Les Vues animées*, recueil consacré au cinéma, *Douze coups de théâtre*, au théâtre, et *Un Ange cornu avec des ailes de tôle*, à la littérature.

44 Michel Tremblay, enfant, s'identifie à Robert Grant (*Les Enfants du capitaine Grant*) : « *J'étais le héros, c'est moi qui avais perdu mon père.* » (p. 73)

45 Aristophane (450-386 av. J.-C.) a fait jouer *Lysistrata* en – 411. Je rappelle que dans *Lysistrata* les femmes font la grève de l'amour pour mettre fin à la guerre.

46 D'après *Revizor* (1836) de Gogol (1809-1852).

47 Il faudrait aussi citer l'*Oncle Vania* (1897) d'après Tchékov (1860-1904).

délimité, voire limité. Palimpseste, oui. Mais palimpseste qui, s'avouant pour tel, perd de ce fait beaucoup de sa signifiance.

En revanche, lourd d'intentionnalité, porteur d'une charge affective, intellectuelle ou humoristique, le recours à la référence fait sens et, quel que soit le message transmis, parle toujours au destinataire.

Du jeu de mots à la référence intertextuelle

Dans l'œuvre tremblayenne, toutes les références ne sont pas artistiques ou littéraires, loin de là…

Les pires jeux de mots y ont droit de cité et s'épanouissent dans les genres mineurs dont la finalité ludique autorise toutes les frivolités. La comédie musicale *Demain matin, Montréal m'attend* fournit un exemple « percutant » de ce laxisme langagier.

Chanteuse-vedette, Lola Lee a toujours camouflé sa véritable identité de Rita Tétrault. Trahie par sa jeune sœur, elle essuie maints quolibets dans une cacophonie où s'entremêlent saillies et calembours.

« Un danseur – Salut, Rita Lee !
Une danseuse – Une chance qu'a' s'appelait pas Sara ! » (*Demain*, 24)

Inintelligible à un public étranger, la réplique fait mouche au Québec, suscitant le rire complice de tous ceux qui savent que Sara Lee est une marque de pâtisserie industrielle !

Cette anodine plaisanterie ne mériterait qu'un silence charitable si elle n'était symptomatique d'un ancrage délibéré de Michel Tremblay dans une société dont il met à nu les moindres rouages. Mythologue [48] du quotidien, il en parcourt inlassablement les différentes sphères, saturant son texte de signes identitaires qui, mis bout à bout, composent une véritable cartographie du Montréal de l'ère Drapeau [49]. Repères chronologiques et toponymiques, raisons sociales, marques déposées, slogans publicitaires, émissions radiophoniques et télévisuelles fonctionnent comme des signaux de reconnaissance qui dessinent peu à peu le

48 Au sens barthésien du terme. Voir *Mythologies* (1957) où Roland Barthes (1915-1980) livre une réflexion sur les « mythes » de la vie quotidienne.

49 Maire de Montréal de 1954 à 1957 et de 1960 à 1986. Il mena une politique de prestige (Exposition Universelle de 1967 et Jeux Olympiques de 1976).

portrait du destinataire idéal. Or, ce dernier est avant tout local, capable, par exemple, de saisir la portée d'une antonomase dérivée d'un référent culturel spatialement et temporellement circonscrit. Ainsi, quand le narrateur de *La Nuit des princes charmants,* s'interrogeant sur sa tenue vestimentaire, s'exclame « *On ne s'habillait pas en wabo* [50] *pour aller à l'opéra, j'en étais convaincu* » (*La nuit,* 45), il tient un discours limpide pour un Québécois, cryptique pour tout autre.

Bien entendu, cette stratégie à usage interne n'empêche nullement Michel Tremblay d'emprunter au « fonds » de la culture universelle allusions, références ou modèles qui pénètrent son texte, le nourrissent et l'innervent jusqu'à l'habiter.

De fait, dans le joyeux chaos d'une parade colorée [51], défilent inlassablement tous ceux qui, un jour ou l'autre, ont su le faire vibrer ou rêver. Ténors, cantatrices, comédiens, réalisateurs, romanciers, peintres et poètes, ils sont tous là, témoignant d'une fascination jamais démentie, jamais amoindrie. La littérature française (Balzac, Hugo, Zola, Verlaine, Simenon) y côtoie le roman américain (Armistead Maupin, Allison Lurie) et l'opéra (*Roméo et Juliette* de Gounod), la chanson populaire (incarnée, entre autres, par Céline Dion).

Cette boulimie artistique se retrouve chez certains personnages qui affichent leurs références avec une incongruité désopilante.

Ainsi, « la duchesse », déjà ivre et encore assoiffée, sursaute devant un verre qu'elle n'a pas conscience d'avoir vidé.

« *Tiens, mon verre est vide. Ça disparaît, c'te p'tit lait-là, c'est pas croyable !*
Le Horla [52] *doit pas être loin certain.*
J'ai des lettres, aussi, vous savez. » (*Langeais,* 87)

---

50 Wabo est un personnage d'une émission de télévision pour enfants, sorte de bohème. Il est bien entendu que même le lecteur non-initié devine la signification du mot. Mais le lecteur québécois, lui, **sait** et associe cette réflexion à l'âge du narrateur à peine sorti de l'adolescence (il a dix-huit ans).

51 Jean-Marc Barrette (*L'Univers de Michel Tremblay*) précise qu'il y a 2170 personnages dans l'œuvre de Michel Tremblay, ce chiffre comprenant toutes les catégories de personnages.

52 Roman fantastique (1887) de Maupassant (1850-1893). Le narrateur croit qu'une créature invisible hante sa maison, boit dans son verre, etc.

Notation grotesque parachevant le rôle de composition d'un travesti qui se croit femme du monde ! Toutefois, l'évocation du *Horla* n'est pas neutre, axée sur une dualité ressentie comme une malfaisance, sur l'angoisse d'une dérive [53] que le sujet ne peut plus contrôler.

Loin d'être un simple trait comique, l'allusion se charge donc d'une valeur sémiotique qui « donne à voir » le personnage dont elle interprète le désarroi.

C'est que, d'une manière générale, la convocation des textes antérieurs est toujours productrice de sens. Le prologue de *Encore une fois, si vous permettez* est, à cet égard, particulièrement convaincant.

À l'instar des prologues antiques battant le rappel des « troupes » en leur faisant miroiter les séductions d'un théâtre digne d'écoute et... d'applaudissements, le texte tremblayen, dit par un narrateur [54], se propose de vanter la pièce subséquente dont il dévoile la portée (« *Ce que vous verrez, ce sera une femme toute simple* [...] *elle est multiple. Et universelle* ») (*Encore*, 10) sans pour autant en révéler la teneur : les indéfinis, l'absence de marques temporelles et spatiales (« *Elle est née à une époque précise de notre pays, elle évolue dans une ville qui nous ressemble* ») (*Encore*, 10) contribuent à l'évanescence d'un portrait et à l'indétermination d'un sujet tributaires de l'esthétique du flou.

Cet éloge, toutefois, est fort bien structuré, empruntant à la rhétorique sa dialectique argumentatrice et ses figures classiques propices aux plus brillants effets. Prétéritions, anaphores et périphrases misent sur les vertus de l'absence – aucune pièce n'est nommée, aucun personnage – pour évoquer, telle une litanie sacrée, les chefs-d'œuvre du théâtre universel.

> « *Ce soir, personne ne viendra crier : "Pour qui sont ces serpents qui sifflent sur vos têtes ?" ni murmurer : "Va, je ne te hais point" en se tordant les mains* [...] *Vous ne verrez pas trois femmes encore jeunes s'emmurer à jamais dans*

[53] Il est intéressant de noter que lors de la dernière visite de Luc, avant son départ à Key West, Jean-Marc lui lit *Le Horla* à sa demande. Là encore, le roman exprime l'angoisse du malade qui précise d'ailleurs : « *J'aimerais ça, avoir peur pour d'autres raisons.* » (*Éclaté*, p. 84)

[54] Ce narrateur joué par André Brassard représente le fils de Nana à des âges différents. Il est le seul interlocuteur de Nana.

une datcha en chuchotant le nom de Moscou la bien-aimée, l'espoir perdu [...] *Personne ne se transformera en rhinocéros* [...] *La peste ne s'acharnera pas sur la ville de Thèbes et la guerre de Troie n'aura pas lieu.* »[55] (*Encore*, 9-10)

Mais, en s'insérant dans cette revue historique, en confrontant la simplicité de sa fable aux artifices de ses devanciers, le dramaturge affiche tout à la fois son appartenance à une longue tradition littéraire et la certitude de son originalité.

Ainsi, paradoxalement cantonné dans un rôle de faire-valoir, l'intertexte n'est là que pour servir la cause d'un écrivain qui prétend le servir !

Mais la hiérarchie reprend ses droits quand le texte tremblayen se fait flagrant palimpseste, laissant apparaître ou deviner l'œuvre dont il se réclame.

Du palimpseste

Mesure d'économie, recyclage avant la lettre, le palimpseste[56] originel ne favorisait l'émergence d'un texte qu'au détriment d'un autre, effacé pour faire place nette : le texte est mort, vive le texte !

C'est en se référant à cette première acception que Marcel, dans son délire, se dit victime du « *palimpseste le plus triste et le plus injuste de l'histoire de l'humanité* » (*Un objet*, 188) : maître incontesté du « Quattrocento », il aurait recouvert les murs de la chapelle Sixtine d'une fresque à la beauté insoutenable que le plagiaire Buonarotti[57] aurait saccagée en la barbouillant de son « Jugement dernier ».

Étonnante confession voilée et, pour ainsi dire, inversée ! En prêtant à son personnage le courroux du génie trahi, Michel Tremblay n'avoue-t-il pas son indignité d'épigone ? Conscient de l'écart séparant le modèle de sa reproduction tremblée, il souligne, ainsi, l'infériorité consubstantielle de toute imitation.

---

55 On aura reconnu respectivement *Andromaque* (Racine), *Le Cid* (Corneille), *Les Trois sœurs* (Tchekov), *Rhinocéros* (Ionesco), *Œdipe-Roi* (Sophocle) et *La Guerre de Troie n'aura pas lieu* (Giraudoux).

56 Définition donnée par le *Robert* : « Manuscrit dont on a effacé la première écriture pour pouvoir écrire un nouveau texte ».

57 Véritable nom de Michel-Ange (1475-1564).

C'est que le palimpseste tremblayen a le redoutable privilège de laisser subsister les deux manuscrits, permettant ainsi leur confrontation. Et quand l'original se trouve être l'*Antigone* [58] de Sophocle, la version moderne québécoise risque de pâtir de la comparaison.

Sainte Carmen de la Main, toutefois, reste fidèle à l'essentiel. Certes, Maurice n'est qu'un roi de la pègre, Montréal a supplanté Thèbes et la fin du XXe siècle, l'époque de Périclès. Pourtant, c'est bien la même société figée et frileuse, soumise à un autocrate, c'est bien le même pouvoir corrompu et la même résignation… Et, face à ce marasme, c'est bien la même femme qui, avec des moyens différents, œuvre pour la dignité humaine. Et l'*agôn* [59] qui oppose Créon/Antigone et Maurice/Carmen débat des mêmes enjeux, et le chant qui célèbre Antigone et Carmen résonne des mêmes accents lyriques. Ainsi, l'incipit de *Sainte Carmen de la Main* doit beaucoup au premier chœur d'*Antigone* louant d'une même voix l'astre radieux.

> « *Ô Rayon du plus beau soleil qui ait jamais brillé* […] *tu as donc lui enfin, œil du jour doré.* » [60]

Le chœur des « putains » et des « travestis » de la Main clame tout aussi fort son émerveillement, ébloui de la naissance d'un jour indéfiniment recommencé.

> « *Chœur I – À matin le soleil s'est levé* […]
> *Chœur I et II – J'ai vu le soleil se lever, à matin, au bout d'la rue Sainte-Catherine.* » (*Carmen*, 5)

Mais déjà cette aurore est lourde des douleurs à venir, empruntant au déclin du jour ses flamboiements maléfiques.

> « *Chœur I – Une grosse boule de feu rouge*
> *Chœur I et II – Rouge sang.* » (*Carmen*, 56)

---

58 La pièce est sans doute de 442 av. J.-C. Outre *Antigone*, l'œuvre la plus connue de Sophocle (496-406 av. J.-C.) est *Œdipe-Roi* (430 av. J.-C.).

59 Littéralement « combat ». Dans les tragédies grecques, confrontation argumentée des deux protagonistes.

60 Sophocle, *Tragédies*, I, Paris, Les Belles Lettres, 1950 ; traduction de Paul Mazon. La citation se trouve p. 78.

La tragédie s'inscrit dans ces signes textuels aisément déchiffrables : d'entrée de jeu, l'héroïne est condamnée. Sans doute était-elle condamnée de tout temps, inféodée à un destin qui n'était pas le sien.

À son image, le dramaturge, tributaire d'un texte dont il n'est que le transcripteur, d'un mythe dont il n'est que l'interprète, ne pouvait que s'incliner, abandonnant tout espoir de salut.

Or, pour Marcel (*Un objet*), le salut passe justement par la création littéraire qu'il juge assez puissante pour infléchir le réel et le soumettre à sa loi. Prenant à son compte la vénération de Michel Tremblay pour Gabrielle Roy [61], il décide de sauver Nana en inventant « *une nouvelle, une belle nouvelle de Madame Gabrielle Roy.* » (*Un objet*, 105)

Très vite, cependant, ses visées salvatrices cèdent le pas à des préoccupations esthétiques qu'illustrent les tâtonnements d'une pensée inchoative, saisie dans son surgissement.

> « ([62] *C'est le temps, là. C'est maintenant qu'il faut que ça se produise, que paraisse le héros.* ***Mais c'est difficile*** [63]*, il est peut-être trop tard* [...]) » (*Un objet*, 121)

Or, en renonçant au leurre d'une inspiration gracieusement offerte, en hésitant, en modifiant, en biffant même, Marcel ne fait qu'exprimer les affres de son créateur aux prises avec une évidente contradiction : comment sans pastiche ni parodie, sans concession ni complaisance, faire du Gabrielle Roy quand on est Michel Tremblay ?

Tout oppose ou devrait opposer les deux écrivains. À l'un, un registre carnavalesque, une œuvre multiforme et dialogique, des audaces langagières ; à l'autre, la discrétion de l'euphémisme, la pudeur de la litote et la raideur d'un verbe parfois engoncé, bien propre à rendre compte d'une personnalité qui, tout en se découvrant [64], se préserve.

---

61 Franco-manitobaine (1909-1983) « récupérée » par l'institution québécoise. Essentiellement romancière et nouvelliste, elle a exercé une influence très forte sur le roman québécois contemporain surtout avec son premier roman, *Bonheur d'occasion* (1945).

62 La parenthèse est dans le texte.

63 Je souligne.

64 L'œuvre de Gabrielle Roy est largement autobiographique.

« Cette plaine remplie de mon cœur [65] » n'élude pas la difficulté, soulignant, par exemple, l'artificialité des dialogues royens, trop normatifs pour être vraisemblables.

> *« (Attention aux dialogues ! Dans les romans de madame Gabrielle Roy, on s'exprime différemment, on n'utilise pas les expressions de la vie courante telles quelles, on parle comme dans les livres…) »* (*Un objet*, 116)

L'usage de la métaphore se révèle un autre sujet de tensions. Les deux romanciers y recourent souvent, exploitant, voire surexploitant ses vertus descriptives et sa charge imaginaire. Mais, pour Michel Tremblay dont l'écriture débouche souvent sur l'étrange, la métaphore est une transfiguration du réel, une tentative pour appréhender la face cachée des choses. À l'inverse, dans l'écriture royenne, la métaphore se réduit au cliché et conforte le narrataire dans un conformisme langagier nourri d'expressions toutes faites et de figures lexicalisées.

Ainsi, comment exprimer métaphoriquement l'avancée rapide d'un danger imminent ? Le cheval au galop semble tout indiqué, car, à la notion de vitesse dont il est indissociable, se surajoute la menace mortifère inhérente à sa figure chtonienne.

> *« Le feu arrive, le feu de brousse plus rapide qu'un cheval au galop. »* (*Un objet*, 116)

La comparaison est bien royenne et Marcel s'y révèle un disciple obéissant.

Mais, peut-on s'en tenir à cette formule passe-partout quand on dispose d'un registre plus étendu de « voyant » ? Un correctif s'impose, qui affaiblit et même contredit l'image précédente.

> *« Un mur de flammes couronné d'étincelles s'avance vers elles de partout à la fois,* ***peut-être pas à la vitesse d'un cheval au galop*** [66]*, comme l'avait prétendu Nana, mais impitoyable. »* (*Un objet*, 119)

Ainsi se construit peu à peu une nouvelle hybride, « claudicante », balançant entre l'hommage admiratif du lecteur reconnaissant et le regard critique d'un écrivain défendant une autre poétique…

---

[65] C'est le nom de la nouvelle imaginée par Marcel.

[66] Je souligne.

C'est en se soumettant à ses deux postulations antinomiques que Marcel fait de son texte-palimpseste à la fois un traité d'herméneutique et un véritable art poétique.

Lecteur avant d'être écrivain, écrivain parce qu'il fut lecteur, Michel Tremblay fait de l'intertextualité une modalité essentielle de son activité scripturale. Transposant, transcrivant, traduisant sans cesse, il n'imite pas, il recrée, original jusque dans sa reproduction des modèles. Habile à revisiter et à régénérer les plus anciens mythes et les fables les plus connues, il fait de ses propres textes un creuset intarissable, propre à produire d'autres textes qui, à leur tour…

Merveilleuse alchimie qui invente des palinodies, qui transfigure des palimpsestes !

CHAPITRE V
LES VOIES DE LA CRÉATION

« *Pourquoi s'entêter à vouloir écrire* [...] *devant des œuvres comme celles-là, à ce point pleines de vie, brillantes, semblables à ce qu'on voudrait écrire soi-même ?* » *(Le Cœur éclaté)*

« *J'fais pas de la peinture pour me faire admirer, François, j'fais de la peinture pour m'empêcher de mourir.* » *(Quarante-quatre minutes, quarante-quatre secondes)*

Seule alternative à un désespoir mortifère, la volonté créatrice échoit aux personnages tremblayens comme une fatalité. Née d'un manque, présumée rédemptrice, l'œuvre est un objet de désir, lieu d'une postulation mystique et d'un irrépressible appel... Mais, quand elle se dérobe, capricieuse, infidèle, sourde aux supplications, elle ne fait qu'aggraver la douleur qu'elle devait soulager.

Ainsi, fondé sur le paradoxe et porteur d'enjeux cruciaux, l'acte créateur n'est ni aimable, ni facile, ni divertissant. Placé sous le signe de l'irrationnel ou, tout au moins, de l'arbitraire, il échappe à l'artiste qui ne peut créer sans être à des degrés divers possédé. Si profane qu'en soit l'inspiration, l'Art est chez Michel Tremblay toujours sacré, occupant, de fait, la place désertée par les autres valeurs enfuies : cathartique, il tient de l'exorcisme et de la thérapie, de la prière et du sacrifice, mais toujours s'impose comme seul capable de donner un sens à la vie et un succédané à l'éternité.

Cette vision exigeante réclame une tension extrême et le recours aux différentes facettes d'une esthétique contrastée. Écrivain de la démesure, Michel Tremblay met au service de l'hyperbole toutes les ressources d'un verbe puissant où redondances et accumulations se bousculent avec la frénésie d'un rythme vertigineux. Mais il sait aussi, à l'occasion, faire crier le silence des ellipses et des syncopes, dans une partition toute de demi-teintes et de mots assourdis. De la même façon, l'humour et le pathos, l'horreur et la dérision se côtoient, parfois se mêlent et s'entremêlent alors que le grotesque apparaît comme l'aboutissement suprême du tragique humain.

Créer pour ne pas mourir

Michel Tremblay l'a souvent dit [1] : le désir de créer vient d'une incomplétude. Heureux, satisfait, rassasié, l'homme jouit de ses acquis. A-t-il faim ? Il va penser très fort à un aliment qui le comblerait, puis l'imaginer, s'imaginer en train de le dévorer. De là à le dessiner ou à le décrire, il n'y a qu'un pas que bien des héros tremblayens ont franchi [2].

En fait, la créativité obéit au même processus que l'amour dont *Le Banquet* de Platon rappelle le dénuement, générateur d'une volonté et d'une activité compensatoires.

> « *Étant fils de Poros (Ressource) et de Pénia (Pauvreté), l'Amour en a reçu certains caractères en partage. D'abord, il est toujours pauvre* [...] *et l'indigence est son éternelle compagne. D'un autre côté, suivant le naturel de son père, il est toujours à la piste de ce qui est beau et bon.* » [3] (*Le banquet*, 64)

C'est dans l'espace interstitiel qui sépare le désir de son assouvissement, c'est dans cette béance qui ne sera jamais comblée, que l'art trouve sa place et sa légitimité.

Dans le corpus tremblayen, nul mieux que le nain [4] Carmen (*44*) n'a compris la valeur substitutive d'un art palliant la défaillance d'un destin empêché. Ami de François Villeneuve dont il est le double inversé et malheureux, le négatif crépusculaire, Carmen n'aime ni sa vie ni sa personne et il le fait savoir à travers le surnom dont il s'est affligé,

---

1 En particulier, lors de la conférence prononcée à Bordeaux en janvier 1997.

2 Sans parler de Marcel dont les dons sont multiples, rappelons que Jean-Marc, Édouard et Carmen sont écrivains, Josaphat et François musiciens, Catherine et Carmen (le nain) peintres. Il n'y a ni sculpteurs ni danseurs chez les artistes tremblayens.

3 Platon, *Le Banquet* et *Phèdre*, Paris, Flammarion. Traduction d'Émile Chambry.

4 Dans *La Nuit des princes charmants*, première occurrence de son personnage, le narrateur le présente comme tout petit mais très beau. Dans le roman suivant (*44*), l'accent est mis sur sa taille anormale.

doublement transgressif, bafouant dans une commune dérision, la marque identitaire de deux héroïnes prestigieuses [5].

Obsédé par la mort et singulièrement la pendaison, il s'imagine miniaturisé et réifié, accessoire d'un lustre dont il ne serait que l'appendice.

> « *Pis si j'avais pas la peinture pour me vider de mon trop-plein de bile* [...], *y m'auraient retrouvé depuis longtemps pendu au plafonnier de ma chambre, comme un petit bibelot sur lequel on peut tirer pour que la lumière s'allume !* » (*44'*, 261)

La peinture s'impose donc à lui comme une assurance-vie dont la résiliation le condamnerait à coup sûr. Mais, soumis à des tensions contradictoires, tributaire de son élan créateur autant que de ses compulsions délétères, Carmen diffère sans cesse et, au prix des plus mauvais prétextes, l'acte destructeur.

> « *Quand j'ai fini un tableau* [...] *j'ai envie* [...] *de le déchirer en petits morceaux pour en faire des confettis,* ***mais c'est dur de déchirer une toile encore humide*** [6] ***...*** » (*44'*, 260)

Finalement contaminée par la haine et le dégoût qu'elle est censée racheter, l'œuvre étale ses hideux barbouillages comme les signes mêmes d'un malaise existentiel.

> « *J'garroche n'importe quoi sur des toiles, François, comme si je vomissais tout ce que j'haïs chez moi ! C'que je fais, François, c'est laid.* » [7] (*44'*, 261)

Ainsi appariés, solidaires du même joug, Carmen et sa peinture survivent et se survivent grâce aux interférences de leur consubstantielle réciprocité.

Cependant, exonérés de cette dysphorique conjonction, d'autres héros trouvent dans la création impulsion et dynamique, alors que l'Art, renonçant à imiter la vie, se pose en référence et en modèle.

---

5 Allusion bien sûr à la Carmen de Bizet (d'après l'œuvre de Mérimée) et à Carmen Brassard, héroïne de Michel Tremblay.

6 Je souligne.

7 Carmen ne montrant jamais ses toiles, on ne sait si leur laideur est réelle.

Quand l'Art invente la vie

Key West, microcosme magique où se concentrent artistes et écrivains venus de toute l'Amérique offre à Jean-Marc un terrain propice à une réflexion axiologique bousculant la hiérarchie des valeurs.

Ainsi la cécité de Rob [8] pousse Bill, son compagnon, à suppléer à son sens défaillant en lui décrivant au plus juste la magnificence du coucher du soleil. Mais, loin d'être un ersatz remplaçant tant bien que mal le spectacle interdit, le discours ne prend appui sur le réel que pour le transcender, transfigurant une nature, pourtant prodigue en séductions, par la seule vertu créatrice d'une poésie [9] inspirée.

> « *La description que fit alors Bill de ce que nous avions sous les yeux était si fidèle, en même temps que d'une telle beauté poétique* […], *que j'aurais volontiers passé des heures à écouter* ***sans sentir le besoin de regarder le sujet lui-même*** [10]. » (*Éclaté*, 159)

Le paradoxe d'un art qui reflète tout en embellissant – et cumule de ce fait les fonctions du miroir et celles de la parure –, se fait plus troublant encore quand l'art délaisse ses vertus imitatives au profit d'une vision proleptique et prophétique. Il ne se contente plus, alors, d'améliorer la vie ou de la transposer, mais la prévoit, la prédit et la prépare, comptant sur ses capacités visionnaires pour imaginer une route et profiler un destin.

La peinture de Catherine Burroughs porte témoignage de cette inventivité. De toute sa vie, elle n'eut qu'un seul sujet et qu'un seul modèle : Muriel Gold, sa muse, sa compagne et son grand amour. Si Jean-Marc apprécie toute sa peinture, il est plus particulièrement touché par un de ses tableaux.

> « *C'était une magnifique toile où dominaient le noir, le blanc et le bleu* […] *Deux vieilles dames vues de dos s'avançaient dans une mer houleuse. L'une était boulotte, l'autre plus maigre. Elles se touchaient à peine, la petite grosse s'appuyant sur le bras de la grande maigre, mais on sentait immédiatement l'intimité qu'elles partageaient, peut-être depuis toujours, sœurs ou amantes, ou les deux à la fois.* » (*Éclaté*, 218-219)

---

8 Il n'est pas aveugle de naissance mais atteint du Sida.

9 Au sens étymologique du terme : création.

10 Je souligne.

Dans la froideur de coloris sans éclat et la raideur de formes anguleuses, un rêve s'expose, banal autant qu'inaccessible : le rêve de pérennisation dont se leurre tout amour naissant. Peinte cinquante ans auparavant, la toile représente Catherine et Muriel vieillies, s'avançant main dans la main vers l'éternité. Dès lors, tous les signes s'inversent et les plus défavorables deviennent les plus prometteurs : leur décrépitude figure leur grand âge et donc la longévité de leur union, la mer houleuse, les tempêtes essuyées et surmontées ensemble.

Les deux femmes ont modelé leur vie sur cette ébauche, sensibles au chemin qu'elle leur traçait et à l'espérance qui la fondait.

> *« Je lui avais* [...] *dit que j'espérais que nous atteindrions cet âge ensemble. C'est une œuvre de jeunesse, j'avais à peine trente ans... »* (*Éclaté*, 218)

Ainsi, quand l'art écrit le texte de la vie et lui dicte ses meilleures répliques... il n'est plus seulement son salut et sa consolation, mais son souffle même, la quintessence de son inspiration.

Mais quels que soient son statut et sa finalité, l'art naît dans la douleur, tributaire des affres d'une inspiration capricieuse et aléatoire.

La naissance de l'œuvre

Souvent analysé, jamais élucidé, le processus créateur reste un mystère assujetti à une secrète alchimie : au prix de quelle métamorphose la sensation, le sentiment ou le souvenir deviennent-ils des formules qui font sens et qui font mouche ? Après tant d'autres [11], Michel Tremblay a tenté de saisir la genèse d'une œuvre, confiant à François Villeneuve (*44'*) le soin d'en évoquer le méandreux jaillissement. Habitué à la facilité d'un texte qui coule de source, le chanteur connaît cependant, un jour, l'humiliation de la page blanche, la dérobade des mots soudain indociles et le tarissement de ses facultés créatrices.

> *« Il a son titre,* Le Goût du remords [...], *et cette vision floue d'un petit garçon désespéré agenouillé sur un banc de bois. C'est tout. Sa tête reste vide* [...] *Il est installé là comme un imbécile depuis des heures et rien ne s'est passé.* [...] *Ce n'est pourtant pas sorcier : une église, un petit garçon, une hostie qui fond sur sa langue, un péché tout frais, le remords... »* (*44'*, 250)

[11] On peut penser à Platon, aux poètes de La Pléïade.

Son texte est là, à sa portée, lui faisant miroiter, comme autant de promesses, les atouts dont il peut se targuer : poétique comme un souvenir d'enfance mais également représentatif d'une société janséniste (« *tous les petits Canadiens français ont connu cette terreur d'être précipités en enfer* ») (*44'*, 249), il devrait raconter une histoire exemplaire dont le déroulement narratif s'impose à François. En vain… Son acharnement et la fatigue d'une nuit blanche n'y changeront rien : l'œuvre n'aboutira pas, figée dans le statut indécis d'une potentialité qui, peut-être, plus tard…

En revanche, le même jour, François composera avec une aisance déconcertante une chanson sur sa chatte *Fanfreluche* :

> « *Un baume sur la blessure de la nuit, le contraire de ce qu'il avait prévu composer.* » (*44'*, 255)

L'arbitraire d'une inspiration qui choisit ses sujets, ses heures et ses bénéficiaires peut être compensé toutefois par un effort titanesque, une tension extrême du créateur résolu à soustraire à une ingrate divinité l'étincelle d'où le feu jaillira. Démarche prométhéenne [12] dont Michel Tremblay rend compte par le biais d'une allégorie !

Dans *Le Cœur éclaté*, en effet, Jean-Marc, le positiviste, se livre à un étrange cérémonial. Armé de son seul cri, parole primordiale embrassant le cosmos, il va ordonner au soleil de se lever. Et le soleil, docile, obéira.

> « *J'y arriverais ! Même sans le secours des larmes, j'y arriverais !*
> *J'ai crié jusqu'à ce que le soleil soit levé.* » (*Éclaté*, 261)

Cette scène de double épiphanie – où l'émergence de l'astre illustre l'émergence du héros – figure l'intronisation de Jean-Marc dans le cercle fermé des créateurs. À force de conviction et d'énergie, il a soumis la matière à sa volonté et imposé à l'ordre du monde son sceau démiurgique, à l'image de tout véritable artiste. En se référant à Josaphat, doublement archétypique [13], il assume pleinement son lignage et son héritage.

> « *Mon oncle* [14] *Josaphat, autrefois, avait fait lever la lune avec sa poésie, moi j'avais fait lever le soleil avec ma douleur.* » (*Éclaté*, 261)

---

12 Prométhée bienfaiteur des hommes peut être considéré comme la représentation de l'effort humain opposé à la facilité divine.

13 En tant qu'archétype de l'artiste et fondateur de la lignée.

14 Il s'agit bien entendu de son grand-père (voir ch. IV).

Cette allusion renvoie explicitement à un conte dont Josaphat avait bercé le petit Marcel dans *La Grosse Femme d'à côté est enceinte.* Ce récit dans le récit permettait au « violoneux » d'introduire une dimension onirique et poétique au cœur de la rue Fabre, en racontant sa curieuse aventure et le spectacle hallucinant jadis offert à ses yeux d'enfant.

> « *Pis... j'ai vu... les huit grands chevaux sortir d'en arrière d'la montagne* [...] *Y tiraient sur des chaînes pis y'avaient l'air de forcer* [...] *Comme si y'avaient tiré la chose la plus pésante du monde* [...] *Pis... au bout d'la darnière chaîne... une boule rouge est apparue. La lune ! Y tiraient la lune d'en arrière d'la montagne.* » (*La grosse femme*, 290)

Avec son cortège d'images fortes et insolites, les sortilèges d'une « surréalité » qui est à la fois dévoilement et dépassement du monde sensible, ce discours performatif vit de sa vie propre, nourrie des indéniables séductions du rêve éveillé.

Toutefois, il se révèle décryptable, proposant à l'attention d'un destinataire moins naïf que Marcel ses contrastes appuyés et sa portée métaphorique : l'univers souterrain figuré par le cheval chtonien s'y oppose à la dimension ouranienne de la lune, tandis que la matérialité de la masse montagneuse rejaillit sur l'astre qui participe curieusement de sa lourdeur (« *pésante* »). [*La lune*] « *é-tait grosse, presque aussi grosse que la montagne.* » (290)

Il est donc loisible d'associer la démesure de l'effort au travail créateur et la souffrance des chevaux à celle de l'artiste. Dans cette optique, l'équivocité de la lune à la fois aérienne et pesante, objet de désir et source de douleur, n'empêche pas la clarté de son symbolisme : mise au monde au prix de souffrances infinies, elle s'affirme comme une représentation particulièrement pertinente de l'œuvre d'art [15].

Ainsi, par le truchement de ses deux héros qui, n'ayant en commun que leurs origines, se retrouvent dans une même allégorie, Michel Tremblay dit, après tant d'autres, la difficile naissance de toute œuvre artistique.

---

15 Il est vrai que dans ce roman consacré à la naissance, on pourrait faire de cette vision de Josaphat un fantasme d'accouchement, d'autant plus que les chevaux saignent : « *Y'avait des grandes coulées de sang qui se répandaient sur leu'robe.* » (p. 290). Mais ces deux interprétations, loin d'être exclusives l'une de l'autre, se complètent, car le travail créateur est aussi un accouchement.

Cependant, de notables différences séparent Jean-Marc de Josaphat, l'artiste inné du besogneux, le serviteur de la lune du maître du soleil.

Deux types d'artiste, deux formes d'art

La double héliophanie [16] dont le texte tremblayen se fait l'écho ne se réalise qu'à travers une souffrance qui s'impose comme son indispensable corollaire. Et aux blessures vives des chevaux répond la voix cassée de Jean-Marc.

> « *Je faillis me péter la voix. Je trouvais une joie méchante à souffrir physiquement et je laissais mes cris s'élever de plus en plus forts, de plus en plus douloureux.* » (*Éclaté*, 261)

Mais alors que Jean-Marc est tout entier soumis à une douleur qu'il provoque et subit, Josaphat n'en est que le spectateur et l'interprète. Soucieux de soulager les chevaux, il ne s'expose pas pour autant au martyre et ne les sauve pas à son détriment [17], s'acquittant dans l'euphorie de leur si lourde tâche et comptant, pour ce faire, sur le pouvoir de son violon enchanté.

> « *Pis j'me sus dit* [...] *que jamais pus, tant que j'vivrais, les chevaux auraient à extraire la lune des flancs d'la montagne... Pis depuis ce temps-là, tou'es jours, mon violon grimpe dans le ciel pis la lune peut v'nir au monde en paix.* » (*La grosse femme*, 293)

La prodigieuse aisance de Josaphat lui assigne ainsi un rôle contrapuntique, bien propre à souligner sa vocation de figure idéale.

Artiste heureux, il transmet à tous ceux qui l'écoutent son bonheur de vivre et de créer, au rythme de ses airs endiablés !

> « *Après ce fut* [...] *tout son répertoire de sorcier de campagne* [...] *qui arrive à faire oublier en une seule veillée toutes les misères de la terre et tous les malheurs du monde.* » (*La grosse femme*, 326)

Mais cet ensorceleur est surtout un homme de la nuit, voué au culte de la lune, sa muse et sa souveraine , dont il se dit le serviteur et le zélote.

---

[16] Je n'utilise pas ce terme *stricto sensu* pour désigner seulement l'émergence du soleil. J'entends aussi par là l'émergence de tout astre.

[17] Ce qu'il aurait fait dans une optique judéo-chrétienne.

« La lune est la seule chose dans le monde dont tu peux être sûr. »
(*La grosse femme*, 293-294)

En privilégiant les envoûtements crépusculaires et les blafardes lueurs d'un astre qui éclaire sans rayonner, Josaphat renverse l'ordre d'un monde dont il ne retient que la face cachée. Magicien capable de donner à voir ce qui n'existe pas, il s'adonne au rêve comme à la seule instance susceptible de racheter et de sauver la vie [18].

Son petit-fils, Jean-Marc, n'a hérité ni de son inspiration lunaire ni de l'innéité de ses dons. En prise sur le réel dont il reconnaît les défauts sans pour autant le fuir, il cultive les valeurs solaires et diurnes dont il restitue la franche clarté dans des textes satiriques et factuels.

En effet, encastrée [19] dans *Le Cœur éclaté*, une courte nouvelle, « Los Tabarnacos [20] », n'a d'autre prétention que testimoniale. Souvenir d'une rencontre désagréable, elle la fixe à jamais dans l'incandescence d'une écriture corrosive. Cette mise en abyme permet donc de saisir la « manière » de Jean-Marc. Conçu pour faire rire, d'un rire méprisant, le texte ôte toute crédibilité aux personnages caricaturaux. Pantins réduits et réifiés, résumés à un geste, un mot, une obsession, ils font l'objet de descriptions assassines dont une veine caustique souligne la méchanceté.

« Chacun des quatre hommes se charge d'une des chaises. Ils les portent à bout de bras pour montrer aux étrangers que c'est pas parce qu'on a de la bedaine qu'on n'est pas des hommes. » (*Éclaté*, 197)

Le trait est direct, la flèche acérée et l'ironie efficace à défaut d'être subtile. Le lecteur sourit en reconnaissant dans ce « *petit texte de vacances un peu trop méchant* » (*Éclaté*, 213), la verve des *Belles-Sœurs*, la pièce qui fit accéder Michel Tremblay au statut d'écrivain.

---

18 Voir à ce propos l'article d'André Brochu, « D'une Lune l'autre ou les Avatars du Rêve », in *Le Monde de Michel Tremblay*, p. 261-273. « *Josaphat incarne le Rêve dans sa dimension transcendante, sacrée. Il est l'homme d'invention et il a le respect des valeurs essentielles.* » (p. 273)

19 De la même façon que le récit de Josaphat était encastré dans *La Grosse Femme d'à côté est enceinte*. La différence est que le texte de Jean-Marc est écrit, celui de Josaphat dit.

20 Le mot n'existe pas, bien entendu. Il est fait sur « tabarnac », un juron qui signifie à peu près « maudit ». Le mot est hispanisé car les personnages se trouvent à Acapulco.

Et de fait, entre Jean-Marc et Josaphat, entre les arabesques oniriques et la linéarité satirique, l'œuvre de Michel Tremblay, plurielle et protéiforme, propose les chatoiements de ses multiples facettes.

Humour, grotesque et dérision

Entré à grand fracas dans la littérature et dans l'histoire, Michel Tremblay s'est imposé avant tout comme un maître de l'humour. Signe distinctif des *Belles-Sœurs*, l'humour tremblayen se nourrit aussi bien de procédés burlesques que de sous-entendus sollicitant la complicité des spectateurs.

L'arrivée tonitruante [21] d'Olivine Dubuc dévalant trois étages avec son fauteuil roulant déclenche un rire franc, exempt de toute méchanceté : la vieille femme déshumanisée forme avec son fauteuil un assemblage quasi fantastique, manière de bête fabuleuse insensible à la douleur et au danger.

Ainsi mécanisée, Olivine Dubuc puise dans sa réification une *vis comica* dont Bergson a bien montré l'origine et les rouages : « *Nous rions toutes les fois qu'une personne nous donne l'impression d'une chose.* » [22]

Mais bien d'autres personnages font l'objet de cette perception déshumanisante qui les réduit à une phrase, un tic, un automatisme, quel qu'il soit.

> « *Ce qu'il y a de risible* [...] *c'est une certaine raideur de mécanique là où l'on voudrait trouver la souplesse attentive et la vivante flexibilité d'une personne.* » (*Ibid.*, 8)

Averti, mis en condition, le destinataire attend la réaction prévisible dont il tire un vif plaisir de reconnaissance et de connivence. Ainsi la réplique attribuée successivement à plusieurs femmes [23] :

---

[21] Cette entrée suscite d'autant plus le rire qu'elle se situe au moment où les femmes ont commencé leur neuvaine. « *Toutes les femmes s'agenouillent. Après cinq ou six "Ave Maria" on entend un vacarme épouvantable provenant de l'extérieur.* » (*Belles*, p. 31)

[22] Henri Bergson, *Le Rire*, Paris, PUF, 1964, p. 44.

[23] Cette réplique respectivement attribuée à Gabrielle Jodoin, Rose Ouimet, Des-Neiges Verrette, Thérèse Dubuc se trouve p. 41, 44, 46, 47 des *Belles-Sœurs*. Elle comporte la variante attribuée à Lisette de Courval : « *J'ai-tu l'air de quelqu'un qui a besoin de ces affaires-là, moé.* » (p. 44)

« J'ai-tu l'air de quequ'un qui a déjà gagné quequ'chose ? » (Belles)

prend pour cible apparente Germaine Lauzon, trop heureuse gagnante, et pour cible réelle le lecteur/spectateur invité à sourire de cette récurrence.

Une semblable systématisation transforme le narrateur anonyme de *La Nuit des princes charmants* en bouffon dont le narrataire se gausse, et se gausse d'autant plus que ce Candide [24] québécois ne le surprend jamais.

En effet, dans un récit autodiégétique, le jeune homme évoque son périple initiatique dans le Montréal nocturne des années 1960. Plus habitué aux gâteaux maternels qu'aux boissons excitantes, aux jeux de cartes qu'aux jeux de l'amour, il étale sa naïveté à travers la technique de *l'in-petto.* À côté de sa façade sociale, de son « moi » affiché jouant les affranchis, voire les *beatniks* [25], le texte laisse apparaître, à l'abri des parenthèses cachant ses pensées inavouables, un petit garçon effrayé qui regrette – ô combien – le foyer maternel.

> *« "J'vas prendre un expresso..."*
> *"Un double ?"*
> *(A' veut me tuer !)* [...]
> *Mon café arriva rapidement* [...]
> *"C'est trente-cinq cennes"*
> *(Trente-cinq cents pour un café ! Dans une tasse grande comme un dé à coudre ! Celui que je bois, des fois* [...] *sur la rue Mont-Royal, me coûte un gros dix cents !)* » (*La nuit,* 94-95)

Génératrice d'un rire aussi mécanique que le procédé, cette dichotomie se voit heureusement relayée par un humour langagier aux ressources inépuisables. Calembours, mots-valises, périphrases, hyperboles burlesques, images insolites, toute une panoplie inventive fait vivre et jubiler le texte tremblayen.

Si certains mots déformés par l'ignorance (« *la grosse étoile de vison* ») (*Belles,* 48), (« *les machines F.B.I.* ») (*Belles,* 92) concèdent à la facilité, d'autres font mouche. « *Les pilules anti-contraceptives* » (*Belles,* 100) vantées

---

24 Le narrateur fait à plusieurs reprises référence à *Candide,* écrivant par exemple dans l'épilogue : « [Candide] *à cause de son absurdité jubilatoire et de sa virulente charge sociale avait réjoui mon adolescence.* » (*La nuit,* p. 213-214)

25 Il s'attire cette réputation à cause d'un os de veau qu'il porte autour du cou.

par Pierrette Guérin produisent une discordance qui confine au non-sens [26], tandis que la « *maison mal farmée* [27] » (*Belles*, 54) honnie par Germaine relève d'une drôlerie totalement involontaire.

Mais c'est surtout à travers les truculences d'un verbe expressif et imagé que l'humour tremblayen se déploie. Dans les dialogues, exagérations et menaces emphatisent un propos véritablement… homérique. Les dents doivent tomber de la bouche du coupable et le ciel sur sa tête, dans un texte-spectacle où les mères « maudissent » leurs enfants ingrats, où la tragédie imminente n'attend que l'occasion pour se manifester. Débordement verbal, délire, logorrhée, la parole n'est plus un instrument de communication mais une incantation jubilatoire dont le grossissement est à la mesure du rire qu'il suscite… énorme.

À l'image de Rhéauna Tremblay, la mère du narrateur de *La Nuit des princes charmants* met au service de sa démesure, sa verve, son allant et surtout sa fertile imagination. Furieuse que son fils parte pour l'opéra affublé de son os de veau, elle vitupère :

> « *Okay, fais à ta tête* […] *Fais un fou de toi, quelqu'un qu'on connaît va te voir pis demain j'vas recevoir un téléphone pour me dire que mon propre enfant se promène au Her Majesty's avec des restants de mes repas accrochés dans le cou !* » (*La nuit*, 50)

Ainsi engagés dans des joutes interminables où l'on ferraille pour ferrailler, les personnages perdent souvent de vue le « corps du délit », prolongeant le débat pour le seul plaisir de se donner en spectacle. De fait, la profusion et la virtuosité des dialogues tendent à métisser les œuvres romanesques et autobiographiques, volontiers assujetties à une théâtralité dominatrice et récurrente.

Une constante : la théâtralité

Il est incontestable que la plupart des œuvres de Michel Tremblay relèvent d'une esthétique théâtrale. Il n'est que d'évoquer quelques-uns de ses meilleurs romans (*La Grosse Femme d'à côté est enceinte*, *Le Premier*

[26] Puisque ce mot-valise dit exactement le contraire de ce que Pierrette souhaitait dire.

[27] Elle veut dire une « maison mal famée ». Mais son expression fait aussi penser à « maison close ».

Quartier de la lune), dont le resserrement temporel se prête à toutes les combinaisons dramatiques : amorce, paroxysme et dénouement de la crise s'insèrent dans l'instant plus que dans la durée et trouvent dans cette brièveté le secret de leurs fulgurances. Mais, d'une manière plus générale, l'art tremblayen est visuel, habile à mettre sous les yeux du destinataire un décor, un objet, une expression. Comment ne pas **voir** l'incongruité d'ablutions perverties par un espace atypique – la chambre – et le gigantisme des accessoires utilisés ?

> « *Albertine avait attaché une nappe autour du cou de sa belle-sœur et avait déposé une bassine remplie d'eau tiède sur sa vaste poitrine.* »
> (*La grosse femme*, 67)

De même, aussi cruel qu'une caricature, ce portrait de Victoire déguisée – devrait-on dire masquée ? – s'impose avec la soudaineté et le brio d'une entrée en scène.

> « *"Que c'est que t'en penses ?"*
> *Victoire, déguisée, fardée, ridicule, se tenait devant la grosse femme, le chapeau de paille mauve mal posé sur le côté de la tête, son corps maigrichon enveloppé dans une robe de crêpe brune qui pendait inégalement sur ses jambes tordues, le visage effacé sous une couche de maquillage trop criard.* »
> (*La grosse femme*, 125)

La sécheresse de la question superfétatoire – la vieille femme est consciente du grotesque de sa mise – déplace l'attention sur ces apprêts à rebours, parure carnavalesque faite pour enlaidir et ridiculiser. L'espace textuel, alors, se théâtralise, devient le spectacle où la comédienne se taille un franc succès par sa seule apparition ! Mais sa parade n'est pas gratuite, révélant, sans besoin d'autre explication, la malignité de son intention provocatrice.

Cet effacement du « dit » au profit du « montré » transgresse parfois les barrières génériques, réduisant les notations romanesques à de simples didascalies. Privé de ses prérogatives et de sa faculté d'imagination, le lecteur se mue en spectateur soumis à la volonté impérialiste d'un dramaturge qui ne lui laisse pas de champ. Ainsi, toute à sa violente diatribe, Charlotte Côté (*Thérèse*) pourrait l'assortir des éclats d'une voix criarde, au diapason de sa rancœur. Femme du peuple sans éducation, louve défendant son petit, elle pourrait, elle devrait hurler, glapir, vociférer. Or, le narrateur introduit son monologue par cette précision laconique :

« Cette hémorragie de reproches, cette condamnation sans appel fut livrée du pas de la porte, à voix presque blanche et sur un ton égal, sans passion. » (*Thérèse*, 112)

Contraire à la vérité du personnage et même à la vraisemblance, cette indication de metteur en scène cherche à surprendre et à déconcerter. En bref, elle vise à renforcer, par effet de contraste, le spectaculaire d'un morceau de bravoure foncièrement dramatisé.

Mais cette théâtralisation touche aussi la structure, fondée sur les coups de théâtre : d'ellipses en rebondissements, la configuration narrative s'attache aux moments paroxystiques [28] dont elle fait ressortir toute l'acuité.

« En cette fin d'après-midi somptueuse à couper le souffle, alors que l'été à peine né déployait ses premières touffeurs, il avait trouvé la porte barrée. » (*Le premier*, 219)

L'instant est crucial, prêt à basculer dans l'irréparable : Marcel ne l'a pas senti ni pressenti et, soudain, il se trouve confronté à une fin de non-recevoir matérialisée par la porte fermée. Ainsi chargé d'une portée sémiologique, cet élément de décor étonne et informe, donnant à voir, dans sa brutalité, la fin du monde enchanté.

Enfin, comment ne pas rappeler que dans *La Duchesse et le roturier* le théâtre se met lui-même en scène et se prend pour principal sujet ? Le récit tout entier s'articule sur des représentations burlesques ou percutantes qui en constituent le fil directeur et l'axe privilégié. La même nuit, en effet, Marcel et Édouard assistent, chacun de son côté, à un spectacle à la mesure de leur dissemblance : avec l'envol de l'âme de Victoire, le petit garçon se laisse emporter par le vertige d'une beauté surnaturelle (« *des levers de soleil à fendre l'âme* [...] *et des nuits si transparentes qu'on aurait pu décrocher la lune juste en étirant le bras* ») (*La duchesse*, 29), tandis que son oncle est au Théâtre National l'agent involontaire d'« *un bien curieux spectacle* » (*La duchesse*, 66), où « *sur un décor de neige plongé dans le bel éclairage rouge vif* [...] *un bonhomme de neige en carton* [...] *prenait une teinte violette des plus curieuses.* » (*La duchesse*, 67)

De même, le cérémonial de la décoration de l'arbre de Noël orchestré par la grosse femme constitue un spectacle total où tous les membres de

---

[28] Je rappelle que c'est le principe même des trois recueils autobiographiques. D'ailleurs, le deuxième recueil a un titre explicite : *Douze coups de théâtre*.

la famille ont un double rôle à jouer : public bon enfant, prompt à s'émerveiller, chacun se targue ainsi d'une participation active, figurant ou acteur, suivant ses moyens.

> « *La décoration de cet arbre avait pris une journée complète* [...] *Presque toute la maison avait été mobilisée* [...] *Albertine présidait à la distribution des boîtes de décorations qu'elle ouvrait à demi en hurlant :*
> *"Ça, c'est des boules !"* [...]
> *Quand la décoration de l'arbre avait été terminée, la famille s'était réunie devant pour se féliciter, s'embrasser.* » (*La duchesse*, 286-287-288, *passim*)

Mais toutes ces réalisations n'étaient que levers de rideau juste bons à préparer l'entrée tant attendue de la vedette. Et c'est lors du concert de Tino Rossi qu'Édouard fera son grand « show », déplaçant l'intérêt de la scène à la salle, réduisant le « ténorino [29] » à jouer les bouche-trous [30] en attendant sa spectaculaire irruption. Pendant l'entracte,

> « *un brouhaha se produisit vers l'entrée principale* [...] *Des remous se faisaient dans la foule, des murmures s'élevaient, quelques têtes s'étiraient pour mieux voir la première des deux femmes, corpulente, imposante, hautaine* [...] *l'autre* [...] *l'aidait à enlever son manteau de fourrure* [...] *Ce n'était que "Par ici, madame la duchesse" ou "Madame la duchesse est-tu correcte ?" ou encore : "Je peux-tu aller porter le manteau de madame la duchesse au check-room [31] ?" prononcés sur un ton qui se voulait mondain mais qui sonnait bizarrement.* » (*La duchesse*, 348-349)

Soit, les seconds couteaux sont mauvais, accentuant par leur ostentation le grotesque d'une langue et d'un accent déplacés ! Mais la diva, elle, tient bon la route et le rôle, au point de transcender sa composition appliquée en une triomphante épiphanie.

En donnant le spectacle au Tout-Montréal, la duchesse ce soir-là est née.

Cette esthétique théâtrale, ce bondissement et ce rebondissement d'un texte construit à coup de jongleries et de batelleries improvisées sur la place publique participe d'une véritable carnavalisation.

---

29 C'est le qualificatif que lui applique le narrateur avec, semble-t-il, une nuance d'ironie.

30 Pour le lecteur qui s'impatiente quelque peu à lire le « programme » du concert.

31 Vestiaire.

Un texte carnavalesque

Inscription de la culture populaire, de ses mascarades et de ses défilés dans la littérature, la carnavalisation théorisée par Bakhtine déploie ses fêtes grotesques et truculentes dans l'œuvre de Michel Tremblay [32]. Scènes de liesse et de deuil, exhibitions et débordements de tous ordres étalent la démesure de leurs polyphoniques accents dans un langage somptueux et foncièrement hybride. Brassage des niveaux de langue et des codes sociaux, métissage et contamination carnavalisent un texte hétérogène, toujours inventif, toujours surprenant.

Insolite ou fastueux, le cortège, élément essentiel du carnaval, hante le roman tremblayen : défilé, procession ou parade, il s'étire tout au long de l'œuvre qu'il illumine de ses chatoyantes diaprures. L'étrange procession silencieuse qui traverse le plateau Mont-Royal (*La grosse femme*) paraît tout aussi fantasmatique que les images hallucinées qui s'imposent à Édouard mourant.

> *« Puis, venant du nord de la Main, un étrange cortège fit son apparition. Un groupe compact de silhouettes marchant presque au pas mais avec une lenteur désespérante, comme à regret* [...] *Ensuite avançait une grosse femme entourée d'une foule de personnages silencieux : des hommes habillés en femmes, des femmes déguisées en hommes. »* (*Des nouvelles*, 44)

Toutefois, c'est la procession de la Fête-Dieu clôturant *Thérèse et Pierrette à l'école des Saints-Anges* qui semble l'exemple le plus pertinent d'une subversion du rituel chrétien au profit des festivités populaires. Cérémonie paganisée, pagaïe organisée, cette bacchanale des pauvres exhibe ses fastes de carton-pâte comme le signe même de sa dépravation. Et cette dégénérescence d'une religion en superstition, d'une procession en parade et d'un culte en imagerie, apparaît bien comme un sacrilège dont le ciel courroucé demandera raison.

> *« Une statue fut renversée et deux drapeaux se détachèrent de leurs supports et s'abattirent dans les marches* [...]

---

32 Voir à ce propos l'article de Laurent Mailhot, « Michel Tremblay ou le roman spectacle », in *Modernité/Postmodernité du roman contemporain* (Madeleine Frédéric et Jacques Allard), Cahier du département d'études littéraires, Université du Québec, Montréal, 1987, p. 101-110.

Maurice avait grimpé sur l'autel et il essayait d'attraper sa sœur par les talons. "C'est trop haut ! J'arrive pas à y toucher !" Sœur Sainte-Philomène parut soudain sur le fronton glissant et cria aussitôt quelque chose que personne ne comprit. La pluie avait resserré les nœuds de la corde et elle n'arrivait pas à les débloquer [...] *Simone hurlait : "Ça pince ! Ça pince !" Au pire de l'orage, alors que les arbres échevelés agitaient leurs branches d'une façon inquiétante, sœur Sainte-Philomène sortit un couteau de sa poche et le montra à sœur Sainte-Catherine qui lui fit signe de couper la corde* [...]
Lorsque la corde cassa, le temps parut se suspendre pendant une fraction de seconde. Simone sembla flotter au-dessus de l'autel, le visage figé dans une grimace d'horreur, puis descendit lentement, petit paquet de guenilles mouillées, vers les bras tendus vers elle.
Le vent et la pluie disparurent aussi vite qu'ils étaient venus. »
(*Thérèse*, 367-368)

Sur fond d'apocalypse et de déluge, dans les turbulences d'une tempête dévastatrice, l'ordre ancien se meurt, bafoué dans ses valeurs et dans ses idéaux. Toutes les licences semblent désormais permises dans ce monde à l'envers où Maurice, le futur roi de la pègre [33], piétine l'autel, où sœur Sainte-Philomène affiche sa masculinité en brandissant un couteau phallique (« *Sœur Sainte-Philomène sortit un couteau de sa poche* »). Quant à Simone, elle paie ses prétentions à l'angélisme [34] d'un surcroît de matérialité et de pesanteur : suspendue, aérienne, la voici à terre, réifiée (« *petit paquet de guenilles mouillées* »), statufiée (« *le visage figé* »), devenue simple masque (« *dans une grimace d'horreur* »). Ange déchu, pris dans le tourbillon d'une parade bachique, elle célèbre de ses vociférations de ménade le retour au chaos originel (« *Simone hurlait* »).

Le carnavalesque est là, dans cette confusion où s'entremêlent débridements populaires et hiérarchisation institutionnelle, dans cette somptuosité d'un verbe triomphant, jubilatoire, voué à l'hyperbole et à la redondance.

---

33 Responsable de la mort de Carmen et de celle d'Édouard, il a lui-même assassiné Mercédès (*Marcel*).

34 Je rappelle qu'elle représentait l'ange suspendu, rôle très prisé.

De la surcharge à l'ellipse

La générosité de l'écriture tremblayenne s'impose comme une évidence : l'abondance des métaphores et des comparaisons, les énumérations, les accumulations, les doublets animent une phrase en perpétuel mouvement, emportée, endiablée, au rythme de son propre vertige. Comment résister à la vibration, au lyrisme de ce cri de désespoir ?

> *« S'il avait vraiment connu des blasphèmes, de vrais blasphèmes, de ceux qui insultent les dieux et les font bondir sur leurs trônes au fin fond de leur septième ciel ou au creux de la dernière caverne de leur enfer, il se serait levé au milieu du bosquet, il aurait tendu le bras, fermé le poing et hurlé à s'en déchirer la gorge un chapelet, un rosaire, une neuvaine de ces mots libérateurs et succulents qui soulagent l'âme l'espace d'un instant en même temps qu'ils éclaboussent ceux qui ont eu le mauvais goût de nous créer. »*
> (*Le premier*, 182)

Dans sa douleur de n'être pas élu, le fils de la grosse femme s'ouvre à une poésie fruste mais bien réelle, acquise à grand renfort de procédés aussi patents qu'efficaces.

Les antithèses (« *ciel, enfer* »), les hyperboles (« *hurlé à s'en déchirer la gorge* »), les rythmes ternaires ou binaires (« *libérateurs et succulents* »), les échos (« *au fin fond, la dernière caverne* »), les périphrases (« *ceux qui ont eu* [...] ») communiquent au texte une vigueur rhétorique bien apte à rendre compte du bouleversement du sujet. Et sa révolte contre l'ordre établi trouve son illustration la plus pertinente dans la subversion des expressions populaires (« *le septième ciel*[35] ») et des rites chrétiens (« *un chapelet, un rosaire, une neuvaine*[36] »).

Mais, c'est surtout le tempo de cette longue phrase, ses pauses, ses reprises (« *des blasphèmes, de vrais blasphèmes* »), et ses envols qui lui assurent cette montée en puissance, ce crescendo bondissant jusqu'au paroxysme du sacrilège final, « *le mauvais goût de nous créer* ».

Pourtant, cette incantation blasphématoire n'est qu'un leurre placé sous le signe de l'irréel (« *S'il avait* [...] *il aurait* »), une gigantesque prétérition inscrivant ses silences dans une vaine gesticulation.

---

35 L'expression figurée joue sur le double registre érotique (blasphématoire) et mystique.

36 La récitation du chapelet et du rosaire est une pratique du culte marial. Le chapelet comprend cinq dizaines de « *Je vous salue Marie* » et le rosaire quinze ; la neuvaine est une succession de neuf jours où l'on répète le même nombre de prières.

Car l'esthétique tremblayenne, adonnée aux grands orgues, « *au bond sourd de la bête féroce* [37] » et à toutes les démesures, connaît aussi le prix du silence.

Ce silence dont Madeleine I (*Le vrai ?*) parle si éloquemment :

« *C'est ça ma force. Ça a toujours été ça. Le silence.* » (*Le vrai ?*, 43)

Ce silence qui s'engouffre par des points de suspension trouant l'espace typographique :

« *Non, non, c'est correct... C'est juste... que ça me surprend...* »
(*La duchesse,* 143)

De fait, « *frémissement* », « *syncope* », « *soupir* », « *hésitation* » [38] (*Le premier,* 11), tous les avatars du silence sont convoqués le temps d'une respiration : phrases réduites à leur plus simple expression (« *Il sourit* ») (*Le premier,* 269), phrases nominales (« *Silence encore. Le triple cliquetis des broches* ») (*La grosse femme,* 11), constat laconique (« *Les lilas sont déjà finis* [39] ») (*Thérèse,* 13), posent et reposent un texte que pourrait essouffler sa véhémence coutumière.

Mais, au-delà d'un jeu dialectique opposant la tension au relâchement, la symphonie orchestrale à la mélodie flûtée et le pandémonium [40] à l'ascèse, le silence et l'absence s'insèrent dans une stratégie narrative qui joue de leur foncière ambiguïté.

C'est ainsi que certains romans se clôturent sur l'absence d'un narrateur qui a déserté son texte et refusé d'honorer le pacte le liant à son narrataire. Ce dernier bute sur cette défection, tandis que le texte se fige dans un silence désormais définitif.

« *Je me suis relevé, je me suis assis sur la chaise que j'avais approchée du lit et j'ai attendu que Luc se réveille.* » (*Éclaté,* 311)

---

37 Arthur Rimbaud, *Une Saison en enfer.*

38 *Le Premier Quartier de la lune* : ces quatre substantifs se trouvent dans la même phrase de l'incipit.

39 Cette phrase constitue l'incipit de *Thérèse et Pierrette à l'école des Saints-Anges.*

40 Ce mot qui signifie « capitale imaginaire de l'enfer » et, par extension, « lieu où règne la corruption, le désordre » (*Robert*), est un mot souvent employé par Michel Tremblay qui, par ailleurs, excelle à peindre toutes les formes de pandémonium.

Cet excipit consacre une énigme, génératrice de suspicion, de doute et de questionnement ; en bref, de tous les maux du secret [41].

Mais le silence ne vise pas seulement à la dramatisation d'un dénouement raidi dans son incertitude [42], il recouvre également d'un voile pudique des scènes « dérangeantes » dont le narrateur fait l'économie, en les contournant, en les transcendant ou tout simplement en les supprimant.

Pourtant on eût pu attribuer au texte tremblayen, par essence hyperbolique et théâtralisé, une prédilection pour les grandes scènes du répertoire : aveux indicibles, scènes de deuil, scènes d'amour. Or, curieusement, ces instants privilégiés restent inaccomplis, éludés, ensevelis parmi tant d'autres possibles.

Ainsi on ne voit pas mourir Nana (*Un objet*) dont on entend seulement la dernière parole [43], et la mort de Victoire (*La duchesse*) se transmue en une assomption, une théophanie [44] empreinte de grandeur et de beauté. Toutes les autres morts – Josaphat, Hector Lemieux, Paul (le mari d'Albertine), Denise (la fille de la grosse femme) – sont évoquées, rapportées, jamais montrées.

De même, aucune scène érotique [45] ne vient corroborer la légende d'une œuvre d'art aux relents sulfureux. D'ellipse en allusion, de pirouette en euphémisme, le narrateur se livre à un véritable détournement de la « chose érotique » que divers procédés de mise à distance relèguent ouvertement. L'humour, par exemple, s'interpose entre l'attente du lecteur et la pudeur du narrateur. Il n'est que de se souvenir du traitement burlesque de la « scène d'amour » entre Jean-Marc et Michael, gâchée par le mal de mer de Jean-Marc !

---

41 Rappelons que la fin de *Quarante-quatre minutes, quarante-quatre secondes* est tout aussi énigmatique.

42 Dans *Quarante-quatre minutes, quarante-quatre secondes*, on ne sait pas si François Villeneuve s'est suicidé.

43 Voir le chapitre III de cette étude.

44 C'est également sur la théophanie de Nana que se clôt *Encore une fois, si vous permettez.*

45 Voir l'entrevue avec Michel Tremblay : « [...] *Quant à l'érotisme, il m'a toujours profondément ennuyé.* »

> « *T'as le mal de mer ici, dans une péniche attachée ?*
> *C'est une péniche attachée au bord de la mer, pis au bord de la mer, ça bouge !* » (*Éclaté*, 249)

S'ensuivra un long développement sur leurs préparatifs qui rendra plus elliptique encore le récit de l'aboutissement.

> « *Je ne fus pas brillant mais Michael comprit mon désarroi et il fit, lui, preuve de beaucoup d'imagination. Ce fut doux et violent, long et trop court.* » (*Éclaté*, 256)

Mais c'est dans les scènes d'aveux manquées ou déguisées que le silence se fait le plus lourd, accablant les personnages d'une chape de plomb.

La confidence – faudrait-il dire la confession ? – qui n'a jamais eu lieu investit l'œuvre, obliquement, pudiquement...

Transférées, transposées, traduites, les explications entre mère et fils se placent toujours sous le signe de l'imposture. Imposture d'un aveu dont le locuteur n'est pas le bon et dont l'allocutaire n'est qu'un prête-nom !

Ainsi la « franche » explication d'Édouard avec la grosse femme (*La duchesse*) joue, à l'évidence, le rôle d'une mascarade : les propos sont authentiques mais les deux interlocuteurs ont été subrepticement intervertis comme s'ils appartenaient à deux pièces différentes qu'un malin génie aurait confondues : Édouard **devrait** s'adresser à Victoire ; et la grosse femme **devrait** entendre les propos qu'elle entend, de la bouche de son fils.

Mascarade aussi, mais mascarade pleine de sens que cette promenade au grand jour de Victoire et d'Édouard (*La grosse femme*). En obligeant son fils à affronter le regard des autres [46], à assumer sa honte, Victoire lui fait savoir qu'elle sait et l'incite à aller de l'avant quoi qu'il lui en coûte.

> « *Françoise avait regardé Victoire et Édouard tourner le coin de la rue, bras dessus bras dessous, la vieille femme boitillant dans les pas du gros homme* [...] *probablement son fils, raide à côté d'elle, de honte ou au moins d'embarras, détournant un peu la tête* [...] *comme s'il n'avait été qu'un louveteau qui fait traverser la rue à sa première petite vieille.* » (*La grosse femme*, 219)

46 Victoire a très mauvaise réputation rue Mont-Royal et personne ne sait qu'Édouard est son fils.

En faisant du mensonge le creuset d'une œuvre amplement vouée au masque et à l'imposture, Michel Tremblay ne prend guère de risques, entérinant un flagrant constat. Mais ce rôle moteur ne serait-il pas plutôt dévolu au silence ? La création littéraire n'est-elle pas la seule réponse possible, la seule alternative susceptible de racheter les méfaits de ce silence dont l'œuvre toute entière porte le fardeau ?

Silence si souvent évoqué [47] de la conversation qui n'a jamais eu lieu… Silence des non-dits, des tentatives avortées, de la honte… Silence qui éclaire d'une lumière saisissante un texte de *Douze coups de théâtre* : le narrateur essaie de souffler à son jeune double paralysé, les répliques qui dédramatiseraient et conduiraient enfin à l'aveu libérateur… Mais il les souffle trop tard, et les milliers de pages écrites depuis lors n'y changeront rien : c'est le silence qui aura le dernier mot…

> « *J'aurais voulu la prendre dans mes bras, lui expliquer qu'il était trop tard, que j'allais peut-être devenir un artiste et que j'étais effectivement un fifi depuis quelques heures* […]
> *Mais je suis resté assis, immobile, les yeux sur les restes du gâteau. Je crois, maintenant que j'y repense, qu'elle attendait une réponse parce qu'elle est restée assez longtemps debout à côté de la table, elle aussi immobile* […]
> *C'est une des images les plus puissantes que j'ai gardées d'elle : son corps massif penché par en avant, ses seins lourds qui tendaient le tissu de sa jaquette légère d'été, l'inquiétude, la peur dans ses yeux, son menton qui tremblait, et pourtant je ne l'ai pas vue puisque je ne la regardais pas !* » (*Douze*, 58-59)

[47] Cet aveu manqué se retrouve comme un leitmotiv dans les œuvres autobiographiques et dans *La Nuit des princes charmants*.

CONCLUSION

> *« Les choses dangereuses devraient-elles jamais être dites ? Ne devrait-on pas toujours, au contraire, les garder pour soi ? »*
> *(La Nuit des princes charmants)*

« C'est toi qui l'as nommé. » [1]

Incapable de nommer l'objet de son amour coupable, Phèdre consent néanmoins à le désigner (« *Tu connais ce fils de l'Amazone* [2] »), convaincue du pouvoir absolu de la parole : taire, c'est supprimer ; dire, c'est dévoiler et donc assigner une existence à ce qui eût pu se dissoudre dans les limbes de l'informulé.

Michel Tremblay, lui aussi, a parfois choisi le silence et jeté un voile pudique sur « *les choses dangereuses* », ensevelies sous l'ellipse, détournées, contournées, rendues inoffensives…

Mais, la plupart du temps, il convie le lecteur à une fête de la parole : corrosive ou lyrique, de miel ou de fiel, la parole tremblayenne met ses fulgurances au service de deux postulations antinomiques. Avide tour à tour de montrer et de créer, de témoigner et d'inventer, le texte est le lieu de forces contradictoires qui lui impriment l'irrésistible élan d'une dialectique jamais résolue.

Parfois simple héraut mandaté pour transmettre une histoire et un patrimoine, l'écrivain dédie son œuvre à tous ceux qui l'ont enchanté et inspiré ; conscient d'être le dépositaire, le bénéficiaire et le garant d'une culture, il s'inscrit dans la lignée des créateurs ancrés dans la certitude que la vie ne vaut que transposée et transcendée par l'œuvre d'art.

Plus souvent, ce parcours historique se fait dans la dysphorie d'une prise de conscience exacerbée. Aspérités, pesanteurs, zones d'ombre, tous les pièges se referment et les personnages s'y enferment. Pour dénoncer

---

1 Racine, *Phèdre*, Acte I, scène III.

2 *Ibid.*

cette fatalité sociale, l'écriture se déguise en arme de combat : polémique, violente, vindicative, elle s'insurge contre l'ignorance, l'intolérance, les obscurantismes de tous bords. C'est le grand déballage des mots et des maux, charriant dans l'impétuosité et dans la démesure les scories d'un réel exécré. Le dévoilement s'infléchit alors en démonstration et le constat se charge de la véhémence d'un appel à la rébellion.

« Révolte toé, Manon, c'est tout c'qu'y te reste ! » clame Carmen (*À toi*, 92), la première héroïne à s'être révoltée.

Mais, cette veine guerrière, parfois aussi monolithique que l'idéologie qu'elle combat, cède souvent le pas à une inspiration poétique, onirique, visionnaire. Ni témoin, ni combattant, Michel Tremblay se révèle alors un démiurge capable de créer un monde totalement inventé, libre de toute attache avec le réel.

En effet, contrairement aux utopies qui paient un lourd tribut à une réalité dont elles prennent systématiquement le contre-pied, la création poétique et fantasmatique de Michel Tremblay se situe dans une galaxie inconnue, hors de l'espace et hors du temps, dans le miraculeux équilibre de cette « maison suspendue » qui en paraît la métaphore vive. À la fois microcosme et macrocosme, improbable et crédible, cet univers fonctionne avec ses propres lois, son histoire, sa géographie et surtout sa cosmographie. La terre se révèle propice aux forêts enchantées qui se dissimulent dans un pauvre parterre, l'air joue les équilibristes et les moyens de transport, soulevant et enlevant canots d'écorce et maisons en bois rond tandis que le feu omniprésent hante les désirs les plus sombres de Marcel. Mais le feu c'est aussi la lune et son « premier quartier », les milliards d'étoiles qui pleuvent d'un ciel incandescent, le soleil auquel Jean-Marc a dérobé l'étincelle divine qui en fera un écrivain. L'eau n'est pas oubliée dans ce cosmos magique, l'eau du lac Simon, par exemple (*La maison*), source d'une jubilation si intense qu'elle fixe à jamais l'œuvre tremblayenne dans un grand éclat de rire.

> *« Pis a* [3] *s'est mise à rire… Un rire d'enfant content qui découvre l'eau d'un lac pour la première fois… Le paysage s'est soulevé, j'ai vu ma mère, le quai, le lac, les montagnes s'élever dans le ciel* […] *Pis j'me suis dit : la vie est pas compliquée ! La vie a un sens. La vie a un sens, ma mère rit. »*
> (*La maison*, 117)

---

[3] C'est Jean-Marc qui parle.

Annexes

RÉSUMÉ DES PRINCIPALES ŒUVRES DE MICHEL TREMBLAY

Compte tenu de la spécificité de Michel Tremblay qui, tout en alternant romans et pièces de théâtre, les regroupe par cycles, l'ordre adopté pour ces résumés est à la fois chronologique et générique.

Cycle des Belles-Sœurs

11 pièces jouées de 1968 à 1977, divisées en « pièces de la cuisine » et « pièces de la Main » avec quelques interférences.

• ***Les Belles-Sœurs*** (pièce créée le 28 août 1968 par le Théâtre du Rideau-Vert).

L'argument, dans sa bouffonnerie apparente la pièce au théâtre de l'absurde : une ménagère, Germaine Lauzon, gagnante d'un million de timbres-primes va pouvoir remeubler sa maison à neuf. Pour ce faire, elle invite ses sœurs, belles-sœurs et amies à un « collage-party » où les langues s'activent doublement. Volée par ses invitées, elle se retrouve, à la fin, aussi démunie que les autres, aussi démunie qu'auparavant. Une pièce pour rien…

L'intérêt est ailleurs. Satire mordante et souvent très drôle du Québec duplessiste, *Les Belles-Sœurs* dresse un portrait au vitriol de quinze femmes, de tous âges mais de la même condition, marquées par les préjugés, l'étroitesse d'esprit et les aliénations. Le joual fruste et violent est bien propre à traduire leurs rancœurs et leurs frustrations, tandis que les chœurs parodiques renouvellent la dramaturgie.

La pièce signe résolument l'émergence du nouveau théâtre québécois.

• ***En pièces détachées*** (pièce créée le 23 avril 1969 au Théâtre de Quat' Sous, dans une mise en scène d'André Brassard. Version remaniée diffusée à la télévision de Radio-Canada le 7 mars 1971 dans une réalisation de Paul Blouin).

La version télévisuelle comme la version théâtrale ont pour origine commune la pièce *Cinq* créée au Patriote au cours de l'hiver 1966.

Il paraît préférable de s'attacher à la dernière version dont la valeur fondatrice est accentuée par les noms qui sont déjà ceux des *Chroniques* et des pièces subséquentes (à l'exception de Robertine qui porte toujours ce nom).

La division quadripartite de l'espace (un restaurant, le bar du Coconut Inn, une cour intérieure et l'appartement de Robertine) et la structure éclatée en sept parties expliquent la fragmentation dont fait état le titre. Mais plus profondément c'est la thématique qui est ainsi visée : les personnages sont véritablement « mis en pièces » par la société, par autrui et surtout par eux-mêmes.

Pièce médiane intégrant à la fois la Main et la cuisine, *En pièces détachées* constitue la véritable genèse de l'œuvre tremblayenne dont elle crée les personnages marquants (Robertine/Albertine, Thérèse, Marcel, Gérard) et les thèmes récurrents (l'oppression institutionnelle, la révolte, la violence et la folie). Suivant l'expression de Michel Tremblay, la pièce dépeint une apocalypse montrant une perdition et une déchéance désormais irrémédiables. *Les Chroniques* donneront à voir le cheminement qui a abouti à cet enfer.

• ***La Duchesse de Langeais*** (créée au printemps 1969 dans une mise en scène d'Hélène Bélanger par les Insolents du Val d'Or).

Cette pièce monologique met en scène un vieux travesti, la duchesse de Langeais qui, en vacances quelque part dans les pays chauds, se livre à un soliloque décousu évoquant sa vie et ses amours. Son double registre langagier est à l'image de sa dualité sexuelle : femme, la duchesse s'exprime dans une « surlangue » fleurie à souhait ; homme, il démontre sa virilité à travers un joual particulièrement cru, riche en notations graveleuses et en « sacres ».

Mais le principal intérêt de la pièce replacée dans une perspective diachronique reste son rôle fondateur : genèse d'un personnage phare, Édouard/La duchesse, elle présente l'ébauche, encore grossière, du seul véritable héros tremblayen.

• ***Trois petits tours*** (diffusée à Radio-Canada le 21 décembre 1969 dans une réalisation de Paul Blouin).

Composée de trois sketches, ce triptyque télévisuel met en scène différents personnages que rassemble l'unité d'un même lieu : le Coconut Inn, cabaret de la Main.

Berthe, la caissière vieillissante (*Berthe*) a vu s'étioler sa vie et ses rêves de gloire dans la « cage de verre » où elle s'est enfermée. L'expression monologique convient à sa solitude, tandis que le dialogue dérisoire de Johnny et Carlotta (*Johnny Mangano and his ashtonishing dogs*) met en place les thèmes récurrents du théâtre de Michel Tremblay : la faiblesse masculine, l'échec du couple, la honte d'être soi. Quant au troisième volet (*Gloria Star*), il dénonce l'exploitation de la femme-objet en proposant un strip-tease masculin.

• ***À toi, pour toujours, ta Marie-Lou*** (créée au Théâtre de Quat'Sous le 29 avril 1971 dans une mise en scène d'André Brassard).

Traitant de thèmes déjà bien rodés – dénonciation du « Vieux Québec » obscurantiste et de ses deux principaux appuis, la famille et la religion – la pièce est surtout remarquable par ses innovations dramaturgiques. Avec sa double temporalité, ses deux dialogues qui se juxtaposent sans jamais interférer – celui de Léopold et Marie-Lou, les parents et celui de leurs deux filles – et la fragmentation d'un espace essentiellement symbolique, la tragédie – car l'œuvre mérite ce nom – donne à voir l'incommunicabilité et le poids du passé. Mais, pour la première fois, l'œuvre tremblayenne résonne d'une note d'espoir, grâce à Carmen incarnant le Nouveau Québec résolument tourné vers l'avenir. Devenue chanteuse, elle veut, à tout prix, se libérer de son enfance malheureuse, contrairement à sa sœur, Manon, ressassant un passé obsessionnel dont elle perpétue les errements.

• ***Demain matin, Montréal m'attend*** (comédie musicale créée le 4 août 1970 dans une musique de François Dompierre et une mise en scène d'André Brassard).

Fidèle aux impératifs du genre, cette pièce légère vaut surtout par la vivacité et l'entrain de ses morceaux musicaux. Mais elle a aussi le mérite de mettre en scène de nombreux travestis dont la duchesse de Langeais dans une peinture souriante et bon enfant de la Main. Enfin, on y trouve une formule devenue célèbre, caractéristique du goût de Michel Tremblay pour les phrases lapidaires : « On peut sortir la fille de l'Est mais pas l'Est de la fille ».

• ***Hosanna*** (pièce créée au Théâtre de Quat' Sous le 10 mai 1973 dans une mise en scène d'André Brassard).

Axée sur le problème de l'aliénation culturelle et sur la quête identitaire, cette pièce à deux personnages est aussi une réflexion sur les difficultés du couple. Dans sa garçonnière « cheap », le travesti Hosanna revient d'une fête où il a été humilié. Sa fureur se tourne contre son compagnon Cuirette et les deux hommes règlent leur compte. Cependant, par delà le déguisement et le masque, Hosanna prend conscience de sa véritable identité et retrouve, avec son prénom Claude, l'évidence de sa masculinité et, sans doute, un nouveau départ pour le couple qu'il forme avec Raymond (ex-Cuirette).

Cette fin optimiste est très révélatrice de la vision du monde que proposait Michel Tremblay dans les années 1970 : être soi-même, se connaître pour s'accepter, tel était alors le mot de passe grâce auquel le dramaturge promettait l'accès au bonheur.

• ***Bonjour, là, bonjour*** (pièce créée par la compagnie des Deux Chaises, le 22 août 1974 au Centre National des Arts à Ottawa, dans une mise en scène d'André Brassard).

L'acceptation de soi, l'assomption de sa différence trouvent une illustration paroxystique dans *Bonjour, là, bonjour* où Serge proclame son amour incestueux pour sa sœur Nicole et son intention de vivre avec elle. Pendant masculin de Carmen (*À toi*), convaincu que le droit au bonheur est le premier des devoirs, Serge transgresse les interdits moraux, sociaux et familiaux au grand dépit de ses trois autres sœurs mal mariées et malheureuses. Il faut aussi noter la création de Gabriel, le père, qui accepte et approuve l'union de ses deux enfants. Si son prénom en fait l'ébauche du personnage romanesque (le mari de la grosse femme) qui s'imposera dans les *Chroniques*, sa surdité le désigne comme un avatar d'Armand, le père de l'auteur. On remarque, enfin, l'intrusion du grotesque par le biais des deux tantes – Charlotte et Albertine – qu'un traitement caricatural, des gestes mécaniques et des propos oiseux, réifient jusqu'à l'absurde.

• ***Les Héros de mon enfance*** (comédie musicale créée au Théâtre de Marjolaine, à Eastman, le 26 juin 1976. Musique de Sylvain Lelièvre et mise en scène de Gaetan Labrèche).

Cette pièce parodique prend à rebours les personnages des contes de fées en les rendant ridicules ou odieux : ainsi le prince charmant est un homosexuel qui attend son prince charmant. Mais cette visée démythificatrice s'accompagne encore une fois de considérations linguistiques et de la mise en cause du « français de France » ; les personnages y parlent une langue châtiée mais artificielle, déplacée et, pour tout dire, ridicule.

• ***Sainte Carmen de la Main*** (créée par la compagnie Jean Duceppe, le 20 juillet 1976 au Théâtre Maisonneuve dans une mise en scène d'André Brassard).

Créée au moment où se déroulaient, à Montréal, les Jeux Olympiques, la pièce fut un échec et dut être retirée de l'affiche.

C'est pourtant une des pièces les plus importantes et les plus abouties du cycle des Belles-Sœurs. Cette tragédie raconte le triomphe et la mise à mort de Carmen venue parler à la Main de la Main et réconforter ses exclus, travestis ou « putains ». La pièce se réclame de l'*Antigone* de Sophocle, dont elle se veut une adaptation moderne. Elle en a conservé l'unité de temps et de lieu, les chœurs, le récit final du messager et surtout l'*agôn*, la confrontation entre Carmen/Antigone et Maurice/Créon qui voit s'affronter deux logiques : la seule loi du profit prônée par Maurice et la cause de l'individu pour laquelle milite Carmen.

La disparition de celle qui incarnait le Nouveau Québec dans *À toi, pour toujours, ta Marie-Lou*, marque un tournant dans l'inspiration tremblayenne.

• ***Damnée Manon, sacrée Sandra*** (créée au Théâtre de Quat' Sous le 24 février 1977 dans une mise en scène d'André Brassard).

Cette pièce à deux personnages présente des monologues alternés se déroulant simultanément dans deux lieux différents. À l'hétérogénéité de l'espace correspond, donc, l'irréductibilité des héros. Manon, issue de *À toi, pour toujours, ta Marie-Lou* est devenue une névrosée atteinte de folie mystique. Quant à Sandra, le travesti apparaissant épisodiquement dans les pièces précédentes (*Hosanna, Sainte Carmen de la Main*), il n'a orienté sa vie qu'en fonction du plaisir, de la séduction et du sexe.

Mais cette dichotomie première ne va pas tarder à se nuancer et à se relativiser. Conçue pour montrer, selon les propres termes de l'auteur, l'érotisme de la religion et le mysticisme de la sexualité, la pièce suggère, en pointillés, une possible permutation des rôles et souligne l'arbitraire de tout destin.

Les deux personnages se rejoignent à la fin de la pièce pour dénoncer les leurres de l'illusion théâtrale et leur propre artificialité. En proclamant qu'ils n'existent pas et qu'ils ont été inventés « *par Michel* », ils mettent fin au pacte tacite les liant aux spectateurs. Michel Tremblay a précisé, à ce propos, qu'il s'agissait pour lui d'un adieu au théâtre et même à l'écriture. Ce n'est pas le cas, mais c'est bien une fin quand même : la fin du cycle des Belles-Sœurs.

Chroniques du Plateau Mont-Royal

6 romans publiés de 1978 à 1997 et mettant en scène essentiellement la famille de Victoire.

• ***La Grosse Femme d'à côté est enceinte*** (roman publié en 1978 aux Éditions Leméac, Montréal et en 1979 aux Éditions Robert Laffont, Paris).

Ce roman fondateur, premier tome d'une vaste saga intitulée *Chroniques du Plateau Mont Royal* est un démenti éclatant à l'adieu annoncé de l'auteur à l'écriture.

En reprenant les personnages créés au théâtre et en les rajeunissant d'une vingtaine d'années, Michel Tremblay fait bien plus que retrouver un second souffle : il décrit la genèse de ceux dont il avait montré l'apocalypse et la distorsion de ces deux états suffit à dénoncer une société sclérosée et castratrice.

Le resserrement temporel (une douzaine d'heures) et spatial (la rue Fabre et les alentours immédiats) se trouvent compensé par le foisonnement des personnages (29 personnages « humains » sans compter le chien Godbout et le chat Duplessis). Si certains sont bien connus (les sœurs Guérin, les époux Brassard, Albertine, Thérèse, Marcel), d'autres font leur première apparition et entament une éclatante carrière romanesque (Victoire – La grosse femme).

Tout se passe donc le 2 mai 1942 et en ce premier jour de « *vrai printemps* », chacun des protagonistes fera une exéprience ou un choix susceptibles d'orienter son destin : Victoire oblige son fils Édouard à braver l'opinion publique, la jeune Thérèse dérobe un baiser au gardien du parc, Gérard Bleau, et la grosse femme enceinte, recluse depuis des semaines, trouve la force de rejoindre le balcon. Là, elle accueillera les six autres femmes enceintes et deviendra leur initiatrice en leur dévoilant les secrets d'une naissance dont elles ignorent tout.

Cette victoire sur l'obscurantisme et le silence clôt le roman et ce final triomphant est un véritable hymne à la vie. En contrepoint, l'immobilisme des Moires invisibles et de leur éternel tricot figurent la circularité d'un temps atemporel, exempté de tout repère chronologique.

Ce monde parallèle n'est accessible qu'au vieux Josaphat, « violoneux » de génie et à son hériter spirituel, le petit Marcel, qui y puisera ses plus grandes joies mais aussi son inadaptation au monde réel.

- ***Thérèse et Pierrette à l'école des Saints-Anges*** (roman publié en 1980 aux Éditions Leméac et en 1983 aux Éditions Grasset, Paris).

Ce roman, moins circonscrit temporellement et spatialement, voit son centre d'intérêt se déplacer : si la famille de Victoire n'en est pas totalement absente, l'action se déroule essentiellement à l'école des Saints-Anges où six cents fillettes et vingt religieuses partagent un quotidien médiocre.

La grande rigueur formelle et structurelle du récit, partagé en 4 jours (du 1er au 4 juin 1942) correspondant aux quatre mouvements de la 4e symphonie de Brahms se met au service de la critique sociale et religieuse. En stigmatisant l'intolérance, le sadisme et la cupidité de la mal nommée Mère Benoîte des Anges, directrice de l'école, en fustigeant la vanité et l'avarice de Monseigneur Bernier, le narrateur trace un portrait sans concession des élites religieuses. Si cette charge anticléricale se trouve modérée par la présence de religieuses humaines et intelligentes (telle Sœur Sainte-Catherine), il se dégage toutefois de ce monde clos, aux passions à la fois exacerbées et étouffées, un malaise réel fait de non-dits, d'insinuations et de mesquineries constantes.

Malgré la fraîcheur de leur jeunesse, les élèves semblent contaminées par cette éducation inadéquate : clans, disputes, violence verbale ou physique forment autant de signes de leur future inadaptation. Thérèse, douée et jolie, est déjà rebelle ; Pierrette semble son double un peu terni tandis que Simone (Bec-de-Lièvre) a fait de son handicap un prétexte camouflant mal sa peur de la vie. C'est d'ailleurs sa guérison qui enclenche un processus de désintégration mettant à nu les tares de l'école. La fin apocalyptique, où le bel ordonnancement de la procession de la Fête-Dieu se défait au profit d'un sauve-qui-peut général, figure, à l'évidence, la destruction annoncée d'un monde obsolète.

• ***La Duchesse et le roturier*** (roman publié en 1982 aux Éditions Leméac et en 1984 aux Éditions Grasset).

Dans ce roman qui se passe quelques années plus tard, l'intérêt se centre à nouveau sur la famille de Victoire et particulièrement sur son dernier-né Édouard.

Comme l'indique le titre, celui-ci va « franchir le pas » et mettre au monde la femme qui se cache en lui. Cette métamorphose se fait en plusieurs étapes dont une temporalité plus éclatée permet de rendre compte. La même nuit de janvier 1847 voit la mort de Victoire et celle des espoirs d'Édouard qui envisageait une carrière dans le spectacle. La conjonction de ces deux événements – libération et déception – le conduit à faire de sa vie un théâtre permanent. De fait, un mois plus tard, il se travestit et apparaît en duchesse lors d'un concert donné par Tino Rossi. Conscient des imperfections de son personnage, il décide de partir pour Paris acquérir le vernis qui lui manque encore. Lors d'un épilogue situé en mai 1947, il s'embarque donc à New York à bord du paquebot *Le Liberté.*

Cette transformation d'Édouard se trouve également explicitée par des intercalaires analeptiques : c'est ainsi qu'une violente dispute survenue entre lui et sa mère la nuit de Noël 1946 a précipité et accru sa volonté de rupture.

Si Édouard est le héros incontesté du roman, les autres personnages n'en sont pas oubliés pour autant. Marcel, qui bénéficie des soins attentifs des « dames d'à côté », trahit en transgressant la loi du silence qui lui avait été imposée. En montrant à Albertine dans un magasin de musique sa virtuosité et sa pratique du piano, il se condamne sans doute à une double exclusion : rejeté des deux mondes, il n'aura d'autre recours que la folie.

• ***Des Nouvelles d'Édouard*** (publiée en 1984 aux Éditions Leméac).

Après un prologue proleptique situé en 1976 et racontant la mort de la Duchesse assassinée par Tooth Pick, le roman se situe à nouveau en 1947. L'instance narratrice est désormais Édouard dont Hosanna et Cuirette ont recueilli le journal de voyage.

Quelques jours passés en mer ont permis à Édouard de fréquenter « le grand monde » et d'expérimenter « sur le vif » ses talents de comédien : il s'invente des lectures et des occupations prestigieuses dont ses interlocuteurs ne mettent jamais en doute la véracité. Mais à Paris tout change. Confronté à des détails pratiques qui lui gâchent la vie, en butte à la condescendance ou à la mauvaise humeur des Parisiens, il se sent honni, détesté, montré du doigt. Il souffre aussi du décalage entre son Paris fantasmé, littéraire et archaïque, et le Paris réel mal remis de la guerre, en proie aux difficultés du quotidien. Trop absorbé par ses rêves pour regarder autour de lui, il cherche Gervaise ou Maigret mais ne reconnaît pas Camus, Sartre et Simone de Beauvoir attablés à Saint-Germain-des-Prés.

Trente-six heures après son arrivée, il quitte ou plutôt il fuit Paris, décidé à inventer de toutes pièces une odyssée dont les commentaires intercalés d'Hosanna et de Cuirette permettent de mesurer la fictionnelle grandeur.

• ***Le Premier Quartier de la lune*** (publié en 1989 aux Éditions Leméac).

Ce roman qui devait être le dernier des *Chroniques* entretient avec le premier des rapports spéculaires que le narrateur se plaît à souligner en rappelant l'épisode du balcon où les sept femmes enceintes communiaient dans la même ferveur.

Comme *La Grosse Femme d'à côté est enceinte*, en effet, *Le Premier Quartier de la lune* ne dure que le temps d'une journée « *le premier jour de l'été* » 1952, journée initiatique au cours de laquelle le héros anonyme appelé simplement « *l'enfant de la grosse femme* » connaît tout à tour l'envie, la jalousie, la douleur, l'échec, la honte et la jubilation pour finir par entrevoir son futur destin : il sera écrivain, et se servira de la vie des autres, des rêves des autres, comme fondements de sa création.

La maîtrise et la lucidité dont il fait preuve ne rendent que plus pathétique la déchéance des autres membres de sa famille. Albertine de plus en plus endurcie et désenchantée, Thérèse, s'enfonçant dans l'alcoolisme, Marcel abandonné de tous, n'ont plus aucune prise sur leur destinée et ressemblent chaque jour davantage à leurs doubles malheureux de *En pièces détachées.*

Mais le roman reste solaire, tout illuminé de l'été somptueux et de la présence d'enfants dont certains (Claude Lemieux, Carmen Brassard) suscitent une émotion inséparable de leur image théâtrale.

• ***Un Objet de beauté*** (publié en 1997. Coédition Leméac/Actes Sud).

Onze ans se sont écoulés depuis le précédent volume.

Un Objet de beauté, situé en 1963, se répartit en deux chapitres inégaux « Le printemps de toutes les promesses », le plus long et « L'automne de toutes les détresses ».

Centrée autour du « noyau dur » de la famille de Victoire, Marcel, Albertine, Thérèse et la grosse femme (désormais appelée Nana), la diégèse admet aussi quelques comparses : l'insignifiant Gérard Bleau, le mari de Thérèse, Johanne, sa fille, ou Bec-de-Lièvre, son amante.

Entrés désormais dans l'ère de leur perdition, promis à la mort (Nana), à la folie (Marcel), au désespoir (Thérèse et Albertine), ils vont, dans un dernier sursaut, tenter un impossible salut.

Pour Thérèse ce sera le retour au passé, la réinstallation dans l'appartement de la rue Fabre, avec sa mère et son frère, dans une folle tentative pour défier le temps. Nana, quant à elle, lutte de toutes ses forces pour un petit sursis, quelques mois dérobés à la mort. Marcel supporte sa vie misérable grâce à des séquences oniriques : tout à tour réalisateur, écrivain, peintre et musicien, il se dote d'un génie aux vertus cathartiques et compensatoires.

Mais la seconde partie voit la destruction brutale de tous ces efforts : la mort de Nana, l'échec de la « nouvelle vie » imaginée par Thérèse et la folie déclarée de Marcel, plongent les personnages dans une apocalypse dont *Le Jugement dernier* de Michel-Ange, revu et corrigé par Marcel, reste l'éclatant emblème. Proies de douleurs physiques ou morales, Nana, Albertine, Thérèse et Marcel sont bien (pour reprendre l'expression de Frantz Fanon) des « *damnés de la terre* ».

Autres pièces de théâtre

Pièces jouées de 1980 à 1998, d'inspiration et de facture hétérogènes.

• ***L'Impromptu d'Outremont*** (pièce créée au Théâtre du Nouveau Monde, le 11 avril 1980, dans une mise en scène d'André Brassard).

L'Impromptu d'Outremont introduit dans le corpus tremblayen une rupture flagrante dans le titre. Outremont est en effet un quartier bourgeois de Montréal et le nom d'Impromptu est un clin d'œil à *L'Impromptu de Paris* de Giraudoux et surtout à *L'Impromptu de Versailles* où Molière répondait à ses détracteurs.

C'est donc une pièce engagée, voire polémique. Réunies pour fêter le quarantième anniversaire de la plus jeune d'entre elles, Lucille, les quatre sœurs Beaugrand débattent de culture et de langue. Si Lorraine et Lucille apprécient le nouveau théâtre et la nouvelle culture, Yvette et Fernande n'y voient qu'une déchéance morale et une dégénérescence artistique.

Elles défendent leur position, à grand renfort de phrases lapidaires et de formules à l'emporte-pièce pour se réconcilier à la toute fin en entonnant ensemble une chanson qui résonne comme une dérision : « Jeunes fillettes, profitez du temps » tandis qu'une salve de mitraillettes suggère la fin d'un monde dépassé.

• *Les Anciennes Odeurs* (créée au Théâtre de Quat' Sous, le 4 novembre 1981, dans une mise en scène d'André Brassard).

Deuxième pièce d'un possible « cycle bourgeois » qui a tourné court, les *Anciennes Odeurs* adoptent un ton résolument nouveau : intimiste, réservé. Réflexion plutôt que discussion, l'œuvre délaisse les éclats de voix au profit des chuchotements, les reproches au profit des analyses, le joual au profit du « québécois », langage plus normatif, plus proche du français standard.

Mettant en présence deux anciens amants, Jean-Marc, professeur de français, – dont c'est la première occurrence – et Luc, comédien, la pièce dissèque avec intelligence et minutie les causes de la faillite de leur union mais, d'une manière plus générale, s'interroge sur les difficultés du couple et de la fidélité. Une figure domine l'entretien : celle du père de Luc qui se meurt d'un cancer à l'hôpital. Ainsi le dramaturge réintroduit une thématique « classique » au Québec, la quête du père ou des ses possibles substituts.

• *Albertine en cinq temps* (créée au Centre national des Arts, à Ottawa, le 12 octobre 1984, dans une mise en scène d'André Brassard).

En prenant pour héroïne un personnage du cycle des *Belles-Sœurs*, Michel Tremblay délaisse les salons cossus pour réinvestir le milieu populaire auquel son nom reste attaché. Autopsie d'une vie faite de malheurs et de frustrations avec çà et là quelques embellies, la pièce reprend et orchestre les thèmes qui se trouvaient déjà dans *En pièces détachées*. Mais les innovations dramaturgiques rachètent par leur audace ce qu'il pourrait y avoir de convenu dans le fond. Démultipliées en cinq personnages représentant chacune une décennie (de trente à soixante-dix ans) cinq Albertine dialoguent entre elles en présence d'une confidente Madeleine. Cette parcellisation du temps s'accompagne d'une fragmentation de l'espace puisque chacune se trouve dans un décor différent. Reprenant un rôle de démiurge omniscient face à la faillibilité de ses personnages, le dramaturge, par la voix des Albertine âgées, annonce aux plus jeunes les malheurs qui vont les frapper. Il en résulte un ton tragique rappelant, comme dans les tragédies grecques, l'inéluctabilité du malheur.

• ***Le Vrai Monde ?*** (créée par le Centre national des Arts à Ottawa, le 2 avril 1987, dans une mise en scène d'André Brassard).

Le Vrai Monde ? s'enracine dans un milieu populaire que donne à voir tout un réseau de signes – de la composition des repas aux chansons écoutées. La pièce se rapproche d'*Albertine en cinq temps* du fait de la présence d'un personnage commun, Madeleine, sœur et confidente d'Albertine, qui joue ici un rôle essentiel.

D'*Albertine en cinq temps*, la pièce emprunte aussi la création de doubles, évoluant dans un espace, cette fois unifié. Mais ces doubles qui se côtoient sont d'essence différente puisque les uns sont « réels » et figurent la vraie famille de Claude, tandis que les autres affectés du chiffre II – Madeleine II, Alex II, Mariette II – ne sont que les projections des personnages de la pièce que Claude vient d'écrire. La confrontation de l'univers réaliste et de l'univers fantasmatique débouche sur une réflexion éthique et esthétique qui met en œuvre les enjeux contradictoires de la liberté créatrice et de devoir de réserve imposé à tout écrivain.

Claude peut donc être considéré comme un double de l'auteur lui-même, un auteur s'interrogeant sur la relativité des choses et se demandant, entre la médiocrité quotidienne et sa représentation dramatisée : « Où est le Vrai Monde ? »

• ***Nelligan*** (opéra créé le 24 février 1990 au Grand Théâtre de Québec et le 1er mars 1990 à la salle Maisonneuve à Montréal. Musique d'André Gagnon, mise en scène d'André Brassard).

La confrontation d'Émile Nelligan, au soir de sa vie, à son fantôme, le jeune Émile, n'est pas sans rappeler la démultiplication de la figure d'Albertine (*Albertine en cinq temps*). Mais la ressemblance s'arrête là, car l'œuvre est surtout axée sur le jeune Émile et tente de répondre à un questionnement essentiel : comment cet adolescent de génie, inoubliable auteur du *Vaisseau d'Or*, a-t-il pu sombrer dans la folie et demeurer pendant plus de quarante ans prisonnier des murs de l'asile ?

La pièce met donc en scène les modalités de la crise. Une identité chancelante dont le bilinguisme affiché des parents – la mère s'exprime en français et le père en anglais – fournit une représentation flagrante, l'influence très profonde des « poètes maudits » – de Baudelaire à Rimbaud –, ont fait d'Émile cet « *ange noir* » (39) qu'une société répressive ne pouvait tolérer.

Le pressentiment et l'acceptation de son destin (« *Je suis poète et je mourrai fou* ») (76) font d'Émile une figure foncièrement tragique issue de la lignée des poètes martyrs. De Chatterton (de Vigny) à Hector de Saint-Denys Garneau (1912-1944), tous témoignent de l'intolérance d'un monde qui cherche à abolir les moindres différences.

• ***La Maison suspendue*** (créée le 12 septembre 1990 au théâtre Port-Royal à Montréal dans une mise en scène d'André Brassard).

Reprenant la technique d'Albertine en cinq temps, le dramaturge regroupe en un même lieu – la maison ancestrale de la famille de Victoire, sise à Duhamel – des scènes se passant à des époques différentes. C'est ainsi que se succèdent les aïeux à l'origine de la famille (Josaphat et Victoire) qui évoluent en 1910, Albertine, Édouard et la grosse femme en 1950, et Mathieu et Jean-Marc en 1990. Un enfant de onze ans, joué par le même comédien, intervient à chaque époque ; il s'agit respectivement de Gabriel, Marcel et Sébastien.

Ainsi, en dépit de la fragmentation temporelle, cette pièce est une œuvre réunificatrice puisqu'elle regroupe dans un même lieu non seulement des générations différentes, mais aussi des cycles différents. On y retrouve, en effet, les principaux personnages des *Chroniques* (Josaphat, Victoire, Gabriel, Albertine, Édouard, la grosse femme, Marcel) et les héros (Jean-Marc, Mathieu, Sébastien) d'un roman d'inspiration contemporaine *Le Cœur découvert.* Enfin, une passerelle est explicitement instaurée entre les deux types d'œuvre : on y apprend que, par la vertu d'une cognation inattendue, Jean-Marc est le fils de la grosse femme.

Si le lignage demeure au centre de la pièce, il nourrit une réflexion sur la création et les interférences liant une histoire à l'histoire familiale. En projetant d'écrire un livre sur sa famille, Jean-Marc s'affirme comme un double de Michel Tremblay.

• ***Marcel poursuivi par les chiens*** (pièce créée le 4 juin 1992 au Théâtre du Nouveau Monde, dans une mise en scène d'André Brassard).

Sous l'œil des trois tricoteuses, Rose, Violette et Mauve et de leur mère Florence qui refont surface, Marcel et Thérèse s'adonnent à une de ces conversations/confidences/révélations qui semblent leur être coutumières. Cette pièce peut être considérée comme la reprise étoffée et dramatisée du dialogue chuchoté à la nuit tombée entre le frère et la sœur à la fin du cinquième tome des *Chroniques* : *Le Premier Quartier de la lune.*

Quelques années ont passé ; Thérèse s'enfonce de plus en plus dans l'alcoolisme et la rancœur, nourrissant toujours à l'égard d'Albertine des griefs insurmontables. Mariée à Gérard Bleau, mère d'une petite Johanne, elle prend conscience de l'échec de sa vie.

Marcel est presque un homme désormais. Obsédé par les lunettes qu'il vient d'acheter – ce qui le relie à *En pièces détachées* où il avait la même obsession – il confie à Thérèse qu'il vient d'être témoin d'une scène cauchemardesque : Maurice s'est plongé dans la baignoire même ou gisait Mercédès, assassinée.

Ainsi Marcel se sent traqué à la fois par Maurice et ses sbires et par les « chiens » (les policiers). Son seul recours reste le monde parallèle.

• ***En circuit fermé*** (pièce présentée, lors d'une lecture publique, le 9 mai 1994 au TNM, sous la direction de René Richard Cyr.

Qualifiée de « pamphlet » par l'auteur, *En circuit fermé* ne déroge pas à la loi du genre.

Pénétrant dans les coulisses « *de le section française d'une station de télévision nationale* » (11), le dramaturge en donne une image monolithique et détestable. De la critique Amanda Gariépy, au directeur sortant Gaston Bergevin, tous les personnages, mus par le seul goût de l'argent et du pouvoir, ne recherchent que leur propre intérêt au détriment d'un public présenté comme un « *peuple de Ti-Coune* » (12). Le nouveau directeur, Nelligan Beaugrand-Drapeau (le fils de Fernande de *L'Impromptu d'Outremont*), entend rénover les programmes mais ses visées irréalistes et prétentieuses semblent le condamner à l'échec.

Aucun moment de grâce ne vient adoucir ce réquisitoire implacable : tout entiers réduits à leur rôle social, les personnages ne sont que des caricatures peu fréquentables et bien vite oubliées.

Pièce d'humeur, pièce à clés dans laquelle Michel Tremblay règle ses comptes, l'œuvre est sans doute trop engagée pour accéder à une véritable dimension littéraire.

• *Messe solennelle pour une pleine lune d'été* (créée le 14 janvier 1996 à la compagnie Jean-Duceppe (Montréal) dans une mise en scène d'André Brassard).

Divisée en quinze parties reprenant soit des étapes de la messe catholique (Introït – Kyrie – Offertoire – Sanctus – Ite missa est) soit des chants religieux (« De profundis »), la pièce se présente comme une liturgie tout à la fois lyrique et dramatique.

En effet, onze personnes (dont cinq couples) habitant le même immeuble profitent d'un magnifique soir d'été pour faire un bilan de leur vie. Le bonheur d'un jeune couple d'amoureux Yannick et Isabelle rend plus pathétique la détresse des autres. Mère et fils (Rose et Mathieu), père et fille (Yvon et Mireille), couple de lesbiennes (Jeannine et Louise) ou d'homosexuels (Gérard et Gaston) se déchirent, au paroxysme d'une souffrance provoquée par la trahison ou la maladie, tandis que la veuve, inconsolable, pleure son bonheur perdu.

Texte élégiaque, fait de soupirs et de « lamentos », cette œuvre reprend des thèmes souvent traités mais les revivifie par le truchement de nouveaux personnages (seuls Rose et Mathieu sont connus) et un ton plus poétique que théâtral.

• *Encore une fois, si vous permettez* (créée le 4 août 1998 au Théâtre du Rideau-Vert dans une mise en scène d'André Brassard).

Dans cette pièce qui est aussi la dernière œuvre de Michel Tremblay publiée à ce jour, le dramaturge met encore une fois (comme le souligne le titre) le réalisme au service de l'illusion théâtrale.

Dans un duo drôle et émouvant, Nana et le narrateur s'affrontent et confrontent leurs points de vue sur la vie, leur famille ou encore la lecture. À cet égard, le texte est donc très près des recueils autobiographiques, en particulier d'*Un Ange cornu avec des ailes de tôle* dont il reprend plusieurs pages empruntées au récit « Patira ». Mais la pièce rompt délibérément avec les données réalistes en donnant pour interlocuteur à Nana non pas

Michel mais un narrateur. Ce dernier, joué par André Brassard, représente le fils de Nana aussi bien à 10 ans qu'à 17 ou plus tard encore. Ainsi s'établit une distanciation qui fait de l'œuvre une mise en abyme du leurre théâtral.

Deux passages du texte sont particulièrement remarquables : le prologue où le narrateur se livre à un éblouissant numéro convoquant, sous forme de prétérition (« *Ce soir, personne ne viendra crier : "Pour qui sont ces serpents qui sifflent sur nos têtes ?"* »), les grands textes du théâtre mondial, et le final où le dramaturge/démiurge, refusant d'accepter la mort de sa mère, lui invente une apothéose. Projetée par la magie théâtrale dans les plaines de la Saskatchewan où elle vécut enfant, Nana est l'objet d'une véritable théophanie qui la fait accéder à l'éternité.

Le diptyque de Jean-Marc

• ***Le Cœur découvert – Roman d'amours*** (roman publié aux Éditions Leméac en 1986).

Ce roman qui interrompt *Les Chroniques* s'en distingue totalement et marque une flagrante rupture diégétique et narrative. En effet « la grande noirceur » fait place au Montréal des années 1980, la classe ouvrière, au milieu branché des artistes et des intellectuels et le monolithisme, au pluralisme et à la tolérance dont la description de la communauté « gay » de Montréal est une illustration.

Au plan narratif, deux voix coexistent : celle de Jean-Marc, le héros utilisant le « je » et celle de Mathieu, son compagnon, qui a recours à la troisième personne.

Mais le plus grand intérêt du roman reste sa vision optimiste d'une nouvelle famille et d'une nouvelle appréhension du couple. Avec le petit Sébastien, fils du mariage de Mathieu avec Louise, Jean-Marc et Mathieu forment une « famille » dont la présence attentive de deux amies lesbiennes, Mélène et Jeanne, adoucit la masculinité. Ce roman dont Michel Tremblay reconnaît le caractère autobiographique amorce un nouveau cycle et le personnage de Jean-Marc que l'on aurait pu croire épisodique dans *Les Anciennes Odeurs* s'affirme désormais comme un des héros les plus significatifs du monde de Michel Tremblay.

• ***Le Cœur éclaté*** (publié aux Éditions Leméac en 1993).

Suite du roman précédent, cette œuvre en est aussi l'antithèse, puisqu'elle raconte la rupture du couple Jean-Marc/Mathieu et la douleur qui s'ensuivit.

Jean-Marc est la seule instance narratrice et cette particularité dénote à elle seule la solitude qui est désormais la sienne. La narration autodiégétique raconte donc « à vif » l'angoisse qui suivit le départ de Mathieu et la « résurrection » dont un séjour à Key West fut l'élément déclencheur. Divisé en 5 parties qui scandent les étapes de ce retour à la vie, depuis la « *Fin de semaine en enfer* » jusqu'au « *pyjama party* », le récit comporte aussi un liminaire, un épilogue et des intercalaires. Cette structuration rigoureuse est propre à mettre en valeur, sans dissonance ni cacophonie, les différents thèmes qui s'entremêlent : histoire personnelle de Jean-Marc se remettant de sa déception amoureuse, peinture à valeur testimoniale du milieu « gay » de Key West sont les plus prégnants. Mais il faut aussi rappeler l'omniprésence du Sida dont Luc, l'ancien compagnon de Jean-Marc, se meurt dans un hôpital de Montréal et surtout une réflexion sur la création artistique. À travers le personnage de Catherine Burroughs, peintre de génie, fidèle toute sa vie à la même muse, Muriel, et « *le petit texte* [...] *un peu trop méchant* » que Jean-Marc improvise après sa rencontre avec deux Québécois particulièrement désagréables, deux conceptions artistiques s'affrontent. Celle du peintre se veut l'expression d'une exigence intérieure et vise à la beauté ; celle de Jean-Marc, résultant d'une expérience vécue, est mordante et caustique, et vise par l'outrance et la caricature à rendre compte d'une réalité.

La mise en abyme du texte écrit par Jean-Marc, *Los Tabarnacos,* dont les procédés (réduction/réification) sont très proches de ceux des *Belles-Sœurs,* parachèvent l'assimilation Jean-Marc/Michel Tremblay.

Le cycle de François Villeneuve

• ***La Nuit des princes charmants*** (roman publié conjointement aux Éditions Leméac et Actes sud en *1995*).

Pris en compte par un narrateur anonyme que tous les signes textuels désignent, cependant, comme un enfant de la grosse femme grandi ou un

Jean-Marc rajeuni, le récit raconte l'odyssée labyrinthique du jeune héros confronté, pour la première fois, à la vie nocturne montréalaise.

> *« J'avais dix-huit ans, j'étais vierge et j'en avais assez de sublimer en rêvant dans mon lit* [...]. »

Cet incipit de la première partie intitulée « Le prince charmant existe-t-il ? » rend compte de la situation initiale que le déroulement diégétique s'emploiera à corriger.

Ainsi, le héros, après une représentation fort décevante de *Roméo et Juliette* de Gounod, va suivre son prince charmant – figurant dans l'opéra – qui se révèle être un chanteur débutant mais talentueux, du nom de François Villeneuve. Ce dernier l'entraînera dans des établissements de plus en plus louches. Au terme de cette nuit agitée, le héros se rendra compte, suivant le titre de la dernière partie que « Le prince charmant n'est pas toujours celui qu'on pense : heureusement » et trouvera son « vrai » prince charmant en Allan.

Ce récit initiatique, joue sur la dérision et l'humour. Le héros ne ménage ses sarcasmes ni au vaniteux et manipulateur François, ni à ses admirateurs énamourés, ni à lui-même. C'est en boitant – il est tombé – et en rêvant au gâteau de sa maman, que ce nouveau Candide parcourt « les lieux de perdition » qui l'ont tant fait fantasmer.

Enfin, *a posteriori*, le roman se révèle plus riche que n'eût pu le laisser penser la première lecture puisqu'il ébauche le personnage du chanteur déchu François Villeneuve.

• ***Quarante-quatre minutes, quarante-quatre secondes*** (roman publié par les Éditions Leméac/Actes sud en 1997).

François Villeneuve est en effet l'incontestable héros de ce roman dont un narrateur extradiégétique et omniscient orchestre les péripéties. La double temporalité permet de confronter deux époques : les années 1960, pleines de promesse mais encore frileuses et les années 1990 ; elle autorise aussi la surimpression de deux images : celle du fringant jeune chanteur que sa beauté et son talent vouaient à toutes les audaces, et celle de l'homme vieilli et déchu qui, dans son bureau à l'abandon, écoute le seul disque qu'il ait jamais produit. Aussi l'essentiel du récit est-il analeptique, consacré à l'histoire de chacune des dix chansons, et les retours au présent sont-ils rapides et entièrement dévolus à des visées contrapuntiques. Les implications psychologiques et sociales du récit ne doivent pas cacher son principal intérêt : c'est bien une tragédie qui nous est donnée à voir, une tragédie dont le narrateur omniscient ne cesse de rappeler l'inéluctabilité en annonçant, même dans les moments les plus heureux, la catastrophe à venir.

En effet, en chantant deux chansons à caractère homosexuel devant le Tout-Montréal rassemblé au Patriote, François obtient un triomphe. Mais ses lendemains déchantent… Objet d'un « *boycott* » de tous les médias, d'une campagne de calomnie dans la presse populaire, il se voit réduit au silence et à la défaite.

Le possible suicide dont fait état l'épilogue – il a disparu mais est-il vraiment mort ? – apparaît comme la seule issue honorable pour une vie manquée.

Le triptyque autobiographique

Bien que la plupart des œuvres de Michel Tremblay aient une coloration autobiographique, sont ici pris en compte des ouvrages présentant des caractères strictement autobiographiques, tels que définis par Philippe Lejeune : identité auteur/narrateur/personnage principal ; respect des noms propres.

• *Les Vues animées* (œuvre publiée en 1990, aux Éditions Leméac).

Le premier volet d'un triptyque présente une vision personnelle de l'autobiographie. En effet, ce recueil comportant douze récits se distingue de l'autobiographie canonique par sa fragmentation et sa discontinuité : mettant en scène des « crises » identitaires, il raconte bien l'histoire d'une personnalité, mais cette histoire n'apparaît qu'à travers des moments paroxystiques et laisse de côté des pans entiers du passé de l'auteur.

Une autre originalité caractérise l'œuvre. En effet, comme l'indique le titre *Les Vues animées* (désignation populaire du cinéma), chaque récit correspond à un progrès, une décision, ou une prise de conscience, induits par un film. Les goûts de l'auteur sont, à cet égard, éclectiques passant du dessin animé (*Cendrillon*) à *Orphée*, du film français (*Les Visiteurs du soir*) au film d'horreur américain (*Mister Joe*). Le point fort de l'œuvre reste la découverte par Michel Tremblay de son homosexualité. Cette prise de conscience de sa différence, alors qu'il avait treize ans, est relatée avec une émouvante simplicité et un accent foncièrement authentique.

« J'étais devant un mur, je n'avais aucune réponse aux milliers de questions qui m'assaillaient. Je voulais mourir [...] mourir pour effacer tout ça. »

• ***Douze coups de théâtre*** (œuvre publiée en 1992, aux Éditions Leméac).

Écrit dans la continuité de l'œuvre précédente, ce recueil reprend le même schéma en substituant simplement aux films des pièces de théâtre.

Toutefois, cette œuvre, mieux construite – les anachronies y sont plus rares – se lit comme un véritable roman initiatique. De la première nouvelle « Babar le petit éléphant », où le jeune Michel ne comprend pas l'illusion théâtrale, à la douzième « Le train » où, devenu à son tour dramaturge, il est récompensé, le lecteur suit le cheminement d'un enfant puis d'un adolescent qui se passionne pour le théâtre. Cette œuvre est dédiée aux parents de Michel Tremblay, Rhéauna Rathier et Armand Tremblay. De fait, le père comme la mère y figurent en bonne place et on retrouve avec émotion les malentendus l'opposant au père (« Le Hockey ») et une incommunicabilité dont la surdité croissante de Monsieur Tremblay constitue l'emblème.

On y retrouve aussi la figure omniprésente de Rhéauna, rayonnante de tendresse et de vitalité, mais possessive et proprement castratrice. La passion de Michel pour le théâtre l'inquiète, car elle le sent « différent » et attend vainement une explication ou un aveu qui ne viendra jamais.

• ***Un Ange cornu avec des ailes de tôle*** (œuvre publiée en 1994, par les Éditions Leméac/Actes sud).

Troisième et, à ce jour, dernier volet de l'ensemble autobiographique, l'œuvre repose sur un procédé déjà bien rodé, liant l'évolution personnelle à des rencontres ou à des chocs culturels. Mais cette fois, c'est la littérature et toutes ses facettes (la Comtesse de Ségur y côtoie Eschyle et Gabrielle Roy, Saint-Exupéry) qui est au centre du recueil. Comme dans le volet précédent, le dernier récit est consacré à Michel Tremblay auteur, et aux circonstances entourant la publication de son « *premier enfant* » : *Contes pour buveurs attardés.*

Deux détails détonnent et étonnent : le recueil comporte treize nouvelles, en plus d'un préambule intitulé « e*n guise d'introduction* ». Par ailleurs la simplicité et la clarté des titres précédents sont ici relayées par un titre mystérieux qui ne donne aucune indication sur le contenu. En fait, il s'agit d'une citation extraite d'un préambule et empruntée à Rhéauna Tremblay. Alors que Michel feint de dormir pour échapper aux baisers mouillés de sa tante Béa, cette dernière s'attendrit sur son visage d'ange. Et la mère de Michel de répliquer, sachant pertinemment qu'il entend : « *Un ange cornu avec des ailes de tôle.* »

Cette anecdote est très caractéristique des rapports unissant la mère et le fils : tendresse, humour, complicité, mais aussi discussions vives et parfois conflits ouverts. Pour rendre compte de l'animation de leurs débats, l'écriture de Michel Tremblay se fait très théâtrale : abondance des dialogues, gestuelle, hyperboles, coups de théâtre, fausses sorties donnent au texte une vivacité et une alacrité remarquables.

Romans et récits divers

Sont regroupées ici des œuvres atypiques, appartenant à la jeunesse de l'auteur.

- ***Contes pour buveurs attardés*** (recueil de nouvelles publié aux Éditions du Jour, Montréal, en 1966).

Regroupant des contes « fantastiques » initialement nommés « contes gothiques », ce recueil ne cache pas ce qu'il doit à ses influences littéraires (en particulier à Edgar Allan Poe). Divisée en « Histoires racontées par des buveurs » et en « Histoires racontées pour des buveurs », l'œuvre est écrite dans une langue parfaitement normative, exempte de toute trace joualisante. L'horreur y tient une grande place : la laideur, la monstruosité, le sadisme des bourreaux, l'abjection des victimes y composent un univers très sombre. Michel Tremblay qui s'est exprimé sur les circonstances de la rédaction de cette œuvre (dans *Un Ange cornu avec des ailes de tôle*) insiste sur le pouvoir déréalisant de ces histoires qui ont le mérite de l'entraîner très loin de sa propre vie.

• ***La Cité dans l'œuf*** (roman publié aux Éditions du Jour en 1969).

Le jeune montréalais François Laplante découvrant un jour un œuf de verre se retrouve dans la Cité des dieux, la Planète verte et y connaît de multiples péripéties. Apparentée selon Michel Tremblay lui-même au *Malpertuis* de Jean Ray, cette œuvre relevant du genre fantastique dans la plus pure acception du terme est également écrite dans un français standard. Rien ne laisse soupçonner que Michel Tremblay écrit à la même époque *La Duchesse de Langeais*, rien non plus ne laisse soupçonner la teneur de son œuvre future.

Mais déjà un grand sens dramatique, l'utilisation de la répétition, et l'habileté à insérer des récits rétrospectifs témoignent de ses qualités littéraires.

• ***C't'à ton tour, Laura Cadieux*** (roman publié aux Éditions du Jour en 1973).

Mi-nouvelle, mi-roman, cette œuvre paraît au moment où Michel Tremblay triomphe au théâtre. Du fait de cette concomitance, elle présente une forte imprégnation théâtrale, visible dans l'abondance des dialogues et la spontanéité d'une langue marquée de tous les signes de l'oralité. De fait, l'œuvre a été adaptée au théâtre et jouée avec grand succès, en particulier par la comédienne Manon Gauthier.

Relatant une de ses visites hebdomadaires chez le « *génie-coloye* » qui soigne son obésité, la narratrice Laura Cadieux entraîne le lecteur dans un récit où l'humour le dispute à la dérision, où l'observation attentive des ridicules d'autrui s'accompagne d'un regard incisif sur soi. Rapportant également les propos des autres patientes, Laure utilise ainsi plusieurs voix narratives qui étoffent le récit en lui conférant une certaine polyphonie.

Enfin, l'œuvre est à considérer du fait qu'elle est la première apparition de Laura Cadieux dont on apprendra cinq ans plus tard (*La Grosse Femme d'à côté est enceinte*) qu'elle est la fille de Josaphat.

• ***Les Loups se mangent entre eux*** (ce court roman de jeunesse a été publié dans le recueil *Les Vues animées*, Leméac, 1990, p. 157-187).

Inaugurant un procédé auquel il aura souvent recours par la suite, Michel Tremblay crée, en la personne de Jocelyn, un double. Mais un brouillage délibéré prétend cacher sa valeur représentative et le distinguer totalement de l'auteur.

C'est que tourmenté par une homosexualité qu'il n'ose avouer à aucun de ses proches, Michel Tremblay transfère sur Jocelyn la honte et la douleur qu'il ressent. Mais le milieu bourgeois de son personnage et surtout sa mère, Christine, antithèse vivante de Rhéauna Tremblay, doivent interdire tout rapprochement entre eux.

Le dénouement, par l'emphase même d'une expression mélodramatique et hyperbolique, traduit la révolte d'un adolescent en butte à son propre mépris.

MISE EN PARALLÈLE DES ŒUVRES (DRAMATURGIQUES ET ROMANESQUES) ET DES PRINCIPAUX PERSONNAGES

(Les œuvres sont classées par ordre chronologique de publication)

Adrien	*La Duchesse et le roturier*
Albert Camus	*Des Nouvelles d'Édouard*
Albertine (ex Robertine)	*En pièces détachées*
	La Grosse Femme d'à côté est enceinte
	Thérèse et Pierrette à l'école des Saints-Anges
	La Duchesse et le roturier
	Albertine en cinq temps
	Le Premier Quartier de la lune
	La Maison suspendue
	Un Objet de beauté
Albertine (tante de Serge)	*Bonjour, là, bonjour*
Alex	*Le Vrai Monde ?*
Amanda Gariépy	*En circuit fermé*
André Pagé	*La Nuit des princes charmants*
Angéline Sauvé	*Les Belles-Sœurs*
Antoinette Beaugrand	*L'Impromptu d'Outremont*
	Des Nouvelles d'Édouard
Béa (sœur de Nana)	*Un Objet de beauté*
Béatrice (Betty Bird)	*Demain matin, Montréal m'attend*
	La Grosse Femme d'à côté est enceinte
	La Duchesse et le roturier
Bernier (le curé)	*Thérèse et Pierrette à l'école des Saints-Anges*
Berthe	*Trois petits tours*
Bill	*Le Cœur éclaté*
Boris Vian	*Des Nouvelles d'Édouard*
Boudha-pas-de-pouce	*Le Premier Quartier de la lune*
Carlotta (Charlotte Toupin)	*Trois petits tours*

Carmen Brassard	*À toi, pour toujours, ta Marie-Lou* *Sainte Carmen de la Main* *Le Premier Quartier de la lune*
Carmen Ouimet	*Le Premier Quartier de la lune*
Carmen (peintre)	*La Nuit des princes charmants* *Quarante-quatre minutes, quarante-quatre secondes*
Catherine Burroughs	*Le Cœur éclaté*
Charlotte Bonenfant	*Quarante-quatre minutes, quarante-quatre secondes*
Charlotte (tante de Serge)	*Bonjour, là, bonjour*
Charlotte Côté	*Thérèse et Pierrette à l'école des Saints-Anges*
Christine	*Les Loups se mangent entre eux*
Claire Lemieux	*La Grosse Femme d'à côté est enceinte* *Le Premier Quartier de la lune*
Claude (futur Marcel)	*En pièces détachées* (1re version)
Claude (fils d'Alex)	*Le Vrai Monde ?*
Claude Lemieux (Hosanna)	*Demain matin, Montréal m'attend* *Hosanna* *Des Nouvelles d'Édouard* *Le Premier Quartier de la lune*
Clavet-Daudun (Princesse)	*Des Nouvelles d'Édouard*
Clo-clo Baillargeon	*La Duchesse et le roturier*
Constant	*Quarante-quatre minutes, quarante-quatre secondes*
Cuirette (Raymond)	*Demain matin, Montréal m'attend* *Hosanna* *Des Nouvelles d'Édouard*
Dan	*Le Cœur éclaté*
Denise (sœur de Serge)	*Bonjour, là, bonjour*
Duplessis (chat)	*La Grosse Femme d'à côté est enceinte* *Thérèse et Pierrette à l'école des Saints-Anges* *La Duchesse et le roturier* *Le Premier Quartier de la lune*
Édouard (la duchesse)	*La Duchesse de Langeais* *Demain matin, Montréal m'attend*

	La Grosse Femme d'à côté est enceinte
	La Duchesse et le roturier
	Des Nouvelles d'Édouard
	La Maison suspendue
	Quarante-quatre minutes, quarante-quatre secondes
Enfant de la grosse femme (Jean-Marc)	*Les Anciennes Odeurs*
	La Duchesse et le roturier
	Le Cœur découvert
	Le Premier Quartier de la lune
	La Maison suspendue
	Le Cœur éclaté
Fernande Beaugrand-Drapeau	*L'Impromptu d'Outremont*
Frère Martial	*Le Premier Quartier de la lune*
Frère Robert	*Le Premier Quartier de la lune*
Frère Stanislas	*Un Objet de beauté*
François Villeneuve	*La Nuit des princes charmants*
	Quarante-quatre minutes, quarante-quatre secondes
Françoise	*La Grosse Femme d'à côté est enceinte*
Françoise Berd	*La Nuit des princes charmants*
Gabriel (père de Serge)	*Bonjour, là, bonjour*
Gabriel (mari de la grosse femme)	*La Grosse Femme d'à côté est enceinte*
	Thérèse et Pierrette à l'école des Saints-Anges
	La Duchesse et le roturier
	La Maison suspendue
	Un Objet de beauté
Gabrielle Jodoin	*Les Belles-Sœurs*
	La Grosse Femme d'à côté est enceinte
	Le Premier Quartier de la lune
Gaston (beau-père de Sébastien)	*Le Cœur découvert*
Gaston Bergevin	*En circuit fermé*
Gérard Bleau (ex-Henri)	*En pièces détachées*
	La Grosse Femme d'à côté est enceinte
	Thérèse et Pierrette à l'école des Saints-Anges
	La Duchesse et le roturier
	Un Objet de beauté

Personnage	Œuvres
Germaine Lauzon	*Les Belles-Sœurs* *La Grosse Femme d'à côté est enceinte* *Le Premier Quartier de la lune*
Gerry	*Le Cœur éclaté*
Gerry Coulombe	*Quarante-quatre minutes, quarante-quatre secondes*
Gloria	*Sainte Carmen de la Main*
Godbout (chien)	*La Grosse Femme d'à côté est enceinte*
La grosse femme (Nana)	*La Grosse Femme d'à côté est enceinte* *Thérèse et Pierrette à l'école des Saints-Anges* *La Duchesse et le roturier* *Des Nouvelles d'Édouard* *Le Premier Quartier de la lune* *La Maison suspendue* *Un Objet de beauté* *Encore une fois, si vous permettez*
Jay Pee Jodoin	*Le Premier Quartier de la lune*
Jean Genet	*Quarante-quatre minutes, quarante-quatre secondes*
Jean-Paul Sartre	*Des Nouvelles d'Édouard*
Jeanne	*Le Cœur découvert* *Le Cœur éclaté*
Jennifer Jones	*Des Nouvelles d'Édouard*
Joanne (ex-Francine) ou Johanne (Un Objet de beauté)	*En pièces détachées* *Un Objet de beauté*
Jocelyn	*Les Loups se mangent entre eux*
Johnny Mangano (Jean Ladouceur)	*Trois petits tours*
Josaphat	*La Grosse Femme d'à côté est enceinte* *Thérèse et Pierrette à l'école des Saints-Anges* *La Maison suspendue*
Juliette Pétrie	*La Duchesse et le roturier*
La Comeau	*La Duchesse et le roturier*
La Vaillancourt	*La Duchesse et le roturier*
Laura Cadieux	*C' t' a ton tour, Laura Cadieux* *La Grosse Femme d'à côté est enceinte*

Léopold Brassard	*À toi, pour toujours, ta Marie-Lou* *La Grosse Femme d'à côté est enceinte*
Linda Lauzon	*Les Belles-Sœurs* *Le Premier Quartier de la lune*
Lise Paquette	*Les Belles-Sœurs*
Lisette de Courval	*Les Belles-Sœurs*
Lola Lee	*Demain matin, Montréal m'attend*
Lorraine Ferzetti	*L'Impromptu d'Outremont*
Louise (femme de Mathieu)	*Le Cœur découvert*
Louise Tétrault	*Demain matin, Montréal m'attend*
Luc	*Les Anciennes Odeurs* *Le Cœur découvert* *Le Cœur éclaté*
Lucienne (sœur de Serge)	*Bonjour, là, bonjour*
Lucienne Boileau	*Thérèse et Pierrette à l'école des Saints-Anges* *La Duchesse et le roturier*
Lucille Beaugrand	*L'Impromptu d'Outremont* *Des Nouvelles d'Édouard*
Lucille (Barmaid du Coconut Inn)	*En pièces détachées*
Madeleine (sœur d'Albertine)	*Albertine en cinq temps* *Le Vrai Monde ?*
Madeleine/Mado (serveuse)	*En pièces détachées* *Un Objet de beauté*
Manon Brassard	*À toi, pour toujours, ta Marie-Lou*
Marcel (ex Claude)	*En pièces détachées* *La Grosse Femme d'à côté est enceinte* *Thérèse et Pierrette à l'école des Saints-Anges* *La Duchesse et le roturier* *Le Premier Quartier de la lune* *La Maison suspendue* *Marcel poursuivi par les chiens* *Un Objet de beauté*
Marie-Ange Brouillette	*Les Belles-Sœurs* *La Duchesse et le roturier*
Marie-Louise Brassard	*À toi, pour toujours, ta Marie-Lou* *La Grosse Femme d'à côté est enceinte*

Mariette	*La Vrai Monde ?*
Mastaï Jodoin	*La Grosse Femme d'à côté est enceinte*
Mathieu	*Le Cœur découvert* *Le Cœur éclaté* *Messe solennelle pour une pleine lune d'été*
Maurice Côté	*En pièces détachées* *Sainte Carmen de la Main* *Thérèse et Pierrette à l'école des Saints-Anges* *La Duchesse et le roturier* *Marcel poursuivi par les chiens*
Mélène	*Le Cœur découvert* *Le Cœur éclaté*
Mercédès	*La Grosse Femme d'à côté est enceinte* *La Duchesse et le roturier* *Marcel poursuivi par les chiens*
Mère Benoîte des Anges	*Thérèse et Pierrette à l'école des Saints-Anges*
Michael	*Le Cœur éclaté*
Monique (sœur de Serge)	*Bonjour, là, bonjour*
Monique Leyrac	*Quarante-quatre minutes, quarante-quatre secondes*
Muriel	*Le Cœur éclaté*
Nelligan	*Nelligan*
Nelligan Beaugrand-Drapeau	*En circuit fermé*
Nicole (sœur de Serge)	*Bonjour, là, bonjour*
Olivine Dubuc	*Les Belles-Sœurs*
Paula-de-Joliette	*Des Nouvelles d'Édouard*
Philippe	*La Grosse Femme d'à côté est enceinte* *Thérèse et Pierrette à l'école des Saints-Anges* *La Duchesse et le roturier*
Pia Colombo	*Quarante-quatre minutes, quarante-quatre secondes*
Pierrette Guérin	*Les Belles-Sœurs* *En pièces détachées* (version de 1974) *Thérèse et Pierrette à l'école des Saints-Anges*
Rhéauna Bibeau	*Les Belles-Sœurs*

Richard	*La Grosse Femme d'à côté est enceinte*
	Thérèse et Pierrette à l'école des Saints-Anges
	La Duchesse et le roturier
Rita Guérin	*La Grosse Femme d'à côté est enceinte*
Rose (mère de Mathieu)	*Le Cœur découvert*
	Messe solennelle pour une pleine lune d'été
Rose Ouellet (La Poune)	*La Duchesse et le roturier*
Rose Ouimet	*Les Belles-Sœurs*
	La Grosse Femme d'à côté est enceinte
	La Duchesse et le roturier
Rose-Violette-Mauve-Florence	*La Grosse Femme d'à côté est enceinte*
	Thérèse et Pierrette à l'école des Saints-Anges
	La Duchesse et le roturier
	Le Premier Quartier de la lune
	Marcel poursuivi par les chiens
Rob	*Le Cœur éclaté*
Samarcette	*La Duchesse et le roturier*
Sandra	*Hosanna*
	Sainte Carmen de la Main
	Damnée Manon, sacrée Sandra
Sanregret (docteur)	*La Grosse Femme d'à côté est enceinte*
	Thérèse et Pierrette à l'école des Saints-Anges
Sébastien	*Le Cœur découvert*
	La Maison suspendue
	Le Cœur éclaté
Simone Côté (Bec de lièvre)	*Sainte Carmen de la main*
	Thérèse et Pierrette à l'école des Saints-Anges
	Un Objet de beauté
Simone de Beauvoir	*Des Nouvelles d'Édouard*
Sœur Marie de Fatima	*La Grossse Femme d'à côté est enceinte*
Sœur Sainte-Catherine	*Thérèse et Pierrette à l'école des Saints-Anges*
Sœur Sainte-Philomène	*Thérèse et Pierrette à l'école des Saints-Anges*
Sœur Sainte-Thérèse	*Thérèse et Pierrette à l'école des Saints-Anges*
Sonia Bergevin	*En circuit fermé*
Sylvie Heppel	*La Duchesse et le roturier*
Tex	*La Nuit des princes charmants*

Thérèse Dubuc	*Les Belles-Sœurs*
Thérèse (ex-Hélène)	*En pièces détachées*
	La Grosse Femme d'à côté est enceinte
	Thérèse et Pierrette à l'école des Saints-Anges
	La Duchesse et le roturier
	Albertine en cinq temps
	Le Premier Quartier de la lune
	Marcel poursuivi par les chiens
	Un Objet de beauté
Ti-Lou	*La Grosse Femme d'à côté est enceinte*
Tino Rossi	*La Duchesse et le roturier*
Tooth Pick (Denis Ouimet)	*En pièces détachées*
	Sainte Carmen de la Main
	Des Nouvelles d'Édouard
Ulrich Côté	*Thérèse et Pierrette à l'école des Saints-Anges*
Valéry Giscard d'Estaing	*La Duchesse et le roturier*
Victoire	*La Grosse Femme d'à côté est enceinte*
	Thérèse et Pierrette à l'école des Saints-Anges
	La Duchesse et le roturier
	Le Premier Quartier de la lune
	La Maison suspendue
Yvette Beaugrand	*L'Impromptu d'Outremont*

N.B. :

1. Il n'a pas été tenu compte des personnages appartenant à la sphère strictement autobiographique. En revanche, sont prises en compte des œuvres donnant des renseignements significatifs sur un personnage, même s'il n'apparaît pas (ainsi, la mort de Mercédès dans *Marcel poursuivi par les chiens*).
2. Rose, Violette, Mauve et Florence étant inséparables ont été considérées comme une seule entité.
3. Les personnages les plus récurrents (Albertine, Marcel, Thérèse) interviennent dans huit œuvres.
4. La fréquence moyenne est de deux œuvres par personnage.

TABLEAU GÉNÉALOGIQUE DE LA FAMILLE QUI EST AU CŒUR DE L'ŒUVRE (famille de Victoire)

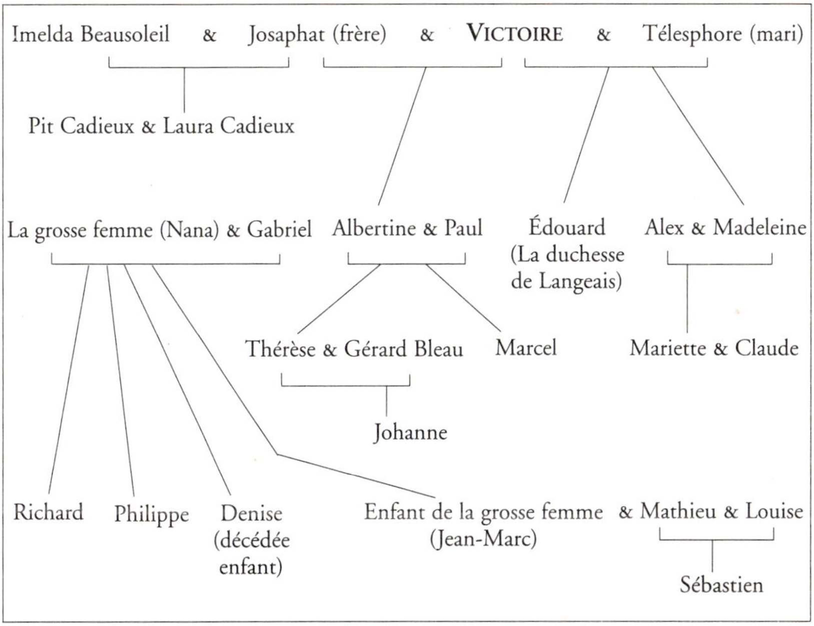

Œuvres concernées par les membres ou les conjoints de la famille (Ordre chronologique)

En pièces détachées (1969)
La Duchesse de Langeais (1969)
Demain matin, Montréal m'attend (1972)
C't'à ton tour, Laura Cadieux (1973)
La Grosse Femme d'à côté est enceinte (1978)
Thérèse et Pierrette à l'école des Saints-Anges (1980)
Les Anciennes Odeurs (1981)
La Duchesse et le roturier (1982)
Des Nouvelles d'Édouard (1984)
Le Cœur découvert (1986)
Le Vrai Monde ? (1987)
Le Premier Quartier de la lune (1989)
La Maison suspendue (1990)
Marcel poursuivi par les chiens (1992)
Le Cœur éclaté (1993)
La Nuit des princes charmants (1995)
Messe solennelle pour une pleine lune d'été (1996)
Quarante-quatre minutes, quarante-quatre secondes (1997)
Un Objet de beauté (1997)
Encore une fois, si vous permettez (1998)

BIBLIOGRAPHIE

N.B. : En général, les références des citations renvoient à la première édition des œuvres de Michel Tremblay. Dans le cas contraire, les deux éditions sont indiquées.

ŒUVRES DE MICHEL TREMBLAY

(Il n'est fait mention que des œuvres ayant donné lieu à une publication)

Production romanesque

Contes pour buveurs attardés, Montréal, Éd. du Jour, 1966, 158 p., Montréal-Stanké, 10/10, 1985, 164 p.

La Cité dans l'œuf, Montréal, Éd. du Jour, 1969, 177 p.

C't'à ton tour, Laura Cadieux, Montréal, Éd. du Jour, 1973, 137 p.

• ***Chroniques du Plateau Mont-Royal***

La Grosse Femme d'à côté est enceinte, Montréal, Leméac, 1978, 329 p.

Thérèse et Pierrette à l'école des Saints-Anges, Montréal, Leméac, 1980, 368 p.

La Duchesse et le roturier, Montréal, Leméac, 1982, 387 p.

Des Nouvelles d'Édouard, Montréal, Leméac, 1984, 312 p.

Le Premier Quartier de la lune, Montréal, Leméac, 1989, 283 p.

Un Objet de beauté, Montréal-Paris, Leméac-Actes Sud, 1997, 340 p.

• ***Le cycle de Jean-Marc***

Le Cœur découvert, Montréal, Leméac, 1986, 318 p.

Le Cœur éclaté, Montréal, Leméac, 1993, 311 p.

• *Le cycle de François Villeneuve*

La Nuit des princes charmants, Montréal-Paris, Leméac-Actes Sud, 1995, 224 p.

Quarante-quatre minutes, quarante-quatre secondes, Montréal-Paris, Leméac-Actes Sud, 1997, 320 p.

Production théâtrale

• *Cycle des Belles-Sœurs*

Les Belles-Sœurs, Montréal, Holt, Rinehart et Winston, 1968, 70 p., Montréal, Leméac, 1972, 156 p.

En pièces détachées, Montréal, Leméac, 1970, 94 p, suivie de *La Duchesse de Langeais.* Montréal, Leméac, 1976, 96 p. (version pour la télévision).

La Duchesse de Langeais, Montréal, Leméac, 1970, 94 p., précédée d'*En pièces détachées.* Texte p. 65-94. Montréal, Leméac, 1973, 106 p., précédée d'*Hosanna.*

Trois petits tours, Montréal, Leméac, 1971, 64 p.

À toi, pour toujours, ta Marie-Lou, Montréal, Leméac, 1971, 94 p.

Demain matin, Montréal m'attend, 1972, 90 p.

Hosanna, Montréal, Leméac, 1973, 106 p., suivie de *La Duchesse de Langeais.* Texte p. 7-75.

Bonjour, là, bonjour, Montréal, Leméac, 1974, 105 p.

Les Héros de mon enfance, Montréal, Leméac, 1976, 101 p.

Sainte Carmen de la Main, Montréal, Leméac, 1976, 83 p.

Damnée Manon, sacrée Sandra, Montréal, Leméac, 1977, 120 p., suivie de *Surprise ! Surprise !*

Surprise ! Surprise !, Montréal, Leméac, 1977, 120 p., précédée de *Damnée Manon, sacrée Sandra.*

• *Autres pièces*

L'Impromptu d'Outremont, Montréal, Leméac, 1980, 115 p.

Les Anciennes Odeurs, Montréal, Leméac, 1981, 92 p.

Albertine en cinq temps, Montréal, Leméac, 1984, 103 p.

Le Vrai Monde ?, Montréal, Leméac, 1987, 106 p.

Nelligan, Montréal, Leméac, 1990, 90 p., livret d'opéra de Michel Tremblay ; musique d'André Gagnon.

La Maison suspendue, Montréal, Leméac, 1990, 119 p.

Marcel poursuivi par les chiens, Montréal, Leméac, 1992, 67 p.

En circuit fermé, Montréal, Leméac, 1994, 123 p.

Messe solennelle pour une pleine lune d'été, Montréal, Leméac, 1996, 121 p.

Encore une fois, si vous permettez, Montréal, Leméac, 1998, 67 p.

• ***Adaptations***

Lysistrata d'après ARISTOPHANE, Montréal, Leméac, 1963, 93 p.

L'effet des rayons gamma sur les vieux-garçons, traduction et adaptation du texte de Paul ZINDEL *The Effect of Gamma Rays on Man-in-the-Moon*, Montréal, Leméac, 1970, 71 p.

Et mademoiselle Roberge boit un peu, traduction et adaptation du texte de Paul ZINDEL *And Miss Reardon Drinks a Little*, Montréal, Leméac, 1971, 95 p.

Mademoiselle Marguerite, traduction et adaptation du texte de Roberto ATHAYDE, *Aparaceu a Margarida*, Montréal, Leméac, 1975, 96 p.

Le Gars de Québec, d'après le *Revizor* de GOGOL, Montréal, Leméac, 1985, 171 p.

Six heures au plus tard, adaptation du texte de Marc PERRIER, 1986, 128 p.

OUVRAGES SUR MICHEL TREMBLAY

BARRETTE, Jean-Marc, *L'Univers de Michel Tremblay : dictionnaire des personnages*, Montréal, Les Presses de l'Université de Montréal, 1996, 544 p.

BÉLAIR, Michel, *Michel Tremblay*, Montréal, Les Presses de l'Université du Québec, 1972, 93 p.

DAVID, Gilbert et LAVOIE, Pierre (sous la dir. de), *Le Monde de Michel Tremblay*, Cahiers de Théâtre Jeu, Éd. Lansman, 1993, 479 p.

DUCHAINE, Richard, *Écriture d'une naissance, naissance d'une écriture : « La Grosse Femme d'à côté est enceinte » de Michel Tremblay*, Québec, Nuit blanche, 1994, 97 p.

JUBINVILLE, Yves, *Une Étude de « Les Belles-Sœurs » de Michel Tremblay*, Montréal, Boréal, 1998, 114 p.

MAILHOT, Laurent, *Ouvrir le livre : essais*, Montréal, Éd. de l'Hexagone, 1992, 351 p.

VIGEANT, Louise, *Une Étude de « À toi, pour toujours, ta Marie-Lou »*, Montréal, Boréal, 1998, 128 p.

THÈSES SUR MICHEL TREMBLAY

CHATARD, Virginie, *Le Monologue dans le théâtre de Michel Tremblay*, thèse de l'Université Michel de Montaigne – Bordeaux 3, 1997.

RAFFARD, Marie-Hélène, *Masques et illusions dans l'œuvre de Michel Tremblay*, thèse de l'Université Michel de Montaigne – Bordeaux 3, 1993.

SAMZUN, Marie-Béatrice, *Michel Tremblay ou l'œuvre-d'art libératrice ?*, thèse de l'Université Michel de Montaigne – Bordeaux 3, 1998.

NOTICE BIOGRAPHIQUE

Né le 25 juin 1942 à Montréal, Michel Tremblay est le fils de Rhéauna Rathier « *moitié Cri, moitié Française* » et d'Armand Tremblay « *moitié Tremblay, moitié Tremblay* [1] », pressier dans une imprimerie. Conçu après la perte de deux enfants, Michel est le « petit dernier » de la famille qui comprend deux autres garçons : Jacques et Bernard. L'écrivain a souvent évoqué dans ses œuvres fictionnelles ou autobiographiques son enfance heureuse et protégée et la magie de la rue Fabre qu'animait un groupe d'enfants du même âge. Très tôt, sa passion pour la lecture qu'il partage avec sa mère et sa grand-mère paternelle, Olivine, le pousse à « dévorer [2] » les livres de la bibliothèque municipale, se créant ainsi une culture hétérogène mais, selon ses propres termes, bien à lui. Brillant élève dont les rédactions servent de modèle, il est tout naturellement promis à la voie royale des collèges classiques [3], mais pour des raisons complexes – refus du système mais aussi difficultés financières – il choisit une école technique et entre à l'Institut des Arts Graphiques de Montréal pour devenir imprimeur. Son adolescence est moins sereine que son enfance : la famille a déménagé rue Cartier où il n'a que peu d'amis, tandis que la prise de conscience de son homosexualité, à 13 ans, le bouleverse. Enfin, l'école qu'il fréquente ne correspond ni à ses aptitudes ni à ses goûts, et il se sent solitaire. Pour compenser le réel décevant, il lit beaucoup, fréquente assidûment cinémas et théâtres – de 12 à 16 ans, il fut livreur après la classe et put ainsi se constituer une cagnotte pour son argent de poche – et commence à écrire des textes qu'il cache avec soin.

---

1 Voir la dédicace de *Douze coups de théâtre* : « Pour Rhéauna Rathier, moitié Cri, moitié Française, ma mère ; pour Armand Tremblay, moitié Tremblay, moitié Tremblay, mon père. Je les ai aimés, je les ai perdus ; je m'ennuie. »

2 Ce terme peut être presque pris au pied de la lettre puisqu'il raconte dans *Un Ange cornu avec des ailes de tôle* qu'ayant lu l'Agamemnon d'Eschyle, il le mordit avec passion : « *Je fermai le livre très doucement, le flattai avec la paume de ma main* [...] *et le mordit* [sic] *avec une volupté que j'ai rarement retrouvée depuis.* » (*Un ange*, 178)

3 Où l'on enseignait essentiellement les humanités gréco-latines.

La mort de sa mère en 1963 et l'exercice de son métier de linotypiste, qui lui déplaît, ne font que l'ancrer un peu plus dans sa vocation d'écrivain. En 1964, il obtient une première récompense au concours organisé par Radio-Canada pour sa pièce *Le train*. En 1966, son premier livre est publié « *Contes pour buveurs attardés* [4] ». Il abandonne alors son métier pour devenir pendant un an magasinier au département des costumes de Radio-Canada. Par la suite, il vivra exclusivement de sa plume.

C'est que son œuvre dramaturgique, après sa rencontre avec André Brassard qui deviendra son metteur en scène attitré, lui attire faveurs et renommée. La première des *Belles-Sœurs* (pièce écrite en 1965) le 28 août 1968 au théâtre du Rideau-Vert fait l'effet d'un séisme culturel : détracteurs et partisans se déchaînent, la bataille du « joual » est engagé et l'écrivain Tremblay définitivement lancé. Dès lors, les œuvres se succèdent à un rythme soutenu (une ou deux par année) : d'abord essentiellement théâtrale, sa production se diversifie : romans, écrits autobiographiques mais aussi livret d'opéra, scénario, adaptations. La palette tremblayenne est très riche et lui attire, outre le succès populaire, maintes récompenses. Aujourd'hui comblé d'honneurs – des doctorats *honoris causa* ; des prix prestigieux (dont le prix Athanase David en 1988 pour l'ensemble de son œuvre) – l'écrivain partage son temps entre Montréal et Key West où il passe six mois par an. Si, en France, Michel Tremblay est encore peu connu du grand public, on peut supposer que la stratégie des Éditions Actes Sud qui co-éditent actuellement ses œuvres, saura remédier à cette situation et lui trouver le lectorat qu'il mérite.

---

4 « *Mon premier enfant* » (*Un ange*, 239) dit Michel Tremblay en parlant de ce livre.

ENTRETIEN TÉLÉPHONIQUE AVEC MICHEL TREMBLAY
LE 20 NOVEMBRE 1998

– Le titre du livre que je vous consacre, *Michel Tremblay, l'enfant multiple*, reprend une de vos expressions qui se trouve dans *La Grosse Femme d'à côté est enceinte.* Vingt ans après, revendiqueriez-vous toujours cette appellation et comment l'entendez-vous ?

– *J'avais la volonté que ce soit clair dès le départ. La multiplicité de l'enfant signifie qu'il va s'exprimer à propos de la famille. Cet enfant est celui qui va empêcher la famille de sombrer en la réhabilitant et en la fixant par l'écriture. L'enfant est multiple parce qu'en tant que narrateur il fait s'exprimer plusieurs personnages.*

– Je pensais que c'était une allusion à l'homosexualité, précisée quelques lignes plus bas par le terme fils/fille.

– *Non pas du tout. Excusez-moi de vous le dire, comme ça. Ce n'était pas du tout mon intention.*

– Vous ayant rencontré pour la première fois en 1980, je vous ai demandé : « quelle est votre pièce préférée ? » Vous m'avez alors répondu *Damnée Manon, sacrée Sandra.* À la question plus générale, quelle est de vos œuvres votre favorite et votre passage préféré, que répondriez-vous aujourd'hui ?

– *On a tendance en vieillissant à préférer ses enfants mal aimés, un peu comme une mère : ce que la critique a trouvé moins bon. J'ai une affection particulière pour* Les Anciennes Odeurs, *son ton intimiste, ce que les Américains appellent « soft spot » chuchotis.*

– Les critiques ont été mauvaises ?

– *Non, pas vraiment, mais on avait tendance à considérer cette pièce comme une œuvre mineure. Ce n'est pas mon avis, car j'ai réussi, avant l'arrivée du Sida, à exprimer des choses importantes. Je l'aime aussi parce que c'est la première œuvre vraiment autobiographique.*

– Et votre passage favori ?

– *Il y en a deux que je choisirais. Les deux sont tirés de romans.*

Le premier dans La Duchesse et le roturier *est la scène où Marcel va dans le magasin de musique avec Albertine et se met à jouer du piano. C'est un passage qui exprime bien l'inquiétude de l'artiste incompris.*
L'autre passage est « Le jugement dernier » dans Un Objet de beauté.

– Tous vos héros masculins sont des créateurs : Édouard, Jean-Marc, François et maintenant Marcel. Cette prégnance de la création traduit-elle un souci d'autoreprésentation ?

– *Je ne le sais absolument pas. C'est aux critiques de le découvrir. C'est là, quelque part, sans que cela ait été planifié. Il vaut peut-être mieux que je ne le sache pas trop moi-même. C'est pourquoi je lis très peu les thèses ou les livres qui me sont consacrés.*

– Et puis, si vous lisiez, vous n'auriez plus de temps pour écrire !

– *C'est vrai* (rire).

– L'intertextualité joue un rôle de plus en plus important dans vos œuvres. Dans les dernières, vous allez très loin : *Un Objet de beauté* reproduit deux pages de *La Grosse Femme d'a côté est enceinte* et *Cette plaine remplie de mon cœur* est un pastiche de Gabrielle Roy. *Encore une fois, si vous permettez*, votre dernière pièce, reprend une vingtaine de pages de la nouvelle intitulée « Patira » dans votre recueil autobiographique *Un Ange cornu avec des ailes de tôle.* Pourquoi cette tendance semble-t-elle se préciser ?

– *Les citations que je fais de moi-même sont une espèce de ciment, un casse-tête que je suis en train de construire. Avec Acapulco (*La Grosse Femme d'à côté est enceinte*), la boucle est bouclée. Au moment de mourir, Nana se souvient de son désir d'un ailleurs qui n'a jamais été comblé, de son rêve d'Acapulco.*
Dans le cas de « Patira » c'est par pure honnêteté que je reprends ce texte. En effet, ayant entendu à la radio cette nouvelle lue par Rita Lafontaine, j'ai été frappé par le caractère théâtral du dialogue. C'est ce qui m'a donné l'idée d'écrire ma pièce. Et je voulais, en reprenant le texte, en indiquer l'origine.
Dans le cas de Cette plaine remplie de mon cœur, *c'est par admiration pour Madame Roy que j'ai écrit cet hommage. Ce n'est pas un pastiche, c'est vraiment un hommage. Elle a exercé une grande influence sur moi. De plus, elle est née au Manitoba et ma mère, née à Rhode Island, a été élevée dans*

la province voisine du Manitoba, la Saskatchewan. Elles auraient le même âge et je voulais les réunir.

– J'ai toutefois l'impression, à travers l'inquiétude de Marcel portant sur le réalisme de ses dialogues, qu'il y a une critique indirecte des dialogues de Gabrielle Roy, peut-être trop « recomposés » pour faire vrai.

– *Cette autocritique de Marcel est celle de tous les créateurs mais c'est aussi un écho de l'autocritique de Madame Roy qui, lors d'une édition ultérieure de* Bonheur d'Occasion, *refondit ses propres dialogues, en les joualisant, pour faire plus vrai.*

– Ceci m'amène à vos modèles, vos références. Je sais qu'ils sont nombreux et éclectiques. Vous avez déjà répondu (lors de la remise du prix pour *Le Train*) : Moi...

– (Éclat de rire). *Oh ! ça. Je n'avais rien écrit à l'époque et c'était pour me venger d'une journée qui avait été atroce !*

– Aujourd'hui, vous n'avez plus aucune raison d'agir ainsi. Que répondriez-vous donc à la question plus générale « Quel est votre écrivain français favori ? Et votre écrivain québécois ? »

– *Pour l'écrivain français, j'aurais tendance à répondre aujourd'hui Émile Zola. Depuis octobre 1997, je suis en train de « passer à travers » toute la série des* Rougon-Macquart. *J'en suis au 14e. C'est une des grandes lectures de ma vie, une leçon de structure et d'étude de caractères. Mais je vous réponds ainsi aujourd'hui, et dans un an, je vous répondrai sans doute autre chose, suivant mes lectures du moment.*

– Et l'écrivain québécois ? À part Gabrielle Roy, bien sûr...

– (Hésitation). *Voyons, voyons, j'aime surtout des passages plus que des œuvres complètes... Il y en a beaucoup que j'aime... Ducharme ! J'aime Ducharme, c'est très fort.*

– *L'Avalée des Avalés* ?

– *Tout Ducharme.*

– Même les romans récents ?

– *Ceux-là sont un peu moins forts. Mais j'aime tout ce qu'écrit Ducharme. J'aime aussi beaucoup Marie-Claire Blais. Vous aimez Marie-Claire Blais ?*

– Vous avez déjà dit que l'apocalypse était au centre de votre œuvre et à cet égard « Le jugement dernier » d'*Un Objet de beauté* peut être considéré comme l'allégorie de votre œuvre entière. Mais l'apocalypse est inséparable de la parousie. Y a-t-il une parousie possible dans votre œuvre et qui l'incarnerait ? L'écrivain ? L'artiste ? Le fou ? L'homosexuel ?

– *Je n'en ai pas la moindre idée. C'est à vous de le découvrir.*

– Vous définiriez-vous comme un écrivain homosexuel ? L'homosexualité est-elle un thème parmi d'autres ou a-t-elle des incidences sur l'œuvre tout entière (par exemple, au plan thématique, une défense de la marginalité, au plan formel, une certaine réserve, voire une défiance à l'égard de l'érotisme) ?

– *Je ne me considère pas comme un écrivain homosexuel. Les écrivains homosexuels « ne parlent que de ça ». Moi, j'ai souvent utilisé l'homosexualité pour parler d'autre chose, par exemple de la crise d'identité.*

Ainsi Les Anciennes Odeurs *parlent beaucoup plus du couple que de l'homosexualité. De même, les mises en scène actuelles d'*Hosanna *mettent davantage l'accent sur l'acceptation de l'autre, au sein du couple, que sur le problème de l'identité du travesti.*

Quant à l'érotisme, il m'a toujours profondément ennuyé.

– On sait l'importance des chiffres dans nombre de vos ouvrages : les trois sœurs, les sept femmes enceintes, la récurrence du deux. Il y a un chiffre qui m'intrigue : les 209 damnés du « Jugement dernier ». A-t-il une signification particulière ?

– *Aucune. C'est juste un chiffre au hasard. Bien entendu, je ne les ai pas comptés.*

– On a souvent dit que votre œuvre était très québécoise du fait de l'indignité ou de l'absence de pères. Cette assertion semble plus vraie que jamais dans *Un Objet de beauté* : Gabriel est inexistant, Gérard réduit à l'état de loque, et le père fantasmé de Marcel sévèrement châtié. Une expression m'a paru étonnante « *Même accroupi cet homme ressemblait à son fils* ». Pourquoi cette inversion des rapports ?

– (Hésitation). *Je ne sais pas, moi… C'est une image esthétique…*

Peut-être parce que la quête du Père est une quête de géant. L'échec de cette quête est marqué par la position accroupie du père.

– La prochaine œuvre ? Est-il toujours question d'Albertine et du *Passé intérieur* ?

– *Non. Je laisse tomber Albertine. Les critiques qui ont accueilli* Un Objet de beauté *ont été tellement mauvaises, tellement… méchantes qu'elles m'ont découragé de reparler d'Albertine.*
J'écris un livre sur Jean-Marc qui va s'intituler Le Mentir vrai [1]. *C'est une citation de Cocteau. C'est une œuvre sur les gènes, sur ce qu'on reçoit de ses parents, sur les ressemblances physiques.*
Jean-Marc en sortant du cinéma voit son reflet par hasard, alors que, dans un miroir, on prend une pose. Il s'aperçoit qu'il ressemble à son frère qu'il déteste et se pose des questions.

– Le roman est avancé ?

– *Pas du tout. 27 pages seulement.*

– Je vous remercie de m'avoir accordé cet entretien.

– *Merci à vous.*

[1] Un contact avec les éditions Leméac nous laisse entendre que le titre du roman pourrait changer pour devenir *Bristol Hotel, New York, N.Y.*

TABLE DES MATIÈRES

SÉMAPHORES

Collection dirigée par Martine Mathieu
professeur de littératures francophones
à l'Université Michel de Montaigne – Bordeaux 3

Déjà parus :

– *L'héritage de Bakhtine*, édition préparée par Catherine Depretto.

– *Les frères Goncourt : art et écriture*, édition préparée par Jean-Louis Cabanès.

Achevé d'imprimer
en mars 1999
par l'imprimerie Pleine Page
à Bordeaux